陈秀春 著

乡村女支书 **杭兰英**

浙江工商大学出版社——杭州

图书在版编目（CIP）数据

乡村女支书杭兰英 / 陈秀春著. — 杭州 : 浙江工
商大学出版社, 2021.6（2021.10重印）
　ISBN 978-7-5178-4473-0

　Ⅰ. ①乡… Ⅱ. ①陈… Ⅲ. ①报告文学—中国—当代
Ⅳ. ①I25

中国版本图书馆 CIP 数据核字（2021）第 078785 号

乡村女支书杭兰英
XIANGCUN NV ZHISHU HANG LANYING

陈秀春　著

出 品 人	鲍观明	
责任编辑	何小玲	
责任校对	熊静文	
封面设计	李酉彬	
责任印制	包建辉	
出版发行	浙江工商大学出版社	
	（杭州市教工路 198 号　邮政编码 310012）	
	（E-mail: zjgsupress@163.com）	
	（网址: http://www.zjgsupress.com）	
	电话: 0571-88904980，88831806（传真）	
排　　版	杭州尚俊文化艺术策划有限公司	
印　　刷	杭州佳园彩色印刷有限公司	
开　　本	710 mm×1000 mm　1/16	
印　　张	14.25	
字　　数	240 千	
版 印 次	2021 年 6 月第 1 版　2021 年 10 月第 2 次印刷	
书　　号	ISBN 978-7-5178-4473-0	
定　　价	50.00 元	

　　这是浙江省绍兴地区的一个普通农村——祝温村，这里的道路宽阔、整洁，这里的居民居住在花园般的现代化住宅小区里，这里的农民经营着农业园、生态园，家家户户都买了汽车，过着让很多城里人都羡慕的生活

祝温村风貌

崧厦街道祝温村党总支一班人在研究村庄发展规划

　　这一摞摞荣誉证书是杭兰英三十五年来用辛勤的汗水和默默的奉献赢得的，见证着杭兰英在新农村建设中创造的一个个奇迹

序
为杭兰英书记点赞

　　杭兰英同志是一名优秀共产党员，先后担任上虞市（区）党代表、人大代表、妇代会代表，绍兴市党代表、人大代表、妇代会代表，浙江省党代表、人大代表、妇代会代表，……先后获得全国优秀共产党员、全国劳动模范、全国"三八红旗手"、最美浙江人、浙江省百姓喜爱的好支书等殊荣。

　　替基层立言，为支书作传。《乡村女支书杭兰英》一书是我区优秀基层党组织书记杭兰英同志的风采实录。全书分十个篇章：天降大任、情系百姓、祝温脱贫、大爱有痕、美丽祝温、聚焦祝温、真情永远、兰香祝温、世外桃源、祝愿温馨。该书生动形象地展现了杭兰英同志为新农村建设锐意进取、担当奉献的光辉历程：她不顾小家为大家，把村当作家，三十五年如一日地起早摸黑忘我工作；她把一个贫穷落后村建设成为小康村、全国文明村；她把村民当亲人，时刻把群众冷暖放心头，为村民排忧解难，为村庄建设挥洒青春。

　　村级党支部书记是党在基层的形象代言人，是党员队伍的"领头雁"、基层群众的"主心骨"。杭兰英同志干事情有思路、村务管理讲规矩、服务群众通民情、带领队伍有办法、廉洁公道有口碑，她的事迹见于各大主流媒体，受到社会强烈反响。她全心全意带领群众奔小康；她三十五年如一日，扑心扑肝造福父老乡亲；她勇于担当，在突如其来的灾害面前挺身而出；她敢于攻坚，奋战在治水、拆违的第一线；她为集体的事磨破嘴、跑断腿、操碎了心；她一心为公，把村当成家，将自己全部的工资捐献给村里还不够……平凡中见担当，质朴中显忠诚，她以自己的担当作为赢得了群众的信赖和称道。通过《乡村女支书杭兰英》，我们不仅能感受到基层村干部的"苦累难"，还能品味出杭兰英同志的理想信念、为民情怀和治理之道。她是"最美浙江人"的优秀代表，也是我们上虞建设"创新强区、品质名城"的真正脊梁。我为上虞有这样一位乡村好支书备感欣慰，我们应该竖起大拇指，由衷地为杭兰英这位乡村女支书点个赞！

今年是中国共产党成立一百周年，也是"十四五"和现代化新征程开启之年。当前，全区上下正围绕"把握新发展阶段，贯彻新发展理念，构建新发展格局"要求，奋力推动"十四五"时期经济社会高质量发展，全面建设高水平"创新强区、品质名城"，率先走出争创社会主义现代化先行省的区域发展之路。希望全区广大基层干部以杭兰英同志为榜样，始终保持奋进者的姿态，激发创造性的张力，唯实唯先，善作善成，努力在忠实践行"八八战略"、奋力打造"重要窗口"中勇当排头兵，争做优等生！

中共绍兴市上虞区委书记 徐军

2021年5月

前　言

　　劳模，是广大劳动者的杰出代表。而优秀共产党员，则是党员中的佼佼者。大力弘扬劳模和优秀共产党员的先进精神，宣传劳模和优秀共产党员的先进事迹，将会助推基层党组织各项工作顺利开展，极大地鼓舞和调动广大党员为人民服务的积极性。

　　2019年1月9日，浙江省"不忘初心、牢记使命"主题教育总结大会在杭州召开。杭兰英书记作为绍兴市唯一的领奖代表上台领奖。

　　三十五年来，杭兰英用"燕子垒窝"的韧功夫、"老牛耕地"的实功夫和"头羊率群"的真功夫，扑心扑肝为村里、真心实意解民忧、拢起人心办大事，把祝温村建设成整洁、文明、和谐的美丽村庄，带领这个村集体经济收入曾经为零的薄弱村走到了全省新农村建设的最前沿。祝温村先后获得"全国民主法治示范村""全国妇联基层组织建设示范村""全国文明村""全国先进基层党组织"等荣誉。

　　杭兰英书记有担当有作为，不忘初心、牢记使命，心系百姓，为百姓谋福利，为村庄谋发展。她几十年来爱岗敬业、勇挑重担、奋发有为、锐意创新，在乡村基层工作中创出一流业绩，做出突出贡献，为广大村支书树立了典范。

　　究竟是什么力量，能让人如此崇敬这位外貌平常的普通村干部，如此看重她所创造的物质财富和精神财富？这是爱的力量，是她身上焕发出来的超越小我、超越庸常、超越生命的大爱之光。

　　杭兰英是浙江省绍兴市上虞区崧厦街道祝温村的一名党支部书记。为了让村民走上致富路、幸福路、和谐路，她呕心沥血、任劳任怨、无私奉献、廉洁自律，实践了对党立下的誓言，赢得了广大农民群众的信任和爱戴，用实际行动谱写了一曲共产党员的壮丽乐章。

　　杭兰英同志的事迹得到了中共中央政治局原常委、中央党的群众路线教育实践活动领导小组组长刘云山的批示，中共中央政治局原委员、中央党的群众路线教育实践活动领导小组副组长赵乐际的批示，要求在全国宣传杭兰英同志的先进事迹。时任省委书记夏宝龙批示、时任省委组织部部长胡和平批示，中共浙江省委党的群众路线教育实践活动领导小组发出《关于开展向杭兰英同志学习活动的通知》。杭兰英书记荣获"全国优秀共产党员""全国劳动模范""全国三八红旗手"等称号。

习近平总书记指出，文艺要承担起"记录新时代、书写新时代、讴歌新时代的使命，勇于回答时代课题"，文学，就是要"为时代画像，为时代立传、为时代明德"。我们文艺工作者要能高擎民族精神火炬，吹响时代前进号角，创作和生产出更多无愧于历史、无愧于时代、无愧于人民的优秀作品；能勇于担当，深入基层，走镇入村，去记录这个日新月异的时代，书写农村干部在党的领导下，高水平全面建成小康社会，高质量建设"创新强区、品质名城"的火热场景。当然我们更要讴歌那些淳朴善良、脚踏实地，为祖国大地描绘绚丽画卷的各行各业先进人物，去赞美那些践行社会主义核心价值观，恪守中华民族传统美德的引路人。这是广大文艺工作者的光荣使命和历史责任。在建党一百周年来临之际，我们以这部反映杭兰英同志先进事迹的报告文学作品奉献给时代、奉献给人民、奉献给党，让她的精神成为激励和推动小康社会建设、新农村建设的强大力量。

劳模精神引领时代精神，劳模价值创造社会价值。优秀共产党员是习近平新时代中国特色社会主义思想的模范践行者。我们推出《乡村女支书杭兰英》这本书，就是要用杭兰英的事迹感召广大群众，感召广大党员。我们要向杭兰英同志学习，学习她一心为民、坚定信念、对党忠诚、担当作为的精神。

谨以此，敬献给伟大的中国共产党建党一百周年！

浙江省绍兴市上虞区文学艺术界联合会

2021年5月

目　录

乡村党支书的好榜样——杭兰英

三十五年的风霜雨雪、雷电交加
砥砺了你无私的形象、奉献的心
三十五年的呕心沥血、鞠躬尽瘁
垒砌了你生命的高度，感动了多少人

曹娥江在夸说，祝温草木在夸说
1986年8月1日，一片彩云
你高举服务百姓、带领村民奔小康的大旗
扑心扑肝改变一个落后的贫困村

你满怀信心，第一天上任
瘦弱的双肩便挑起集体经济为零的穷村
为了这份崇高的责任
你组建村干部卫生服务队改变脏乱差环境
辛勤奋战在一片、一户、一路上
树立起党员干部的实干形象、赤胆忠心

为了这份崇高的责任
你带领大家造桥铺路修凉亭
建起水果、花卉、粮食高产示范基地
村民收入如芝麻开花节节攀升

为了这份崇高的责任
你每天早晨6点到村，晚上6点进家门
放弃了所有的休息日
像燕子筑窝，把村庄建设得繁花似锦

你捧着一颗真诚的心
厚厚的民情日记是你一心为民的见证
牵挂着村民的安危冷暖
深夜进医院探村民捧出一颗心
你组织老年人跳舞、娱乐、庆金婚
把村民当朋友、当亲人

三十五年，整整三十五个冬春
辛苦了你，富了村民
家家住进新楼房、新套房
户户过上了小康生活，幸福温馨

三十五年，整整三十五个冬春
消瘦了你，富了祝温村
文化礼堂、农民文化艺术馆、医疗站、幼儿园
朝气蓬勃的祝温一片春
新农村建设的样板
幸福祝温，前途光明

你七十挂零，肩上卸下重任
但老百姓依恋着你
你是百姓喜爱的好支书
群众眼里的贴心人

你是全国妇女的骄傲

你受到中央、省委领导的首肯
号召大家向你学习
三百多块奖牌洋溢着你的爱和情

你带头植树、扫马路……
小溪沟渠中流淌着你的汗水混合的侠骨柔情
拆违时你拖着疲惫的双腿
新农村建设的工地上留下你奔忙瘦弱的身影

你在百姓心中的分量
比泰山还要重千斤
你坚强的信念、庄严的誓言
书写着不忘初心、牢记使命
你的光辉业绩、一片丹心
激励祝温人在幸福路上大步前进

杭兰英，乡村党支书的好榜样
我们为你点赞！祝你永远年轻

乡村党支书的好榜样——杭兰英

第一章　天降大任

杭家有女初长成

浙江省绍兴市上虞区，历史悠久。在考古发掘中出土的石斧、石犁、破土器等新石器时代生产工具可以证明，早在五千年前上虞就有人类生活的遗迹。这里水网纵横，土地肥沃，浙东大运河、曹娥江穿城而过，素为鱼米之乡。这里既是浙东唐诗之路的重要发源地，又是虞舜的故里、曹娥的家乡。悠久的文明古城、深厚的文化积淀、秀美的山水田野、便利的交通条件、发达的农业经济加上稳定的社会环境，使得上虞的人文资源充满了朝气和活力。

上虞区有一个叫崧厦的小镇。古老的崧厦，有着深厚的历史印记。与历史的源远流长相映照的是，崧厦历朝以来人才济济，名人辈出。崧厦既得越地文化之熏染，又有崧厦人的独特禀赋，两者悄然合一。

崧厦镇东北有个小村，名叫杭家村，是典型的江南小村，在20世纪四五十年代交通闭塞，经济落后，是个鸟不拉屎的地方。提起杭家村，领导摇头，群众叹息。方圆几十里的姑娘都不愿意嫁给杭家村的小伙子。

杭家村东头有户姓杭的人家，杭家有个男孩子叫许金莲，原是孙端马山人。许金莲两岁失去了母亲，七岁没了父亲，跟着奶奶生活。奶奶去世后，许金莲成了叔叔的负担。因家境贫寒，许金莲八岁时就在杭家村一带放牛。因为放牛，许金莲被杭柏庭收留，在杭柏庭家里做长工。杭柏庭夫妻俩十分同情这个孩子，觉得他太可怜了，缺吃少穿，别看年纪小，却能为家里分忧，是个不错的孩子。于是让他吃住在自己家里，时间一长就像是自己的亲生儿子一样。

1909年出生的杭柏庭是远近闻名的善良人，他诚实守信，经常节衣缩食帮助贫困人家，如他外甥女嫁到柳家村，因为家境贫寒，饥寒交迫，他知道后经常送粮食、送蔬菜过去，帮外甥女渡过难关。

杭柏庭原来是上虞县（今上虞区）联丰乡的气象播报员。当地气象广播是靠杭柏庭和几位有经验的村民一起组织起来的，他们起早贪黑，摸索出来的气象消息，为村民农业生产的需要提供了参考。杭柏庭坚持天天义务播报气象消息，一心一意为老百姓办好事，不计报酬，不管刮风下雨，无论严寒酷暑，从不间断。人们都说，杭柏庭像村里的公鸡，每天都准时打鸣，唤醒沉睡中的村民们。的确是这样，杭柏庭每天清晨四点左右，会按时起床观察天气变化情况，及时预报，为百姓减少收割庄稼时的经济损失。

杭柏庭家有良好的家风传承，他们祖祖辈辈都有一颗善良的心，对周围遇到困难的乡邻乡亲，他都会伸出温暖的手去帮助，如送米、送衣、送钱……在百姓眼里，杭柏庭家是一户受人尊重、爱戴的家庭，被当地人称为"活菩萨"。

杭柏庭的妻子王雅仙是从雀嘴村嫁过来的，与杭柏庭同岁，夫妻恩爱，幸福美满。夫妻俩有一个独生女儿，名叫杭葱根，视若掌上明珠。杭葱根从小聪明伶俐、勤劳能干，娇生却不惯养。杭葱根像个男孩子一样，跟着父亲又种田又捕鱼。许金莲到杭柏庭家里打工后，吃住在他们家，杭柏庭夫妻俩对许金莲像是对自己的儿子一样。对于许金莲的身世，杭柏庭夫妻俩了如指掌。

许金莲像一只孤苦伶仃的雏雁，孤独地在凄冷的天空中漫无目的地飞翔，他不知道啥时候自己就会被淹没在狂风暴雨中。就在他备感凄凉和无奈之时，杭柏庭夫妻俩向他伸出了温暖的手。许金莲生命的小舟从此不再飘摇，而是驶进了幸福的港湾，他感到自己又找回了父爱和母爱。

许金莲每次到村外放牛，牛儿吃草时，他也闲不住，不是下河扪鱼，就是爬到树上掏鸟窝，抑或在田间地头采野花、摘野果，或者捡拾一些奇形怪状的小石头。每次放牛回家，许金莲都会给小四岁的小葱根带些好吃的、好玩的。

许金莲像一位大哥哥一样呵护着杭葱根，在他的呵护下，杭葱根度过了无忧无虑的童年、少年。

穷人的孩子早当家，许金莲为人憨厚、老实，还特别孝顺，年纪轻轻便学会了地里所有的农活儿，犁耕耙拉，样样拿得起，成为村里有名的能人。

许金莲做梦也没想到，他走了桃花运，命中的桃花就是杭葱根。许金莲在杭葱根家放牛的那几年，勤勤恳恳，小小年纪就能担起一个成年人所能干的活儿，从来不偷懒耍滑。这一切都被杭葱根的母亲王雅仙看在眼里，心生欢喜。她认为女儿杭葱根要是嫁给许金莲，一辈子都会幸福的。她跟丈夫一商量，夫妻俩都想招许金莲为上门女婿，许金莲高兴极了。从此许金莲改名为杭金莲，既当儿子又当女婿。

杭金莲成了上门女婿后，小夫妻俩相亲相爱。对待岳父岳母，杭金莲像对待亲生父母一样。杭家村的人都说，这个上门女婿，简直就是亲生儿子，甚至比亲生儿子都孝顺。

一年后，夫妻俩的爱情结晶降生了，杭金莲给孩子取名杭秀英。初为人父的喜悦，让杭金莲心里像吃了蜜，脸上整天挂满了笑容，同时，他感到肩上的担子更重了。让杭金莲更欣喜的是，大半个中国已经解放，他仿佛听到了江北解放军那隆隆的炮声。黑夜即将过去，黎明即将到来。

1949年10月1日，毛泽东主席站在北京天安门城楼上，向全世界庄严宣告：中华人民共和国中央人民政府成立了！

当年12月8日，一个小生命落地了，她和共和国同龄。这个女婴就是杭兰英。杭兰英做梦也没想到，她长大以后，能多次亲临北京天安门广场，感受共和国国庆大典的盛况。

几年时间内，杭葱根先后生下了四个女儿、两个儿子。

老大杭秀英身材苗条，给人一种弱不禁风的感觉，而老二杭兰英身材魁梧，比姐姐高出一头。姐妹俩站在一起，不知道内情的人，都认为杭兰英是姐姐。杭兰英从小受家庭的影响，热爱劳动，帮助家里干各种家务活。家里的力气活大多是杭兰英在做，如挑水、挑麦担、翻地头、割草、插秧、割水稻、打稻等等。

杭兰英小的时候，家里养了三只山羊。姐姐身小力薄，弟弟妹妹年龄尚小，割草的任务自然而然地落到杭兰英身上。杭兰英天天要出去割青草，村头路边、田头、沟渠旁，杭兰英幼小的足迹，遍布村内外所有有草的地方。从小草刚刚露头，一直割到草叶枯黄。因为割草的人多，天天都去割，以至于田间地头沟渠边的草几乎"绝迹"，所有的田埂都是光秃秃的，根本看不到草。杭兰英有时候只好把路边和沟渠旁那些低矮树木的枝叶采摘下来，喂家里的山羊，也有的时候，她跑到自家田里，把庄稼的叶子采摘下来。母亲知道这种情况后，没少骂杭兰英，心想这个孩子小脑筋真不少。杭兰英记得很清楚，好几次，她在田里跟割草的小伙伴们一起玩扑克牌，天慢慢暗下来了，才想起来还没割草。情急之下，杭兰英用竹子扣在竹篓的颈部，上面只放了一点点草，背着竹篓往家里赶。她以为这样能瞒住母亲，可母亲从杭兰英的表情和举止中，已经猜到杭兰英背上的竹篓里没有多少草。以往，杭兰英割了满满一竹篓草，山羊们吃完后便各自去休息了，根本不吭声。而每当杭兰英割不着青草，怕母亲骂她而弄虚作假时，山羊们便饿得直叫唤。母亲从山羊的叫声中就能分析出杭兰英割草的数量。这个时候，母亲总是悄悄地拿出粮食去喂山羊。

杭兰英感觉到很愧疚，自己不该欺骗母亲。每每她向母亲承认错误时，母亲总是语重心长地对她说："希望你以后不要再做这种事，做人要诚实。这就跟种地一样，如果平时不好好管理田地，到收获的季节，你就会减少收成，甚至颗粒无收。做人，要行得端、走得正。谎言一旦被揭穿，结局会很惨。你骗别人一次，别人以后就不会再相信你了。"

母亲见杭兰英似懂非懂，便给杭兰英讲起《狼来了》的故事，这个故事对杭兰英触动很大。"好雨知时节，当春乃发生。随风潜入夜，润物细无声。"那时那刻那情境，加上受爷爷奶奶、爸爸妈妈的影响，杭兰英发誓要做一个诚实守信的人。

赤脚医生杭兰英

杭兰英的父亲杭金莲因为工作出色，被大队调到比较落后的一队当队长。杭金莲小时候在杭家村放过牛，村里上了年纪的人对杭金莲的印象很好。当上队长后，杭金莲把全部心思都用在工作上，每天早出晚归。自己队里哪家有困难，杭金莲一清二楚。

杭金莲心地善良，他把全村的人都当成自己的亲人。家里有什么好吃的，他总是送给左邻右舍尝尝。谁家有个为难招灾的事，杭金莲总是尽力去帮助。

有一年夏季的一天晚上，天空中下着毛毛雨。杭金莲到村外去看护田里的庄稼。当他走到一块番薯地时，朦朦胧胧看见不远处的地里有个黑乎乎的东西，他用手电筒一照，原来是本村一个七八岁的孩子。杭金莲吓了一跳，当他走近那个孩子时，才发现孩子已经睡着了，手里还拿着几个番薯。杭金莲全明白了，他猜测这个孩子是来偷番薯吃的，吃着吃着睡着了。他赶紧喊醒那个孩子，并把孩子背回家。

孩子的家人正四处寻找孩子，见杭队长把孩子背回来了。问清事情的经过后，孩子的母亲立即跪了下来，一个劲地给杭队长磕头。要是杭金莲把孩子交给大队部，孩子的罪就大了，至少得被关两天，这叫侵害公共财产。

杭金莲说："孩子小，肯定是饿坏了。不然，他也不会一个人跑到村外地里去偷生产队的番薯吃。"

父亲的一举一动，潜移默化地影响着杭兰英。她知道村里人为什么对父亲那么尊敬，她幼小的心里便埋下了向父亲学习的种子。

杭兰英的母亲杭葱根是一位勤劳善良的农村妇女，一共养育了六个孩子。平时，杭葱根除了忙着做饭、洗衣服、管孩子等家务外，还要去联丰毛纺厂上班。为了把孩子们培养成才，杭葱根节衣缩食、省吃俭用，想方设法让孩子们读书。在这位朴素的农村妇女的脑子里，想的是让孩子们多识几个字，多懂得一些道理。她经常对丈夫说，只要孩子们有机会读书，想读书，就是砸锅卖铁，也要让孩子们去读书。

在培养孩子的问题上，亲戚朋友没少劝杭葱根："你家四个女儿，两个儿子。女儿长大了就是外姓人，能认几个字就行了，没必要花那么多钱去培养，要培养就好好培养两个儿子。"

杭葱根却说："不管是女儿还是儿子，只要他们想读书，我都会培养。"

付出终有回报，杭葱根的六个子女很快就有了出息。大女儿杭秀英是一名随军妇产科医生，二女儿杭兰英初中毕业后考上了盖北棉技校。杭兰英八岁开始就在寺前村小学读书，当上了劳动委员。无独有偶，杭兰英十四岁在崧厦民中读书（"文化大革命"期间）时，又担任劳动委员。1967年7月到1969年7月在盖北棉技校读书时，杭兰英第三次担任劳动委员。每每谈到这些事，杭兰英脸上总是露出自豪的笑容，她自嘲地说："我这辈子注定是干活的命了，不然，怎么三次都当劳动委员？"1969年7月到1970年，杭兰英从棉技校毕业后在杭家村做出纳。

其他四个子女，也都成了有出息的孩子，在建筑业干得风生水起，特别是老四杭飞龙，成为华升建筑集团公司的董事长，是家乡父老乡亲所骄傲的男子汉。

1970年1月，杭兰英跟祝马村的祝秋潮喜结良缘。祝秋潮1964年去原南京军区当兵，1969年退伍，退伍前经人介绍认识了杭兰英。祝秋潮回来后不久，创办了四埠中学，并担任校长。他们结婚时，当地刚好移风易俗，不送彩礼，节约办婚事。当时，祝马村给十对新人举办了集体婚礼。杭兰英代表十个新娘在婚礼上讲话，祝秋潮代表十个新郎在婚礼上发言。

杭兰英出嫁前，杭家村更名为幸福村。结婚后，夫妻俩相敬如宾。祝秋潮对杭兰英的支持和包容，在整个上虞区几乎家喻户晓。还有人私下嘲笑祝秋潮，说他是个"妻管严"。对此，祝秋潮只是微微一笑，并不放在心上。

杭兰英结婚后的第二年，到了祝马小学担任代课老师。1972年春，杭兰英参加了上虞县第五届团代会。时隔不久，她便主动辞职。有亲戚不理解："代课时间长了，可以转为民办教师，你怎么不当了？"

杭兰英说："秋潮是四埠乡的文教干部，我当代课老师，老百姓可能说闲话，所以主动退出教师的行列，还是让别人去代课吧。"

说来也巧，杭兰英离开村小学后，祝马村刚好缺少一名赤脚医生，杭兰英毛遂自荐，毫无悬念地当上了村里的赤脚医生。她知道，医生的责任重大，如果没有真本事，早晚会出事的，弄不好还会出人命。庸医出现医疗事故的事情举不胜举。杭兰英决定继续深造，1972年9月，杭兰英考入了绍兴卫校，开始了为期一年的医学知识系统学习培训，以妇产科计划生育为主，半年学习半年实习。在卫校期间，杭兰英像一棵久旱的禾苗，如饥似渴地享受着甘霖，她把大量的时间用在学习上。她学这一年，等于别人学三年。毕业后学成四项重大手术：接生手术、流产手术、放环取环手术、计划生育结扎手术。杭兰英觉得自己的医疗水平一下提高了一大截。应了那句话："士别三日，当刮目相看。"祝马村的村民们发现，到卫校学习一年后的杭兰英，医疗技术提高得不是一点半点。给村民看病时，她不仅能迅速地诊断出病情，而且能手到病除，还能向病人讲出一大堆道理来。不像以前，碰到稍微复杂一点的病情，杭兰英就手忙脚乱，不知从何下手，更多的时候，杭兰英难为情地对病人说："你到镇上或者县医院查查吧。"

杭兰英的名气越来越大，后来被借调到崧厦医院妇产科工作近一年。1974年秋，杭兰英去杭州继续深造，主要学习脱落细胞（查子宫癌），回来后参加全县妇科病普查（在县卫生局做临时工）。由于在学校培训认真，基本功扎实，回来后在人民医院妇产科工作了近两年。因为杭兰英是赤脚医生出身，所以后来卫生局在精简成员时，又让杭兰英回到祝马村继续当赤脚医生。在当赤脚医生期间，杭兰英还兼任了村里的妇女主任一职。

在杭兰英心里，村民们的健康比什么都重要。从医以来，杭兰英几乎没睡过一个安稳觉，经常有村民半夜三更敲她家的门。每当碰到这种事，无论是酷暑还是严寒，杭兰英总会迅速穿上衣服，半夜去出诊。她知道，村民半夜发热、头痛、拉肚子是常有的事。别看都是一些小病，在缺医少药的年代，一旦耽误了，就极有可能引起大病，严重的甚至会危及生命。

杭兰英听别人说过这么一件事。外县一个村的男青年，二十多岁，未婚，身强力壮。半年前，那个男青年突然感觉肚子疼，痛得在地上打滚，汗珠子顺着额头往下淌。有人劝他去医院治疗，可那个青年说，不碍事。那个男青年仗着自己身体壮，平时经常洗冷水澡，还经常喝生水。他认为自己肚子疼是经常喝生水所致。所以，尽管肚子疼得厉害，他也不去镇医院检查，只在村卫生所拿些止痛片吃。后来，男青年的肚子疼得实在受不了了，才被家人用平板车拉着前往镇医院。经诊断，那个男青年肚子里满是蛔虫，早已把他的肠子咬得千疮百孔，已无法医治了。当天下午，那个男青年就去世了。医生说，如果一开始就送到镇医院检查，拿些驱虫药吃，病早好了。

杭兰英没有去核对这件事的真实性。她知道，即便这件事是道听途说，对她的触动也是前所未有的。作为一名赤脚医生，必须时刻把病人的安危放在心上。碰上自己治不了的，她会竭力建议病人去大医院治疗。

祝马村的村民有不少家庭经济困难，看病赊账的事情屡见不鲜、俯拾即是，可杭兰英从来没有主动登门向村民们要过医药费。

杭兰英遇到过这么一件尴尬的事。邻村一个十多岁的男孩子生了病，因为害怕打针，病迟迟不好。后来，男孩子的母亲请杭兰英到学校给儿子打针。杭兰英二话没说，背着药箱去了学校。在老师和同学们的配合下，费了九牛二虎之力，众人终于把那个男孩子摁倒在地，杭兰英才得以给男孩子打了一针。没想到男孩子恼羞成怒，对杭兰英破口大骂，骂得不堪入耳。这让杭兰英十分难为情。

男孩子的母亲气得狠狠地扇了儿子两个耳光，向杭兰英赔不是，连声说："他都是骂我的。"杭兰英说："孩子还小，不懂事，没事儿，不要为难孩子了。"

杭兰英对结扎手术十分精通，在上虞区医疗系统有口皆碑。她眼尖手快，手术时精、准、轻。1974年到1979年，全县开展计划生育结扎、妇女病普查工作。在全县卫生系统抽调节育骨干时，杭兰英被抽去盖北做结扎手术。卫生局徐水媛师傅听说杭兰英被派来了，喜悦之情溢于言表。她很喜欢跟杭兰英搭档做结扎手术，她说："我们师傅徒弟搭档，默契、顺手、合拍，干净利落，我们是最佳搭档，不能分开。"

杭兰英谈起结扎手术如数家珍，说起来头头是道："结扎时，选择纵切口还是横切口都有讲究。逐层切开皮肤、皮下脂肪，剪开腹直肌前鞘，钝性分离腹直肌。提取腹膜，避开膀胱和血管，避免钳夹腹膜下肠腔。寻找输卵管，它需要稳、准、轻。常用的有指板法、吊钩法、卵圆钳夹取法。做手术时必须胆大心细，胆子越小，越会有畏难情绪。"

时任崧厦医院的副院长倪梦熊说："杭兰英技术过硬，只要看到结扎者子宫内有肌瘤或囊肿时，她就延长刀口，切除肌瘤。麻醉时间不够，就加打普路卡因，血出来了，就用止血钳一夹掷边上，一擦掷掉，非常顺手，大的像鸡蛋一样大，小的像弹子一样小，她像剥离鸡蛋一样把肌瘤剥离出来，然后快速缝上，老百姓感谢她，既做完了结扎又动好了手术，为他们看好了病。因为技术精湛，杭兰英经常被抽调到四埠卫生院搞结扎，她的熟练程度就像庖丁解牛，游刃有余。"

杭兰英出色的表现获得了县卫生局领导的一致好评，说起杭兰英都赞不绝口，竖起大拇指。因此杭兰英连年被评为县卫生系统先进工作者。1980年，杭兰英开始在祝马村做赤脚医生，不分白天黑夜，只要老百姓家有事，随叫随到，村民个个称赞，给老百姓留下一个非常好的印象，由于百姓认可，所以被推荐为村妇女主任。

杭兰英的父亲杭金莲是一名共产党员，他的一言一行、一举一动，深深影响着杭兰英。在她心里，父亲是一座山，一座让她永远敬仰的高山。她期盼着有朝一日也能像父亲一样，拥有一个闻名世界的别名——中国共产党党员。

担任赤脚医生和村妇女主任后，杭兰英驾驶自己生命的小船，航行在人生的茫茫大海中，父亲像一座灯塔，指引着杭兰英，向着梦想一路前行。为了实现自己的人生价值，杭兰英付出了很多，却毫无怨言。

有一年冬天的一个夜晚，户外滴水成冰，寒风凛冽，杭兰英却迟迟没有回家。丈夫祝秋潮心急如焚、坐立不安，不时到门口张望。饭热了又凉，凉了又热。人在着急时，往往会胡思乱想。祝秋潮在心里默念：兰英会不会出事？他几次想走出家门，却又怕妻子突然回来，万一夫妻俩在路上走岔了道，反而会让妻子担心。一直等到晚上十点，杭兰英才回到家中，祝秋潮一颗悬着的心才放了下来。杭兰英说，今天卫生局抽调了几位骨干到盖北做结扎手术去了。今天人太多了，大会堂住满了人，我们的手术台一天做了三十多例，我感觉太累了，浑身像散了架，一动也不想动。祝秋潮看在眼里，疼在心里，赶紧为妻子端上了热乎的饭菜。等妻子吃完饭，他又端来了洗脚水，亲自给妻子洗脚。

"愿得一心人，白头不相离。""执手相看泪眼，竟无语凝噎。""知我意，感君怜，此情须问天。"那一刻，杭兰英眼里潮潮的，一股暖流涌遍全身……

妇女主任当支书

"我志愿加入中国共产党，拥护党的纲领，遵守党的章程，履行党员义务，执行党的决定，严守党的秘密，对党忠诚，积极工作，为共产主义奋斗终身，随时准备为党和人民牺牲一切，永不叛党。"

1984年11月11日，当杭兰英举起右手，面对党旗进行宣誓的那一刻，她心潮起伏、百感交集。为了这个神圣的时刻，杭兰英克服了人生路上一个又一个困难，一路走来，洒下了大量的汗水和心血。

"不要问我到哪里去，我的心依着你；不要问我到哪里去，我的情牵着你。我是你的一片绿叶，我的根在你的土地，春风中告别了你，今天这方明天那

杭兰英在学习文件

里。不要问我到哪里去，我的心依着你；不要问我到哪里去，我的情牵着你。无论我在哪片云彩，我的眼总是投向你，如果我在风中歌唱，那歌声也是为着你。不要问我到哪里去，我的路上充满回忆，请你祝福我，我也祝福你，这是绿叶对根的情意……"

杭兰英在担任村赤脚医生和村妇女主任期间，到底为老百姓做了多少事，她自己也记不清，祝马村的村民们也记不清。连她最最亲密的爱人祝秋潮也记不清，祝秋潮只知道妻子每天早出晚归，脚步匆匆，几乎每天都拖着疲惫的身躯返回家中。

杭兰英的丈夫祝秋潮心疼妻子，他没少劝妻子："咱们家不愁吃不愁穿，你这么辛苦干什么？"

杭兰英理解丈夫的心情，她总是笑着对丈夫说："为了全村百姓的安康，为了践行我入党宣誓的誓言。你不记得我的个人格言了吗？扑心扑肝为老百姓办实事是我的宗旨。你看咱们村现在这状况，用一穷二白来形容一点都不过分，村里有不少人家连温饱都成了问题。我是村干部，能不着急吗？早一天让全村百姓脱贫致富，是我最大的心愿。"

每每此时，丈夫祝秋潮便不再吭声，他知道妻子的脾气，只要认准的事情，九头牛也拉不回来。当然有的时候，祝秋潮劝妻子："你只是一个妇女主任，浑身都是铁，又能打几根钉。就算你想让老百姓脱贫致富，也没有能力呀。"丈夫的话让杭兰英深有同感。是啊，祝马村太穷了。

祝马村到底穷到什么程度，杭兰英一清二楚。村支部的办公室只是一间不到三十平方米的石板房，集体资金基本为零，班子软弱涣散，管理无序。

祝马村是四埠公社的一个小村，交通闭塞，土地资源相对匮乏。村民们像一只只母鸡，整天靠着到地里刨食吃。一旦遇到旱天和涝灾，地里的庄稼几乎绝收，村民们的温饱就没了着落。

祝马村村里没有一条像样的路。村子和乡里离得不算远，村民行走在村路上，晴天一身尘，雨天两脚泥。村民们的家用电器，除了手电筒，就是收音机。村民们了解外界的信息，一靠村头的大喇叭，二靠家里的收音机。整个小村，家家户户都有手电筒，但是收音机却屈指可数。每到中午和晚上，不少人聚在一起，收听收音机里的评书，刘兰芳演播的《岳飞传》《杨家将》，单田芳演播的《白眉大侠》，袁阔成演播的《三国演义》，等等。

村民家里有自行车的也不多，去镇上赶集，基本上都是靠步行。村干部去乡政府开会、汇报工作有时步行，有时骑自行车。因为路不好走，往往需要绕弯，绕来绕去，把许多机遇给绕掉了。

再说办厂，村干部们也想发展村集体经济，可就是找不准路。开一个关一个，村集体经济不发展，村里没有钱，群众的生活就得不到改善，村干部的积极性不高，村干部讲话也显得底气不足。

村干部工资常常拖欠着，更谈不上改善群众的生活。村支部书记换了一个又一个，村集体经济也没有发展起来。穷则生乱，穷则人心涣散，村里干群矛盾突出，上访事件不断，大打三六九，小打天天有。村民们自己也看不起自己，他们把自己比喻成"一只结在金藤上的苦瓜"。村民们无时无刻不盼望有只领头雁，带领他们飞出困境、脱贫致富。

1986年，村支部又要换届了。乡党委在研究祝马村支部书记人选时，伤了一番脑筋，让谁去收拾这个"烂摊子"呢？最终，乡领导不约而同地想到了一个人——杭兰英。

乡领导知道，要想改变祝马村的落后状况，必须选好当家人。祝马村好比《三国演义》中的刘备，而杭兰英则是诸葛亮。只要请出诸葛亮，祝马村将会成为四埠乡的一匹黑马，也有可能成为四埠乡一颗耀眼的明珠。

乡党委决定学学当年刘玄德三顾茅庐，登门去请杭兰英"出山"，希望她能参加村党支部换届选举。

乡党委派人上门找杭兰英谈心的事，像长了翅膀一样，瞬间传遍了整个祝马村，小村沸腾了，人们奔走相告，好像看到幸福正在不远处向他们招手。

面对登门的乡党委领导，杭兰英心里很矛盾。别看她入党宣誓时热血沸腾，还定下了自己的人生格言，但真让她参与支部书记竞选，她心里没底，毕竟自己没有领导经验。以前历届支部书记，哪一个都不比自己能力弱，男同志都无能为力的事情，她一个文弱女子，挑得起这副重担吗？万一搞砸了，怎么办？如何向全村百姓交代，如何向乡党委领导交代？可转念一想，自己是一名党员，既然乡领导这么看重自己，如果知难而退，怎么对得起这份信任？

等乡领导走后，杭兰英立即找到父亲，向父亲说出自己的担忧。得知这一消息后，父亲黝黑的脸上绽放出笑容："兰英啊，你准行，别多想，放开手脚去干吧。我和你娘支持你，如果秋潮为难你，我会做好工作的。"

父亲的话，像一缕春风，吹进了杭兰英的心田，吹走了她所有的担忧，又似一针强心剂，给杭兰英注入了无穷的力量。杭兰英知道，背后有父亲这座大山，前进路上即使遇到再大的困难，也击不垮她。父亲会随时张开强有力的臂膀，在人生路上为她遮风挡雨，为她擂鼓助阵，为她保驾护航。

当晚，杭兰英躺在床上，辗转反侧，久久不能入睡。这一切来得太突然了，她原本只想在做好赤脚医生、妇女工作的同时，在家相夫教子。她的生活过得安逸富足，丈夫祝秋潮是崧厦中学副校长，四弟杭飞龙是浙江华升建筑集团公司的董事长，六弟杭国龙是一家建筑公司的项目经理。人都说：有三家穷亲戚不算富，有两家富亲戚不算穷。两个弟弟这么有本事，如果杭兰英遇到困难，他们绝不会视而不见，他们姐弟的感情不一般。杭兰英即便自己没有工作，也饿不着，也比村里其他妇女享福，更有丈夫祝秋潮的万般宠爱。杭兰英没想到乡党委领导却把祝马村脱贫致富的重担交给她，虽说自己长得人高马大，从不畏惧干体力活，可能不能挑起祝马村几千父老乡亲的希望，她心里没底。

知妻莫若夫，杭兰英心里的忧虑，瞒不过丈夫的眼睛，他不无担忧地对妻子说："兰英啊，村里基础这么差，群众期望又那么高，前几任村支书都没能改变全村的落后面貌。你一个女子，顶得下来吗？你好好考虑一下，不行的话，你去乡里找领导，不接这副担子呗。反正还没进行选举。"

杭兰英坚定地说："秋潮啊，你还不了解我？既然组织上推举我，就是信得过我，这是给我干事创业的平台呀！"

"你赤脚医生做得蛮好的，业务精通，技术精湛，深受领导和百姓的爱戴，而且治病救人的职业也是非常崇高的，我觉得很适合你。可当村支书，你能行吗？我怕你受罪啊！"

杭兰英说："有父亲和你在背后支持，我有啥怕的，再大的苦我也能吃，再大的罪我也能受！"

"我知道劝不住你，那你就放开手脚干吧！我全力支持你。你好好干你的'革命'，我就一心'促生产'，把我们家里的事情做好，做你的坚强后盾，做你的'贤内助'！"祝秋潮太了解妻子了，他知道杭兰英认定的事谁也拦不住，同时也坚信只要兰英想干的事就一定能够干成功，因为兰英是一个能够全力以赴、扑心扑肝做事业的人。

暗夜里，杭兰英脑海里突然跳出毛主席的诗词《卜算子·咏梅》："风雨送春归，飞雪迎春到。已是悬崖百丈冰，犹有花枝俏。俏也不争春，只把春来报。待到山花烂漫时，她在丛中笑。"

她默默地背诵着，一丝微笑爬上嘴角。严冬里的梅花，是那么坚强不屈，倔强地绽放在悬崖边，不畏寒冷，对春天充满信心。比起梅花来，自己眼前的这点困难算什么呢？

想到这儿，杭兰英忍不住笑出声来，这笑声倒把丈夫祝秋潮吓了一跳。

带着这甜美的微笑，杭兰英渐渐进入了梦乡。她要养精蓄锐，用百倍的信心去迎接自己的新生活。

一轮红日冉冉升起，祝马村的上空升起袅袅炊烟，像一条条玉带直通云霄。一只喜鹊跃上村头的一棵大树，叽叽喳喳地叫着，仿佛在专心致志地吟诗唱歌。

贫穷落后的祝马村，即将迎来自己新的当家人、领路人。

新官上任三把火

"天将降大任于斯人也，必先苦其心志，劳其筋骨，饿其体肤，空乏其身，行拂乱其所为，所以动心忍性，曾益其所不能。"杭兰英，这位从小在福窝里长大的女子，原先只想安心做一名乡村赤脚医生，却被四埠乡党委"相中"。乡党委没有像当年刘备"三顾茅庐"才请出诸葛亮，乡党委才"一顾祝马"，杭兰英便"出山"了。

1986年8月6日，这是一个让杭兰英终生难忘的日子，年轻的杭兰英走马上任，成了祝马村党支部书记。杭兰英不会忘记，祝马村老百姓那一双双期望的目光，这目光中充满期待和真情。杭兰英不会忘记父亲和丈夫的鼓励之言，这言语像一缕缕春风，鼓起了杭兰英生活的风帆。杭兰英更不会忘记乡领导那谆谆教诲，一句句暖心的话语，给了杭兰英无穷的力量。

人都说，新官上任三把火。杭兰英思忖：这三把火该怎么烧，如果烧错了方向，弄不好会把自己烧得焦头烂额、面目全非，甚至还有可能"失去生命"。必须小心翼翼，一步一个脚印往前走，绝对不让父亲和丈夫失望，不让乡领导失望，更不能让全村百姓失望。

上任当天，杭兰英主持召开了第一次村支委会。面对一双双信任和充满期待的眼睛，杭兰英激动不已，她深情地说："各位支委，今天我们开个支部扩大会，参加会议的都是村两委委员，这是我们新支部成立后的第一次会议。我是祝马村的媳妇，喝的是四埠乡的水、吃的是四埠乡的粮，在座的各位都是我的长辈，工作经验都比我丰富。虽然我对祝马比较熟悉，村里的情况也基本了解，可我毕竟刚刚到村里工作。希望大家以后多帮助我，我会虚心向各位多多学习的。同时，我也表个态，既然乡党委让我当祝马村党支部书记，那是四埠乡党政领导对我的信任，我一定不辜负组织和乡亲们对我的信任，尽心尽力地工作，努力使祝马村脱掉落后贫穷的帽子。"杭兰英还动情地说："想当年，毛主席和党中央离开西柏坡走进北京时，毛主席说进京是一次赶考，老百姓是阅卷人。如今，祝马村两委也面临着一次'赶考'，在座的每一位委员都是赶考人，祝马村的百姓是我们这次赶考的'阅卷人'，能不能向全村百姓交上一份满意的答卷，群众自有定论。组织的'任命'在纸上，群众的'任命'在心上，我们一定要以百倍的信心，竭尽全力为全村村民办实事、办好事，不让群众的'任命书'成为'一纸空文'。"

"会当凌绝顶，一览众山小。"虽说组织"纸上的任命"和群众"心上的任命"本质上是一致的、统一的，但对于杭兰英，她觉得自己的任职，意味着一个新的起点。而且争取"心上的任命"更是一个群众接纳的过程、一个树立威信的过程、一个留下口碑的过程。自己只有与班子成员一起获得群众"心上的任命"，才是尽到了"勤务员"之职、"公仆"之责，也才是对"全心全意为人民服务"宗旨的最生动的实践。她郑重其事地提出："希望大家相互监督，更希望大家严格监督我的一言一行。我们今天会议的主题就是如何把祝马村发展起来。最近几天，我一直在思考这个问题，我想先听听大家的意见，然后，我们再统一思想。"

村主任王茂桃说："杭兰英同志当书记，我们心里很高兴。杭兰英书记的情况我们大家都知道，她既有较好的群众基础，又有当赤脚医生的工作经历，人头熟，关系好，我相信有杭书记带领大家干，一定能改变我们村的面貌。我觉得，我们现在要做的第一件事是修路。俗话说：想要富，先修路。祝马村想要脱贫致富，必须先修好路。我不想晴天一身灰，雨天两脚泥。"

主办会计朱荣林说："我觉得，我们村的集体经济太薄弱了，光靠种种田是不能发展的，我们要想办法壮大村集体经济，招商引资，办企业。"

妇女主任朱彩娣说："客气的话我也不说了，希望我们村两委成员在杭书记的带领下，努力工作。大家看到田里犁地的牛没有？如果几头牛齐心协力去拉犁，犁出的地都会整整齐齐，还能缩短犁地的时间。相反，如果一头牛往前，一头牛不动或者后退，一分田也犁不出来。祝马村铺路是好事，但钱从哪里来？村干部的工资都拖欠着，过年时还要靠承包款交上来发村干部的工资，谈何容易。"

谈起村里的困难和窘境，村干部朱荣林等人你一言我一语地说开了。杭兰英从他们的谈话表情和言语中，明显感觉到一种沮丧的情绪。刚才还充满激情的会议室，瞬间笼罩在一种悲观中。杭兰英知道，原先的村两委成员，不是不想干事，而是被无情的现实击垮了热情。

等最后一名村委委员讲完，杭兰英沉吟片刻，面带笑容地说："刚才大家都谈了很多，村里的困难和矛盾确实很多。我的能力虽然有限，但我想，只要我们用情去做，用心去做，就没有克服不了的困难，就没有攻不破的堡垒。祝马今后的日子一定会好起来的，欠大家的工资一分钱也不会少，村里的账上都记着呢！有句名言叫'思路决定出路'，我要加一句：'思路决定财路！'目前我们村一穷二白，必须把村集体经济发展起来，村里不富，我们就不能为村里的老百姓办实事，我们当干部的说话就没有硬气。我希望我们祝马村的村干部不要做胆小的海鸭和企鹅，而要做一只勇敢的海燕。大家想一想，我们身后有全村百姓和乡领导做坚强后盾，只要我们用心去做，还有什么克服不了的困难呢？毛主席有句名言：世上无难事，只要肯登攀。我看我们下一步的发展思路可以用三句话来概括：优化环境、盘活资产、加大开发。"

杭兰英说的这三句话，是她考察了其他村的发展经验，经过思考后谋划的发展思路。她接着又对三句话进行了具体阐述："具体地说，在优化环境方面，就是大家提出的修路造桥的事情，这是群众最关心、要求最急迫、受益最直接的问题，也是优化环境最重要的问题，有了好桥好路，别人才会进来。关于钱，我想从三个方面来筹措，也就是'三个一点'，就是我们村干部带头捐献一点、村里有钱老板捐赠一点、向上积极争取一点。从明天开始，我们分一下工。一是我和村主任茂桃一起去向村里在外发展的老板动员赞助一点；二是我们村干部带头捐款，发动全村群众捐款，我先带头捐献，在座的根据自己家里的条件量力而行都要捐献一点，分工负责到各片组织动员和宣传；三是向乡政府申请，哪怕是借也要借部分来。

"在盘活存量方面，我们要挖掘资源，寻找资源。要结合村里的实际，优化生产力布局，把一些闲置土地充分地利用起来，如路边的零散土地、破窑、破旧厂房等等，对一些优势地段要进行合理规划，这将为我们赢得潜在的发展空间。

在加大发展方面，我们要大力引进企业来投资。我们地理环境偏，交通落后，土地资源匮乏，那么我们如何把企业请进来呢？那就要发扬'四皮'精神，硬着头皮、厚着脸皮、磨破嘴皮、跑破脚皮。"

说到最后，杭兰英提高了嗓门："同志们，机遇面前人人平等，但不是人人平分。我们要时时刻刻把握好机遇，错过机会就是对老百姓的不负责。我们或许以前已经错过了许多机会，现在，我们要抢抓机遇，再也不能按部就班地做事了。"

王茂桃说："杭书记刚才说的话很好，非常鼓舞人心！我个人完全赞同，完全拥护！"朱荣林等干部也纷纷表示赞同。

杭兰英脸上像绽放着桃花："今天支部扩大会开得很有效果，我们村干部的思想统一了就好办。最近几天我们要开党员大会、村民代表座谈会，主要问题就是要分析我们村落后的根源，尽快形成加快发展的共识。人心齐则泰山移，只要把村里的群众都动员起来，我们的工作就好干了……"

第一次支部扩大会，仿佛是一把火，烧得大家心里热乎乎的。又似一个指南针，给在贫困中苦苦挣扎的祝马村指明了方向。杭兰英的三条发展思路、"三个一点"的筹款方式，都是她在经过走访调查、苦苦思索后得出来的，这条路十分切合祝马村的村情。

天若有情天亦老，只等回眸相对笑。杭兰英知道，自己的想法和愿望再美好，那也只是设想，祝马村能不能脱贫致富，还是一个未知数。祝马村前几任村支书不是没有能力，而是祝马村太穷了，以至于他们想带着百姓们脱贫，却心有余而力不足。杭兰英决定在认真总结前几任村支书治村经验的基础上，另辟蹊径。她深知，这条路不可能一帆风顺，一定会荆棘丛生、困难重重。但她下定决心，要像《海燕》中的海燕那样，一边凭借自身的胆识和勇气，一边依靠群众和党组织的力量，在祝马村改革的路上披荆斩棘，"黄沙百战穿金甲，不破楼兰终不还"。

杭兰英站在办公室的窗户前，把目光投向窗外。一只公鸡站在一堵矮墙上，仰着头，一声接一声地高歌，仿佛要唤醒沉睡中的祝马村……

捐钱修建水泥路

"蜀道难，难于上青天。"这是唐朝诗人李白在诗作《蜀道难》中发出的慨叹。无独有偶，走马上任之初的杭兰英，面对祝马村的村路，也有"行路难"的感触。

杭兰英上任后，面对村里的烂路，经常夜不能寐。杭兰英深知"要想富，先修路"的道理。村民们行走在村路上，往往是晴天一身尘，雨天两脚泥，饱尝村路差带来的艰辛。杭兰英有一次和姐姐骑着自行车去镇上赶集，回来时突然下起了大雨。姐妹俩只好找个地方躲雨。雨过天晴后道路泥泞，只好推着自行车往家里赶。没推两步，自行车前后轮上就沾满了泥，自行车像被锁住了一样，再也不动了。姐妹俩只好从路边树上折了两截树枝，一人刮车前轮的泥，一人刮车后轮的泥。刮完后，继续推着前行。没走几步，车轮又塞满了泥。姐妹俩继续用树枝刮泥，走走停停，停停走走，半个小时也没走出一里路，却把姐妹俩累得满头大汗。一气之下，姐妹俩轮流扛着自行车往家里走。赶到家里时，两个人衣服都被汗水湿透，累得动也不想动。像这种事，祝马村家里有自行车的人，几乎人人都遇到过。

《三国演义》中，诸葛亮未出茅庐就已勾画出"三分天下"的蓝图，而杭兰英没担任村支部书记之前，就看清了村路是阻挡祝马村致富脚步的最大障碍。她知道，祝马村想要脱贫致富，必须先修路。上任之初，尽管她满腔热情，胸怀大志，可村里基础薄弱，资金短缺，这让她感觉到心有余而力不足。光谋划不行，必须付诸行动，而行动必须得有钱。修路，不是动动嘴皮子，吹口气，路就修好了。没有钱，脏乱的村容村貌，何时才能改变？杭兰英看在眼里，急在心里，愁啊！愁得吃不下饭，睡不好觉，几天后，杭兰英左边嘴角上起了泡。丈夫祝秋潮知道妻子有内火，他不知该怎么劝妻子。

"到哪里去筹集资金修路？"杭兰英不停地在心里问自己。此时，祝马村已经有部分村民靠着勤劳的双手走上致富路。其中就有杭兰英的邻居祝小华。祝小华在建筑行业打拼，在村里算是致富能人。因为是邻居，两个人平时交流沟通的机会很多。祝小华原以为杭兰英当了村干部会很开心。谁知一聊，祝小华才知道村里想修路却没有钱，杭兰英压力很大，几乎天天奔波在外，人累得瘦了一圈。祝小华被杭兰英的所作所为深深地打动了。他对杭兰英说："我是祝马村人，如果村里需要钱，我愿意捐款。"

那一刻，杭兰英心潮起伏，祝马村有这样的好村民，她还有什么理由不俯下身子去克服前进路上的困难呢？只要人人都献出一点爱，世界将变成美好人间。党员干部走在前，再难的工作都好干。杭兰英盘算好了，自己作为一个党支部书记，要真正起到模范带头作用。关于修路的钱，不能光伸手从别人腰包里掏，谁的钱都不是大风刮来的，而是汗珠子掉地上摔八瓣，辛辛苦苦换来的。自己不能当铁公鸡一毛不拔。

第一次支部扩大会后，杭兰英多次召开村民小组组长会议。她在会上动情地说："要想富，先修路。村里的路不修不行，没有好的路，村民就富不了。"为了带动群众捐款，杭兰英决定自己出资先修一条路，那就是村委通向祝马河沥底的那条路，全长二百米左右，杭兰英请人预算了一下，约三万元。

摘掉贫穷帽子所迈出的重要一步就是在村里要修好水泥路，这是她在经过深思熟虑后做出的决定，从某种意义上来说，这是一个改变祝马村命运的决定，是祝马村由一个在贫困的泥淖中艰难跋涉的小村从此迈向富裕之路的决定。就在杭兰英做出这个决定之后，她回家跟丈夫祝秋潮商量自己家里捐钱的事，没想到最最亲爱的人却竭力阻拦。祝秋潮大声说："你疯了，这是我们俩一生的积蓄，咱们的房子不是想要翻建一下吗？孩子还那么小，处处需要花钱。再说，你修了这一段路，还有整个村的路，你修得起吗？"杭兰英说："数字确实大了点，我的工资也只有几十元一个月，我们家的钱还是基本上靠你赚的，我心里有数，算是向你借的，因为这条路我是一定要修的，家里房子的翻建先搁一搁，过段时间再说吧！难道你还没有祝小华的觉悟高？"丈夫祝秋潮嘴里这么说，其实心里早就同意了，因为他知道杭兰英的脾气，她想要做的事，九头牛都拉不回来。

半个月后，一条二百米长的水泥路横亘在祝马村中，不少村民欣喜至极。这条由杭兰英个人捐资三万元建造的水泥路，让祝马村的村民们看到了脱贫致富的希望，看到了村干部为民办实事的决心。尤其是老人和孩子们，他们对这条道路的欢喜是用语言无法来描述的，一些人竟然光着脚丫子在路上走来走去。他们再也不怕以后下雨天走这段路了。再也不会提心吊胆地走这段泥泞不堪的道路了。尽管水泥路并不长，但他们相信杭兰英，只要她领着大伙脚踏实地地干，这条水泥路一定会不断地向左右拓展，向远方延伸。

水泥路浇好的那天晚上杭兰英显得很兴奋，这个已劳累了一天的村党支部书记，晚饭后又来到了施工现场。昏黄的路灯下，杭兰英不停地从路的这头走到路的那头，时而察看路面，时而捡掉杂物。

这时候，村妇女主任朱彩娣也来了。杭兰英对她说："彩娣啊，今天我们村里浇这条水泥路，还只是个开头，以后村里还有更多的道路要硬化，要拓宽，要延伸。所以我们一定要把这段路养护好，不能把刚浇好的路面给踩坏了。"为了看护好这条路，她们两人做了分工，一个人守在路的这一头，一个人守在路的那一头，防止有人夜里踩坏这条路。秋夜的寒冷和困倦是令人难熬的，但两位女干部却一直蹲在路两头，像呵护自己的孩子一样寸步不离地呵护着这条刚浇好的水泥路，直至天亮。

村民们听说杭兰英和朱彩娣一人一头看护一夜的路，无不感慨：要是知道杭书记和彩娣夜里看护着水泥路，我们得替换她俩呀，哪能让两个女的夜里看着。这不是打我们的脸吗？全村那么多男人都在家里睡觉，却让两个女子守了一夜的路。

感叹之余，村民们无不称赞：想不到兰英书记新官上任第一把火烧得这么好，堪称祝马第一火！她出资这么多、这么大方，她是我们祝马村真正的领路人。是啊，人都是有私心的，杭兰英却没有一点私心。无论是祝小华的捐款，还是杭兰英的慷慨，这都是一种境界，一种精神。世上有多少富翁因为不知钱为何用而只能是富翁，永远成不了贵族。花因为美丽才可爱，人因奉献见精神。不孤芳自赏，永远为人们奉献美丽，这正是杭兰英的追求。

杭兰英又是一个精打细算的人。村里人都知道，她平时总会把一分钱当成十元钱来使用。这就是"生意经"，这就是经济学。赚钱是本领，用钱有学问。任重道远，岂能偷闲。

就在这条水泥路浇好数天后的一天上午，在上海从事建筑业的祝马村村民沈兴华，在回家时看到了这条水泥路。他愣住了，呆呆地站着，久久地凝视着面前这条短短的水泥路。在他的记忆中，这个虞北平原小村中的所有道路都是泥泞的、坑坑洼洼的，许多人，包括他自己，都曾在这些道路上行走时被滑倒过，也曾扛过自行车。如今，泥路变成了水泥路，这多出的一个"水"字，饱含着杭兰英对祝马村村民多少的情意呀。

没有水泥路时，祝马村一个专门孵豆芽菜的妇女，为了卖豆芽，一次起早挑着两大筐豆芽菜到崧厦集市上去卖，不小心在这条路上滑倒了，豆芽菜撒了一地，人也摔得爬不起来了。现在，村里终于有了这条真正的水泥路，虽然很短，也不宽，但村民们看到了希望。那个妇女每次经过自己摔倒的地方，都会自言自语："以后别说下雨，就是下大雪，我从这段路上走也不担心了。"那时那刻，她从心底油然升起对杭兰英书记的敬佩和感激。她知道，祝马村有杭兰英这样的带头人，用不了多久，一定会有更多的热心人加入祝马

村领导班子迈步在村道上

村的建设队伍中来。

沈兴华在那次回家后的当天下午，满怀深情地来到杭兰英办公室，一进门，他就对杭兰英说："杭书记，你开了个好头啊，这条水泥路一建成，大家就看到祝马村脱贫致富的希望了，我知道我们村里没有钱，我今天给村里捐十万元，从杨家沥到福海桥头这条水泥路由我来修，以后钱不够，我再捐……"

杭兰英站了起来，紧走几步，紧紧握住沈兴华的手，连声说："谢谢你，谢谢你！"

三个月后，一条长七百米、宽三米左右的水泥路就出现在祝马村的地面上。从那以后，修路的接力棒就一直被祝马村的热心人一棒一棒传下去：家住后桑村的陈坤校捐资三十万元修了进村大道拓宽工程等道路，祝小华捐资八万元硬化了村道路及修建了庵桥。陈坤校在上海创业多年，他先后捐了四十万元支持村里的各项建设。谁又能知道，陈坤校捐款之前曾有过一些顾虑。早年，他也曾经出资五千元用于整修村道，但村道整修工作在铺了几车塘渣后就停止了。那时塘渣只要一百元一车，陈坤校觉得自己捐的款没有真正发挥作用，也

第一章 天降大任

就失去了当初的那份热心。

后来，原祝马、温泾、后桑三个村合并后，村名改成了祝温村，村支书杭兰英干练负责的做事风格，给陈坤校留下了很深的印象，觉得这位村支书是为村民干实事的。在自己父亲的支持下，陈坤校尝试着捐了十万元，用于进村大道拓宽工程。等到工程完工后，陈坤校很满意，他对杭兰英的信任度急剧上升。

修路的难题解决了，可新的困难却接踵而来，杭兰英的心又提了起来……

第二章　情系百姓

柔肩挑起祝马村

唐朝诗人杜甫在《茅屋为秋风所破歌》中写道："八月秋高风怒号，卷我屋上三重茅。茅飞渡江洒江郊，高者挂罥长林梢，下者飘转沉塘坳。南村群童欺我老无力，忍能对面为盗贼。公然抱茅入竹去，唇焦口燥呼不得，归来倚仗自叹息。……床头屋漏无干处，雨脚如麻未断绝。……安得广厦千万间，大庇天下寒士俱欢颜！风雨不动安如山。呜呼！何时眼前突兀见此屋，吾庐独破受冻死亦足！"

这是诗人杜甫用血泪写就的诗篇，字字催人泪下，读完令人痛彻肺腑。杜甫一生坎坷多难，居无定所，曾衣不得暖，食不能饱，遍尝人世艰辛。乱世磨砺了他，也造就了他。诗的结尾，诗人愿以一己之身，承担天下所有苦难，并为此而哀叹，而失眠，而大声疾呼。

担任祝马村党支部书记的杭兰英跟杜甫当初的心情一样，与杜甫不同的是，杭兰英不怨天尤人，而是想尽一切办法，像燕子筑巢一样，用自己的行动去慢慢改变祝马村贫穷落后的状况。此时的祝马村穷得叮当响，也就比当年杜甫居住的茅屋强一点，穷得连一份报纸都订不起，连招待客人的茶叶，也是杭兰英从自己家里拿来的。在这不到三十平方米的村委石板房里办公，着实让人难受，杭兰英想着修理一番。因为没有钱，盖房子时买的椽子都是一些最便宜的歪脖树，有的甚至用竹竿代替，以至于盖上瓦片后，因为椽子弯曲缝隙太大，常有瓦片从屋顶掉下来。当年杜甫茅屋上的茅草被秋风吹得四处乱飞，而祝马村村委的房子，不用秋风去吹，房上的瓦片就会自己掉下来。杭兰英原来打算把自己家里的房子翻新一下，因为村委的房子急待修理，她跟丈夫祝秋潮商量，自己家的房子暂缓动工，把刚买来的木料全部用在了村委办公室的建筑上。

大河无水小河干。村委办公地点的房子都这么破烂不堪，村民的住房也就可想而知了。如果诗人杜甫在祝马村居住，他也许就不会发出无奈又无助的慨叹，毕竟祝马村跟杜甫居住条件一样的人不要太多。杜甫写出了千古佳作《茅屋为秋风所破歌》，祝马村的人如果用心去构思，没准会有人写出《祝马村房瓦掉落歌》。

祝马村唯一的经济来源是村民所上缴农业税中的一点点返还款，一年也就万把块钱，这点钱付掉村干部的补贴后，连交村里的水电费也不够。为了这一点点少得可怜的返还款，村干部们甚至在年三十夜里，趁着村民们回家吃年夜饭的时候去欠账户家门口蹲点守候，不这样做就很难见到欠账户。即便这么守候，有时也会落空。人常说：人穷志短，马瘦毛长。祝马村的村民也知道村干部们会趁着年三十登门催要返还款，他们便会跟蹲点守候的村干部们玩"猫捉老鼠"的游戏，以至于那些上门催要返还款的村干部有时在寒风中一等就是好几个小时，跟做贼似的，而收上来的欠款却少得可怜，有时只有十几元钱。因为没有副业，村里青壮年大多外出谋生了，留下来的老弱病残者，只能守着几分薄田，或者外出修理雨伞、孵点绿豆芽、下河摸螺蛳去赚点钱。

祝马村的村民们也许不会想到，他们村党支部书记杭兰英跟兰考县委书记焦裕禄初到兰考县面对黄沙的心情一样，焦虑、困惑、忧愁。祝马村的情形，对于杭兰英这样一个没有治村经验的女同志来说，困难可想而知。穷，并不可怕，可怕的是祝马村的干部和群众心中缺少一种跟贫穷做斗争的勇气。人都说：穷则思变，但祝马村有的人越穷脾气越大，越穷越不争气。村里的歪风邪气一度压倒了正气，祝马村像一盘散沙。村民们之间动不动就因为鸡毛蒜皮的小事而大打出手。

那天，杭兰英接到报告，两村民因宅基地的问题闹得不可开交。两家调集了各自的"兵力"，准备来一场"恶战"。杭兰英赶到出事地点时，两家已经摆开了"战场"，男的跟男的吵，女的跟女的闹，越吵越激烈，引得不少村民围观，却没有一个上前劝阻。杭兰英十分生气，她冲到两家人中间，气呼呼地问："你们想干什么？为了一点小事，难道非闹出人命不可？"

一番劝解后，两家人才各自罢兵。不过，他们互不服气，公说公有理，婆说婆吃亏。杭兰英说："本庄本村的，低头不见抬头见，至于这样吗？你们都各自退一步，能吃多大的亏？"劝了一个多小时，两家当事人才算"熄火"，最终握手言和。

杭兰英长长地呼出一口气，急匆匆赶回村支部办公室。谁知刚到办公室门口，又有人找上门来。村里一个年迈的老太太，哭诉自己的儿媳妇不愿意赡养她。

看到满脸泪痕的老婆婆，杭兰英的心都要碎了。养儿为防老，可儿媳妇不愿意赡养老人，媳妇还说出了一大堆理由。

这次，杭兰英没有发火，她招呼老太太和儿媳妇坐下来。先给她们每人倒了一杯水。听婆媳两人述说事情的经过后，杭兰英足足五分钟没说话。

沉思一会后，杭兰英对那个媳妇说：我先给你讲一个故事。从前，有一个父亲带着儿子去村头玩。在村头，他们看到一只麻雀站在树上。父亲问儿子，树上是什么。儿子回答说，是麻雀。父亲好像没听见，又问树上是什么鸟。儿子有点不耐烦地回答说，是麻雀。父亲继续问，树上是什么鸟。这次，儿子生气了。他大吼，我看你是老年痴呆了。我明明告诉你树上是麻雀，你耳朵聋了吗？父亲不再问儿子了，带着儿子直接回了家。到家后，拿出一个日记本，翻到中间一个部分，然后递给余怒未消的儿子。儿子看过那篇日记后，不禁羞愧万分。

原来，父亲写的日记，清清楚楚地记着儿子小时候的一件小事。儿子五岁那年，父亲领着他到村口玩耍。在一棵柳树上，一只麻雀正叽叽喳喳地叫着，好像是在唱一首优美的歌。儿子问父亲，这是什么？父亲回答，麻雀。过了一会，儿子又问父亲，这是什么？父亲回答，麻雀。儿子便到路边草丛里捉蚂蚱。每隔几分钟，儿子便要问一次。不到半小时，儿子问了四十次。每问一次，父亲总是不厌其烦地回答，麻雀。父亲回家后，在日记本上记下了这件事。日记的结尾，父亲写道：我并没有感觉到儿子问这个问题让我讨厌、心烦，我觉得儿子以后会永远记住麻雀的模样。没想到，多年以后，父亲问了同样一个问题，仅仅问了三次，儿子就恼火了，厌烦了，还冲父亲大吼。这说明了什么？这说明长辈对子女的爱是无私的、深沉的、没完没了的。而小辈对长辈的爱，是苍白无力的，有时还会像刀子一样，深深刺痛长辈的心。

杭兰英讲完这个故事，语重心长地对那个媳妇说："每个孩子都是父母身上掉下来的肉，我们小的时候，父母给我们端屎倒尿，从来没有一句怨言。他们养我们小，我们就得养他们老。每个人都有年老的时候，你现在做的一切，都是给你的儿女看的。你孝顺了，等你老的时候，你的儿女自然会孝顺你，你不愿意赡养老人，你的儿女也会看在眼里记在心里。"

话是开心锁，杭兰英的一席话，让那个媳妇羞愧难当。她对婆婆说："妈，我错了。"她又对杭兰英说："杭书记，我会永远记住你今天说的这些话，如果我以后再做对不起婆婆的事，你可以把我赶出祝马村，我绝没有任何怨言。"

杭兰英脸上露出了笑容，那时那刻，她思忖：以后村里富裕了，有条件了，说啥都得建一个敬老院。万一有不孝顺的儿女不愿意赡养老人，就可以让老人住进敬老院。

这时，又有人来报告，村东头，两个村民打起来了。

杭兰英刚刚舒展的眉头又紧锁起来，她立即起身赶往村东头。赶到出事地点一问，杭兰英简直哭笑不得。

原来，这两个村民素来不睦。一个村民的鸡丢了，便站在家门口骂，骂谁偷了他的鸡。这本来是一件很正常的事，巧得很，他骂偷鸡贼时，另一个村民正好从旁边经过。骂偷鸡贼的村民看到以前的仇人，气不打一处来，骂着骂着，就骂岔道了。

骂者有心，听者更有意。另一个村民不由得止住了脚步，他听出了骂者话里有话，明显是指桑骂槐。是可忍孰不可忍，那个村民不禁恼羞成怒。他冲着骂者问："你骂谁呢？"骂者说："我骂谁偷我的鸡呢，你管得着吗？"

话不投机，两人当场动起手来。不大一会，两个人就翻倒在地，一会你骑我身上，一会我骑你身上，弄得鼻青脸肿，衣服也扯破了。而围观的群众，却没有一个人上前制止，他们只是站在旁边观看。这种情形，很像鲁迅在文章《藤野先生》里描述的一样，一个中国人要被枪毙了，围观的一群中国人看到自己的同胞被枪毙，不但不感到痛心，却叫好。唉！麻木至极，愚昧至极。

杭兰英问清了事情的缘由，气得胸脯一起一伏，她大声呵斥二人："住手，你们俩的年龄加起来都八十多岁了，怎么像小孩似的？再不住手，我让派出所来人把你俩抓起来。"

两个村民这才停止了打斗，从地上爬了起来，呼哧呼哧地喘着粗气，眼睛瞪得像牛眼一般大，互相冲着对方运气。

杭兰英对骂者说："为了一只鸡，这么做值得吗？你一个大男人，张口骂人，就不怕老少爷们笑话你？"

骂者说："我的鸡丢了，当然要骂了。"

杭兰英说："你的鸡丢了，可以先找找，实在找不到了，可以到派出所报案，你这样在村里大骂，村里人会怎么看你？"

杭兰英回头又对另一个村民说："他骂偷鸡的，又没骂你，你接什么话，这不是没事找事吗？"

正劝着，丢鸡的村民突然看到自己的鸡从不远处踱着方步慢悠悠地走来。他愣了一下，脸上露出了很不自然的表情："杭书记，我错了，我的鸡没丢，我以后再也不这样了。"

返回村委办公室的路上，杭兰英感觉到心情很压抑。村民们的素质必须要提高，小吵天天有，大打三六九。再这样下去，祝马村别说脱贫致富了，恐怕早晚会闹出刑事案件来。

没担任村支部书记前，杭兰英对村民们吵架、打架的事也有耳闻，并亲眼看见过。有打肿脸和眼睛的，有打烂头的，还有打伤胳膊腿的。而吵架、打架的原因都是小事，有的事情比针眼还小，却越演越烈。为这种事，杭兰英感到很苦恼，也没少生过气。但生过气以后，她很快又坚强起来，她想起在选举时，几位老党员对她说过的话："兰英啊，乡领导把祝马村交给你了，无论困难多大，你都要坚持下去，你不能看着我们村就这样'烂'下去啊，我们都支持你！"

杭兰英时时想起那几位老党员的叮嘱，想起乡领导期待的眼神，想起父亲和丈夫关爱的目光。对于自己的选择，杭兰英从来都没后悔过，她是个要强的人，既然党组织和乡亲们把这副担子交给自己了，就要勇敢地把它挑起来，还要挑好，像泰山上的挑山工那样，尽管步步登高，也得义无反顾地挑着担子往前走。

杭兰英知道，泰山上的挑山工，挑起的是自己一家人的生活，而她挑起的则是祝马村全村百姓的未来和希望。为了让全村百姓早日脱贫，早日过上幸福美好的生活，杭兰英思忖，不管前面的路多么难走，无论再大的风雨，她也甘愿承受。她知道，在以后漫长的征程中，祝马村的父老乡亲们会陪着自己一起走，党组织会为她撑起伞，为她遮风挡雨，给她温暖亲切的鼓舞和问候。

那一刻，杭兰英耳旁仿佛又响起了她入党宣誓的誓言：我志愿加入中国共产党……

一心牵挂老百姓

"衙斋卧听萧萧竹，疑似民间疾苦声。些小吾曹州县吏，一枝一叶总关情。"这是清代诗人郑板桥所作的七言绝句《潍县署中画竹呈年伯包大丞括》。意思是，在衙门里休息的时候，听见竹叶萧萧作响，仿佛听见了百姓啼饥号寒的怨声。我们虽然只是州县里的小官吏，但百姓的每一件小事都在牵动着我们的感情。

杭兰英就是这样的一个小吏，时刻牵挂着百姓的冷暖，时刻俯下身子为百姓"当牛做马"，却毫无怨言。"当官不为民做主，不如回家卖红薯。"这是杭兰英和祝马村两委成员向村民们立下的"誓言"。她与她带领的村两委班子成员说到了，也做到了。每天她都是第一个到村委会办公室，而后拿起扫帚扫地的，要么是杭兰英，要么是村主任王茂桃或其他村干部。扫完地，他们都习惯去村里巡视，发现意外事件，都会及时处理掉，不让小事变大。而每天在天暗下来后才回家的人，也一定是他们。他们都把村委会当成了自己的家，唯恐哪个村民有事到村里找不到人。有村民为此给杭兰英编了两句顺口溜："上班暗蓬蓬，下班打灯笼。"

祝马村遇到突发事件时，第一个赶到现场的，也一定是杭兰英和其他村干部。1989年的一天，快中午了，温泾自然村一村民家里突然起火。杭兰英闻讯后，立即带领其他村干部，急匆匆赶到失火现场。杭兰英赶到现场后，发现现场一片混乱，喊叫声、泼水声、哭喊声，让人心惊肉跳、提心吊胆。

杭兰英焦急地问正蹲在地上哭喊的失火人家女主人："屋里有被困人员吗？"

女主人哽咽着说："没有，我们家的人都跑出来了。"

杭兰英又问："屋里有什么贵重物品吗？"

女主人泪眼蒙眬："没有，只有衣服、被子、几蛇皮袋子粮食。粮食刚刚都被人扛出来了。"

杭兰英听说屋里没有人员被困，也没有贵重物品，心里稍微安定了一些。她扭头大声对身边的几个村干部说："现在救火现场太乱了，你们赶紧组织好人员，端水的端水，救火的救火，要有秩序，要统一指挥，不能十八口子乱当家。"

说完，杭兰英冲到最前面，告诉一个身强力壮的村民："你带几个人冲进屋里，把棉被和衣服抢出来，一定要注意安全！"

由于有了统一指挥，现场秩序不再混乱了。看到党支部书记杭兰英亲临现场指挥，参与救火的村民顿时觉得有了主心骨，个个精神大振。那几个进屋抢被子和衣服的村民，几进几出，把所有的被子和能拿出来的衣服全部都抢了出来，尽管中间险象环生，但由于扑救及时，半小时后，大火终于被扑灭，使失火村民家的财产损失降到最低。

参与救火的人们个个脸上都沾满了灰，额头上满是汗，一方面是累的，一方面是吓的。杭兰英也不例外，她原本梳得整齐的头发，现在也变得凌乱不堪，脸上出现了几道灰印。尽管累得几乎要虚脱了，可每个人脸上都露出了欣慰的笑容。

失火人家的女主人感动得跪在地上，一个劲地给大家磕头。

杭兰英走上前去，扶起女主人，安慰说："水火无情，以后千万要小心哪！你们不要担心，只要人没伤着，贵重的财产没有损失，就是不幸中的万幸。有我杭兰英在，你们家的人就饿不着。有啥困难，你只管说，我们一起想办法帮你们解决。"

杭兰英的一席话，再次让失火村民夫妻俩泪如雨下、泣不成声。

第二天，杭兰英立即在村里召开党员大会，决定在全村村民中宣传防火知识，以此提高村民的防火意识，避免此类事件再次发生。

天有不测风云，人有旦夕祸福。这话说得一点都不假。1990年夏天的一个中午，毒辣辣的太阳悬挂在天空中，地上像下了火，几乎能把人晒化。空气中连一丝风也没有，树木和田里的庄稼被晒得蔫头耷脑、病恹恹的，只有蝉儿趴在树上，拼命地叫着：热呀，热呀，热呀。

下午，雷雨倾盆而下。突然，一个噩耗传来：村民祝海江的母亲丁志娥出事了。村主任王茂桃得知后，忙打电话给杭兰英书记，杭兰英得到消息后，顾不得吃饭，忙叫丈夫祝秋潮冒着大雨用自行车驮着她赶到祝海江家。杭兰英心情十分沉重、悲伤，她怎么也不会想到，忠厚老实、勤劳能干的丁志娥竟然遭到这样的厄运。杭兰英赶到祝海江家里，忙着打电话让村班子全体成员来祝海江家帮忙。祝海江的父亲在外地打工，家里只有他和两个姐姐，祝海江才十五岁，两个姐姐也不满二十岁。得知母亲遭雷击身亡，祝海江姐弟三人顿时惊慌失措，抱在一起号啕大哭。哭声传出了小村，传出了老远老远。在场的人无不落泪，杭兰英眼里也有液体在流动。

此刻，丁志娥的遗体还留在海涂里，必须尽快运回来。可是外面狂风暴雨、雷电交加，这时候出去搬运遗体，随时可能出现危险。杭兰英管不了那么多了，丁志娥已经遇难了，不能让她的遗体留在田间，泡在雨水里。真这样下去，身为党支部书记的她，不但对不起已经故去的丁志娥，而且对不起祝海江一家人，更对不起全村百姓和党组织。

杭兰英眼含热泪对身边的村主任王茂桃说："别说外面下大雨，就是下刀子，我们也得把丁志娥的遗体搬运回来。谁去？自己报一下名。"王茂桃等人异口同声地说："杭书记，我们去吧，这里的事由你照看着。"杭兰英觉得村主任王茂桃等人一起去，更放心点，于是调来农用机船，让他们直奔海涂。

当看到王茂桃和村民冒着狂风暴雨把母亲的遗体运回来后，祝海江姐弟三人百感交集，感谢大家把母亲的遗体运了回来。事后，村主任王茂桃说，在接回遗体的路上，真是险象环生、危险之极。

杭兰英带领几名村干部和一些村民，在祝海江家门口撑起雨篷，搭建灵堂操办丧事。夜里风大雨急，支起的雨篷接连三次被狂风刮倒，杭兰英和大家一起，一次又一次地把雨篷撑起，直到天亮雨停为止。

杭兰英带着村干部在祝海江家忙了一夜的事，在全村不胫而走，村民们无不竖起大拇指，夸赞这位看似柔弱的女书记。当祝海江的父亲祝荣华从外地赶回家时，听儿子说起杭兰英的事情，这个性格倔强的男子汉不禁眼含热泪，失声痛哭，不停地重复着一个词"谢谢，谢谢，谢谢……"

为丁志娥办丧事那些天，杭兰英几乎天天蹲在祝家，一面安抚祝家人，一面帮着打理丁志娥的后事。因几夜未眠，白天又忙着其他事，杭兰英眼睛里布满了血丝，面容十分憔悴，但她一直硬撑着。祝荣华一家人看在眼里，祝马村的村民们也看在眼里。

办完丁志娥的丧事后，祝荣华对三个孩子说："杭书记的恩情，咱们一辈子都不能忘记，我不在家，以后你们姐弟三人，都要敬重杭兰英书记，她是我们的大恩人。"

丁志娥的不幸遭遇，给杭兰英敲响了警钟。如果丁志娥懂得在打雷下雨天外出容易出事的常识，她肯定会提前离开田间，那样，一场悲剧或许就能避免，但世上没有如果。杭兰英知道，村里有不少人对打雷下雨天外出的危险性认识不到位，以前也有村民在打雷下雨的时候依然在田里干农活，只不过他们比丁志娥幸运罢了。

痛定思痛，杭兰英和几个村干部划片包干，逐一登门向村民们宣传打雷下雨之时不要外出干活的知识。悲惨的现实和村里对防雷电知识的宣传，给全村百姓上了一堂刻骨铭心的安全课。从那时开始，祝马村的村民头脑里都有了防雷电的意识，这种意识永远深深地刻在每一个人的脑海里，挥之不去。

人都说：女人心，海底针。杭兰英作为一名女书记，不仅有一颗敢于担当的心，更有一颗善良、细腻的心。她那双温柔、漂亮的大眼睛，时时刻刻打量着全村的一切。

黄春芳是上虞汤浦镇人，八岁时父母离异，后因小舜江工程移民，她随父亲来到崧厦舜源村，靠父亲做小工的一点微薄收入生活。父亲一直没有再婚，父女俩相依为命。

2004年，黄春芳父亲到祝温村做小工——给河岸砌石，因为他离家远，中饭没地方吃，杭兰英便叫春芳父亲在她家吃中饭。在饭桌上谈起黄春芳时，杭兰英当时就有个想法，想帮助解决黄春芳求学困难的问题，帮助困难户渡过难关。当时黄春芳在崧厦镇中读初一，读书成绩不错，还在班级里当班长，因为家庭困难，学费都缴不起，杭兰英为此特意去学校了解了一些情况，决定同春芳结对，解决孩子的就学问题。黄春芳初中毕业后，考上了职业高中，学的是会计专业。职高毕业后，杭兰英又为其找了一份幼教工作。到目前为止，黄春芳结婚、安家、生儿育女，成为一名幼儿园的园长，这一切都是在杭兰英的培养扶持下，一点点进步、一步步提升的。

当时黄春芳的父亲做梦也没想到，一个村支部书记，竟然能跟自己的闺女结对，这种事打着灯笼也难找啊。他忙满口答应。几天后，杭兰英就带着新衣服去看小春芳。

走进屋的一瞬间，杭兰英的心一沉，有一种想流泪的感觉，只见墙壁用石灰简单粉刷了一下，两条板凳加半张木板就当成了床，四床破棉絮都没有被面罩着，一只柜子破得千疮百孔，尽管柜门关着，可里面的衣服还是被看得清清楚楚，显然这个柜子根本没法用了。灶台上冷冷清清，杭兰英心说，耗子进了这个家，估计也会饿得流着眼泪逃离，去另寻一家人，这哪像个家啊！

小春芳坐在竹榻上，怯生生地望着杭兰英。杭兰英十分揪心，眼眶湿润了。她一把搂过孩子："好闺女，快看我给你带来了什么。"说着，拿出新衣服让小春芳试穿。杭兰英的出现，让小春芳感受到了久违的母爱。

时隔不久，杭兰英带着两名村民再次登门。她给黄春芳新买了床、桌椅、书柜、窗帘和写字台，还有几大桶涂料，装满一大车，总共花了一万多元钱。经过一番忙碌，原先简陋、灰暗的家，立马"旧貌换了新颜"，顿时亮堂了许多。

从那以后，杭兰英隔三岔五地会给小春芳买些东西过去，时不时地资助些学费。待春芳职高毕业后，杭兰英又出钱让她报自考大学。在黄春芳眼里，杭兰英简直比自己的亲妈还亲。

黄春芳是不幸的，可她又是幸运的，因为她有幸遇到了生命中的贵人。祝温村的村民也是幸运的，他们从杭兰英身上，看到了祝温村的希望，仿佛看到幸福的日子在不远处向他们招手。他们知道，有杭兰英在，祝温村迟早会成为崧厦镇的一匹黑马，成为崧厦一颗耀眼的"明珠"。

祝温村像一棵沉睡了一冬的小草，沐浴着党的阳光雨露，在改革开放春风的吹拂下，在杭兰英的爱心浇灌下，正揉着惺忪的睡眼，去拥抱春天，拥抱大自然……

民情日记寄深情

雷锋同志说过："人的生命是有限的，可是为人民服务是无限的，我要把有限的生命，投入到无限的为人民服务中去。"

每当想起雷锋这句名言，杭兰英心里便热血沸腾。她决定像雷锋那样，把自己有限的生命，投入到为祝马村百姓服务中去。担任祝马村党支部书记不久，杭兰英便开始写日记，她日记里记录的不是自己所思所想，而是祝马村村民困难情况的民情。村民们碰到的急事、难事、要紧事，以及大家捐助的款项和数额，她都认真记录在"日记"中，且美其名曰：民情日记。

心里装着百姓的干部，老百姓永远拥护她。杭兰英就是这样一个干部。1989年换届选举，杭兰英高票当选。当年，祝温村小学进行危房翻建，杭兰英又开始捐款。庵桥修建拓宽时，杭兰英又进行捐款。

1990年，时逢第二次土地调整，杭兰英把目光盯在铺路上。她经常对村民说："要想富，先修路。"

杭兰英始终坚信：只要思想不滑坡，办法总比困难多。1991年九一丘大围涂时，祝温村劳动力严重不足，村与村之间天天闹矛盾，村民之间一直吵架。九一丘大围涂分地段分任务，他们全部吃住在海涂，条件十分艰苦，眼看着别人在拼命地超越着对方，都在努力地争先，杭兰英晚上睡不着觉。她半夜带着村主任一起在自己村的任务地段走了一圈，商量如何抓进度的事情。当时，泥浆泵一般白天工作，晚上检修。杭兰英脑子里突然想出一个妙计：咱们白天晚上连轴转，人员轮流休息，机器适时检修。第二天上午，领导们来到现场，发现杭兰英这个村领先了。现场表扬不说，还号召其他村向杭兰英学习。大围涂结束后，评了一个"九一丘治江围涂先进集体"。

在祝温村村民眼里，杭兰英是一个喜欢捐款的人。1992年，杭兰英把家里准备修建房子的木料及村民祝尧土捐赠的建筑材料，全部用来修建了村委四间石板屋的办公室。1993年坟改、电改、建造祝马幼儿园，也捐款若干。当年，祝马村被沥东镇评为"农电工作先进集体""政法工作先进集体"。

1993年夏季的一天上午，村民桑夏芝在箍砖窑时，砖窑突然倒塌，砸中了桑夏芝，桑夏芝当场昏迷不醒，满脸都是血。众人把桑夏芝紧急送到县医院，经医院全力抢救，桑夏芝脱离了生命危险。家人们长出一口气，庆幸桑夏芝死里逃生，没想到主治医生却带来一个惊人的消息：桑夏芝瘫痪了。桑夏芝出院后，情绪十分低落，后病逝。桑夏芝的女儿尚小，家庭生活非常困难。杭兰英把这件事记在了笔记本里，又立即召开村支部大会，号召村干部为桑夏芝的家人捐款。

杭兰英说得很伤感："夏芝是我们祝马村的，我们在一个村生活了这么多年，如今她走了，她的孩子还小。作为她的兄弟姐妹，我们不能让她的家人感觉到无依无靠。我希望大家都能伸出援助之手，帮帮她的家人渡过难关。我们不能让夏芝在九泉之下牵挂着她的家人。我希望大家有钱的捐钱，有物的捐物。你捐一块钱，我不嫌少。捐一点，体现着你的爱心，我也会替死去的夏芝感谢你。"杭兰英带头捐了二百元，等于她几个月的工资。其他村干部也纷纷捐款。当杭兰英把所有的捐款送到桑夏芝家属手里时，桑夏芝的家属泣不成声。

群众利益无小事，杭兰英的心牵挂着每件事。村民林国明的母亲腿脚不方便，而林国明又要上夜班，晚上基本不在家。杭兰

杭兰英书记带领村干部看望百岁老人

英把这事也记在本子上，一有空就去探望老人，她还关照左邻右舍多照顾点老人家。

村民王振华的老伴眼睛不方便，杭兰英和村干部帮助她办了残疾证。看到老两口房子墙面比较脏，又帮助他们粉刷了墙壁。

在杭兰英看来，联系群众、服务群众是村干部的首要职责，而要联系、服务群众，首先必须掌握民情、熟悉民情。杭兰英的民情日记，是连接她和村民们最好的桥梁纽带。"好记性不如烂笔头，即使我以后干不动了，下一任村支书也会做到心中有数。"这是杭兰英对民情日记最朴实、最真挚的理解和认识。

村民桑国昌原在镇海炼油厂管理花木，1994年回村后先是种植桃子等果树，后又养鱼、养鸭，但因经营不善一直亏本，他感到很郁闷，却又苦于找不到致富的门路。

杭兰英看在眼里，急在心里。她一直鼓励桑国昌不要气馁，还帮着收集各类致富信息。杭兰英的关心，给了桑国昌莫大的鼓舞。他一颗郁闷、焦躁的心逐渐平静下来，开始潜心研究花木，盘马弯弓，蓄势待发。几年后，花木逐渐走俏，杭兰英觉得桑国昌有十多年的花木种植养护经验，有一定的技术，种植花木应该是条出路。

杭兰英登门去找桑国昌："国昌，现在城乡居民生活水平高起来了，花木肯定会越来越俏，你有这方面专长，不妨先试着种起来，有困难大家会帮你。"杭兰英的建议正中桑国昌下怀，可桑国昌面露难色，他一无资金，二无土地，三无经营资质，要做花木生意谈何容易。钓鱼还得有鱼饵呢。杭兰英看出桑国昌心事重重，一问才知道桑国昌面临的困难，她安慰桑国昌："资金、土地和经营资质，你不用担心，只要你有决心做下去，这些困难我帮你解决。"

杭兰英说到做到，她不但帮桑国昌向银行争取了五万元贷款，流转了二十亩土地，还用丈夫（当时负责校办厂）厂里的货车跑绍兴、奉化等地替桑国昌购买苗木，又组织村班子成员帮他义务种树。这一切，让桑国昌深受感动，他不止一次对家里人说："我要是不好好干，怎么对得起杭书记的一片苦心。豁出命来，我也得干出个样子来。"

汗水流出来，痴心掏出来。没过几年，桑国昌的花木销售有了很大起色，也赚到了有生以来的第一桶金。如今，桑国昌的花木基地已有五十多亩，年纯收入达到二十多万元。吃水不忘挖井人，发家致富后的桑国昌十分感激村里和杭兰英的帮助，积极为美化村容村貌做贡献。那年，他把第一批香樟树苗按市场价的一半卖给了村里搞绿化，还为集体捐款两万元，成为推动村公益事业的热心人。

无独有偶。村民沈庚培从二十岁起，就一直当着生产队长、组长，但除了种田，缺少其他致富门路，家里经济一直比较拮据。

当时，沈庚培一家五口还挤在半间旧楼屋里。按照当时农村建房政策，沈庚培家可以申请宅基地，可他家里没有钱，想盖房子，也只能在梦中想想。

"根据你家的条件，可以申请地基造新屋。现在不造，将来地基会越来越紧张，就没有地方造了。"杭兰英说。沈庚培苦笑："杭书记，我也想造屋，可哪有钱造呢！"让沈庚培万万没有想到的是，没过多久，杭兰英跑到镇政府，帮他把宅基地手续都给办好了，还二话没说，为他垫上了审批宅基地的费用。

沈庚培拿着已经批准的土地审批表时，既激动又担忧地对杭兰英说："杭书记，真是太谢谢你了！可我……"当沈庚培问起要多少钱时，杭兰英反问他现在手头有多少钱。他说只有四千元钱。"总共六千五百多元钱，你先交四千元，剩下的两千五百多元我来垫付。"杭兰英说。

第二年，沈庚培经过一番努力，造起了新屋。看着拔地而起的两间三层楼房，沈庚培心潮起伏，他不无感激地说："要不是杭书记，我怎会有这新楼房，一定还住在那半间破楼屋里。以后就好了，再也不担心刮风下雨的天气了。"

祝马村的人都知道，杭兰英关心的不仅仅是困难户，全村男女老幼都是她牵挂的对象。那年十五岁的王洪波初中毕业，成绩优良，本想去考中专，补读一年有望考进。本来是十拿九稳的事，但新政策来了，说是历届生不能报考中专了，王洪波只好就此辍学了。他因年龄小找不到工作，只能每天去海涂捕鱼、扪蟹。一次偶然的机会，杭兰英碰到他，了解到他的情况后，觉得这么聪明的小伙子只有初中学历太可惜了。杭兰英让担任学校领导的丈夫祝秋潮出面，通过多方联系，介绍王洪波到绍兴建工中专学习建筑施工技术。三年后，王洪波学成归来，还获得了施工技术员资格证书。

从此，王洪波走上了建筑施工的道路。他先在上海等地的建筑公司打工，后来开始负责一些小工程。杭兰英始终关心他，认为他年纪还轻，应该出去闯闯。1996年，王洪波去安徽省合肥市发展。创业初期，资金紧缺，杭兰英叫大儿子祝军峰借给他一笔启动资金。经过几年的摸爬滚打，王洪波终于在安徽有了自己的建筑事业，而今资产已达数千万元。

谈到杭兰英，王洪波言语中充满感激地说："我也记不清自己是从什么时候开始叫杭书记干娘的，她待我像亲娘一样亲。没有杭书记哪有今天的王洪波。"杭兰英笑着说："洪波聪明好学，加上心胸开阔、目光远大，是个做大事业的人，我也没帮多少，是洪波自己争气，既有爱心又有事业心，更有感恩之心，说实话，当时帮助他根本没想到他会这么感恩于我，节头节尾都要来看我，我也真是受之有愧啦。"

杭兰英不仅爱幼，更尊老。原祝马村老支书胡国治，从1958年起就担任党支部书记，直到1983年才退下来，后由祝建华同志担任了一届。

1986年杭兰英接任村支书以后，胡国治一直关注着这位继任者的成长。看到杭兰英不负众望，带领干部群众把原本贫穷落后的村庄逐步发展成为远近闻名的新农村建设示范村，胡国治心里高兴，逢人便讲"杭兰英确实是个好书记"。更让他感动的是，每逢过年过节，杭兰英总会带着礼品上门去看望他。他两次因胃出血住院，杭兰英也赶到医院看望慰问，尽力照顾。胡国治逢人就说："不管刮风下雨还是冰天雪地，每到年三十夜，杭书记一定会到我家里来看望我，不忘我这个没用的老头。我知足了，祝马村有杭书记，村民的生活水平会芝麻开花节节高。"

点点滴滴皆是情。杭兰英不仅尊重胡国治，对村里其他老年人也是一样。每年春节，杭兰英都会自掏腰包，买上大包小包的桂圆、荔枝等礼品，走访村中几十位八十岁以上的老年人，嘘寒问暖，为他们排忧解难。杭兰英的所作所为，时时感动着祝马村的村民。他们看得很清楚，杭兰英在关心全村百姓的同时，她的工作重心逐渐转向村容村貌的建设上。

2003年，杭兰英任职的祝马村厕改工作正紧锣密鼓地进行，当时有部分村民觉得建公厕是好事，但担心公厕建好后，用的人多，如果清理跟不上，就会有臭味。针对村民们的这一顾虑，杭兰英一边耐心倾听村民的意见建议，一边积极鼓励班子成员："群众暂时不理解不要紧，只要我们真心面对，积极主动开展工作，定会让村民改变老观念，接受新事物。"

杭兰英每天都会去施工现场和工人们商量改造方案，还时常走进厕所看看卫生状况。有时候公厕臭气重了，杭兰英就带着村干部冲洗厕所，拿起扫把清扫散落在地上的烟头，手持铁钳夹起丢在地上脏兮兮的卫生纸，甚至俯身在粪槽上擦洗每一块瓷砖，常常一干就是一个上午或者一个下午。

书记带头抓卫生，村民自然跟着走。杭兰英的举动深深地感动了祝马村的村民，全村厕改工作顺利进行，村民们的卫生习惯也大为改观。不少村民半开玩笑半当真地说:"杭书记出马,村里的公厕不臭了。"

杭兰英,像一只展翅飞翔的头雁,正领着自己的雁群,向着远方的目标,扇动着有力的翅膀,不知疲倦地奋力飞着,飞着……

一枝一叶总关情

幸福的家庭都是一样的,不幸的家庭各有各的不幸。祝马村李尧芬的家庭就是这样一个不幸的家庭。

1998年初春,本来是一个阳光明媚、草长莺飞的季节,李尧芬家里却笼上了一层阴影,她丈夫被查出患有肌肉萎缩症。为了照顾丈夫,她不得不辞了职。李尧芬的儿子十六岁,刚上高一。家中的经济来源断了,几乎到了吃了上顿没下顿的地步,日子过得别提有多难了。

李尧芬最怕的是星期六,因为儿子要回家拿生活费。可家里哪有生活费,自己在家里可以凑合一顿,可儿子在学校里不行。学校里没有免费的午餐,喝碗稀饭也得花钱。为了给丈夫治病,给儿子凑学费,李尧芬不得不担起家庭的重担。没有钱怎么办?她先向亲友借贷,解了燃眉之急,然后开始到处做小工过日子,母子俩分开过,生活异常艰难。

每天,她安顿好丈夫,便骑着自行车到附近村庄里捡破烂。一个矿泉水瓶子、一截细铁丝,她都捡起来。因为要照顾丈夫,所以她不敢走得太远。李尧芬用自己的柔肩支撑着这个家。

杭兰英得知李尧芬家的困难后,在村班子会议上安排妇女主任和她结对子,自己也经常关心她家的生活。杭兰英觉得,远在上海毕竟照顾不了孩子,这样也不利于孩子的成长,既然李尧芬有做菜的一技之长,村里的幼儿园刚刚成立,正好缺少个食堂阿姨,不如就让李尧芬担任幼儿园的炊事员,这样,李尧芬既有一份稳定的收入,又不至于太累影响身体,还可以照顾家庭。杭兰英的想法得到班子成员的一致赞成,通过上岗前的培训,李尧芬做的一手可口的饭菜同样得到了大家的认可。

此后,李尧芬一直在幼儿园工作,直到儿子毕业找到工作、成家立业,孙子需要照看,她才依依不舍地离开了幼儿园。

如今,李尧芬在家中照看三岁的孙子,儿子儿媳在上海工作,生活宽裕而安逸。她逢人就说："多亏杭书记帮忙，我们才过上了好日子，这个情我一辈子也忘不了。"

大年三十，应该是阖家团圆、举杯畅饮的时刻。然而，2000年的除夕夜，杭兰英却是在一个村民家度过的，而且是在一种悲痛的氛围中度过的。

那天晚上，杭兰英正和家人吃团圆饭。刚刚吃了一半，突然，村主任王茂桃打电话给杭兰英，村民沈明仙家里出大事了——她丈夫、儿子突然去世了！

杭兰英被这突如其来的消息震惊了，手中的筷子啪地掉落在地。杭兰英是一个心地善良的人，善良的她心里从不会拐弯，把村里每一个人都当成自己的亲人。她希望全村人都能幸福安康。所以，一听说沈明仙的丈夫和儿子突然去世，杭兰英的心像被锯子来回锯着一样疼痛。

沈明仙的丈夫和儿子一直重病缠身，丈夫肺炎，儿子肝病。悲惨的家庭让沈明仙悲痛欲绝，她对生活一度失去了信心。是啊，一个家庭，两个亲人得了重病，医生说还是晚期，这种打击谁受得了，心量再大的人，恐怕也难以承受。

说时迟那时快，杭兰英很快意识到此时的沈明仙急需帮助，她赶紧放下手中的碗筷，起身要丈夫祝秋潮用自行车送她去。

刚要起身，杭兰英就被家人叫住了。大年三十夜帮别人家办丧事，在农村是一件很忌讳的事。家里人劝她，晚上就不要去了，等明天天亮后再去帮衬也不迟。

杭兰英平静地说："一个家里两个顶梁柱没了，现在是她最需要帮助的时候，我是村支部书记，如果现在不去，我能睡着觉吗？我是我们村的当家人、领头羊。这么大的事我都不露面，我还当什么村支部书记？"

一席话，说得家人哑口无言。杭兰英走出家门口，他们家的年夜饭也无心继续下去，很快就结束了。

村里不时传来阵阵鞭炮声，杭兰英知道家家户户都开始吃年夜饭了，可沈明仙一家人却在这万家团聚的时刻沉浸在失去亲人的悲痛中。谁又能想到，在这个大年夜里，沈明仙一家人不但吃不了团圆饭，而且由泪水陪伴着。

怀着悲痛的心情，杭兰英来到沈明仙家，一边安慰大人小孩，一边帮助办理丧事。

忙完了沈明仙家里的事，杭兰英没有回家，她直接回到村支部办公，连夜召开支委会，商量为沈明仙捐款的事情。

杭兰英派村主任王茂桃拟好捐款消息，在广播里播出。村委会要为沈明仙捐款的事情，被部分村民知道了，他们都从家里赶过来捐钱，大到八十多岁的老人，小到七岁的小孩，都纷纷捐出了自己的爱心。仅两天时间，就捐了近两万元。据说，那个七岁的孩子，把自己的压岁钱捐了出来。杭兰英起初不愿意收，可孩子的妈妈说，既然这孩子要捐，就让他捐吧。

那一刻，杭兰英才深深地感受到，什么叫爱心，什么叫情谊。祝马村的村民有这种觉悟，这是自己这个支部书记的幸运，有这样的村民，祝马村何愁不能脱贫致富。

杭兰英当时一直忙到大年初三，才回到自己家里。她的举动深深感动着沈明仙一家人。沈明仙常常这样说："如果不是杭书记，我真的不知道能不能迈过那道坎，她是我们家的大恩人。"

杭兰英时时刻刻用她那颗善良的心去温暖祝马村的每一个人，当然，也有的时候，杭兰英会遇到个别一时不理解的人。

1993年8月初，村里电改工作正式开始了。原先的线路很乱，给用电安全带来一定的隐患。镇里决定对全镇所有的用电线路统一规划，统一进行电改。根据设计，祝马村有一根电线杆的定点位置，靠近一个年逾七旬老太家的自留地。老人一听说要在自己地里埋电线杆，气得浑身发抖，说什么都不同意。还扬言，谁要敢在她地里埋电线杆，她就跟谁拼命。而不在老人地里埋电线杆，祝马村的电改就是一大败笔。这一点做不好，其他的施工就要停下来，势必影响村里的电改工作。

虽然知道老太太脾气急，不会有好脸色，但是杭兰英还是三番五次登门耐心做工作，告诉她电改工作关系到全村利益，是为村民办好事，电线杆不会对她家造成任何影响。但杭兰英热面孔换来的却是老太太冰冷的拒绝和责骂。见老人一时说不通，杭兰英就想办法做通其儿子和儿媳的工作，经同意后，先安装电线杆，保证施工的进度。

电线杆虽然按时埋上了，可杭兰英知道，这事情并没有结束，那个老太的心结还得由她去解。

在安装完电线杆的第二天，杭兰英特意买了一大篮水果，上门看望老太太。望着一脸诚心的杭书记，固执的老人态度渐渐有了转变。后来，杭兰英又多次登门看望，像女儿一样嘘寒问暖，给予老太太生活上的关心和爱护。

2000年，老太太的大儿子遭遇车祸意外身亡。正当一家人陷入悲痛之时，杭兰英来到老人家里。考虑到老人的家境，杭兰英带头发动村班子捐款四千九百元，帮助操办后事。随后，杭兰英又走访多个部门，协助解决困难事宜。逢年过节，杭兰英都会组织村干部用村关爱基金去慰问老太太。

这件事后，这位老人特意找到杭兰英，紧紧握住杭兰英的手，老泪纵横，说不完的感谢。从此以后，老人也成了关心集体的热心人，只要是村里的事情，她都积极响应，大力支持。"杭书记做的事情，我就认为是对的！"这是老人常挂在嘴边的一句话。

有一年秋季的一天，村里一个卫生保洁员因身体不好突然辞职了，而新的保洁员还没到岗，这让杭兰英措手不及。

村里的保洁工作眼看就面临着中断，再重新找人也没有那么快。怎么办？总不能等着让村里垃圾成堆、污水满地吧。

谁也没有想到，杭兰英竟主动当起了保洁员，她每天带头去冲洗厕所、擦地板、打扫卫生，还经常到村道上巡查，发现垃圾，随手拾起来，扔进垃圾箱里。

看着杭兰英每天这么忙碌，还抽时间义务搞卫生，其他村干部也都主动参与到保洁工作中来，一干就是一个月，直到新的保洁员到岗。

榜样的力量是无穷的。毛主席说过：世上无难事，只要肯登攀。杭兰英说："党员干部走在前，什么困难都靠边。"

1987年开始，杭兰英先后当选上虞县第九届、第十届、第十一届人大代表。

杭兰英，这位普通的共产党员，祝马村第一位女支部书记，用自己的爱心和行动，感动着全村的百姓，让全村所有人的心紧紧地凝聚在一起，为祝马村脱贫致富奔小康铺平了道路。

村官善理村民事

人都说：清官难断家务事。可杭兰英这位村干部，却经常去管村民们的家务事。

村里有一家人，婆媳之间经常为家庭琐事闹矛盾。杭兰英一打听，才知道这个婆婆很会端架子，常拿出封建礼教的一套做法，导致婆媳不睦、家庭不和。婆媳俩几乎天天吵架，事情越演越烈。一天，这个婆婆气头上竟然对媳妇动起了手，儿子在一旁却不敢做声。备感无助的媳妇只好哭哭啼啼地来村委诉苦，求杭兰英给自己做主。

听了那个媳妇的哭诉，杭兰英十分生气，哪有这样的婆婆，这么贤惠的媳妇，当婆婆的不知道心疼，反而横挑鼻子竖挑眼，鸡蛋里面挑骨头，再这样下去，非把媳妇逼出事不可。杭兰英决心管这件事，她和村主任王茂桃上门"现场办公"。

一进家门，杭兰英看见那个婆婆正在念佛。她走近婆婆，好言相劝："老人家，既然您信佛，就一定知道，佛讲慈悲为怀，您老人家对媳妇要宽容点。"没想到话音刚落，那个婆婆竟把手中的佛珠摔在地上，以示心中不满。

见此情景，杭兰英十分恼火，她心想，这种人不识好歹，好说好劝看样子行不通。既然这样，我也没有必要说什么好话了。想到这儿，杭兰英立马绷着脸，义正词严地说："她又不是我杭兰英的媳妇，我这样替她说话，是要告诉您这样一个最浅显的道理：您这样对她动手，对你儿子和整个家庭没有一点好处。以后如果您再对媳妇动手，将会受到法律的惩罚。轻者拘留你几天，重了要蹲监狱。如果您不相信，您可以试试看。到时候真进了监狱，可别怪我没提前告诉您。"

经过杭兰英刚柔并济的一番调解，原先口气强硬的婆婆声音渐渐弱了下去，最终向杭兰英表示，以后会像对待亲生女儿一样对待媳妇。

看着婆媳俩和好，杭兰英脸上露出了笑容。

在回村委的路上，杭兰英跟王茂桃商量："咱们要尽快制定祝马村的村规民约，让村民们知道哪些该做，哪些不该做。只有这样，才能避免今天这种事的发生。"

回到村委后，杭兰英便着手准备村规民约的事情。村规民约还没制定好，那个打媳妇人家的隔壁一户，也发生了婆媳不睦的事。杭兰英闻讯，立即前去做思想工作。让她没想到的是，那个打过媳妇的婆婆竟然也赶过来相劝："你糊涂呀，你媳妇这么好，你却这样对待她。这么干是违法的。轻了要被拘留，重了你得蹲监狱。"

杭兰英心里顿感热乎乎的，她很欣慰，这种间接的相劝，比她这个支部书记的劝，效果更好。杭兰英知道，她的良苦用心没有白费。祝马村村民的觉悟和素质正在慢慢提高。通过这件事，杭兰英更加坚定了制定村规民约的信心。

2005年夏季，干旱少雨，村民们纷纷到地里进行灌溉。担任胡家自然村村民小组长的胡林昌，管理片区二十三户农户的田地，这些田地在东西两畈上，共用一个旧水泵，使用时常常需要从东片抬到西片，或从西片抬到东片。因村里的年轻人大多外出务工，种田的多为中老年人，来回抬水泵很不方便，而且旧水泵有时还会出故障"罢工"。如果把旧水泵修理一下，再添个新水泵，既能方便水稻灌溉，还能免去村民来回奔波之苦。

胡林昌一直想做这件事，但盘算了一下，修水泵和买水泵共需五百多元，除去大家凑的钱，还有二百元的缺口。胡林昌家当时经济条件不好，虽然他想买个水泵，却心有余而力不足。一分钱难倒英雄汉，胡林昌只好作罢。那天上午，胡林昌碰到杭兰英时，无意间说了这件事。没想到，杭兰英爽快地说："你去买水泵吧，缺的那二百元，我来补。"

从此，两个水泵管住了东西两畈几十亩农田的灌溉，保证了粮食增产、农户增收。

"二百元水泵费的发票，我一直藏着呢，我们欠杭书记的不仅仅是二百元钱，更是一份情。"胡林昌每每提到这件事，总是一脸愧疚。

胡林昌经常说："要不是杭书记垫上这二百元钱，我们小组里二十三户种稻的农户，估计有一半以上会放弃种水稻。都是老弱病残的人，根本没有能力去来回抬水泵。"

每每听到胡林昌谈起此事，杭兰英总是微微一笑："这是小事，不值得一提。再说，我是村支部书记，这么做是应该的。"

胡林昌不这么认为，他对其他村民说："杭书记的钱也不是大风刮来的，她给我们解决了二百元，那是她自掏腰包垫付的。"

祝马村流传这样一句话：无论你遇到多大的困难，只要杭书记知道，她肯定会帮你解决好。

其实，杭兰英帮助解决的，岂止是资金上的困难。

杭兰英的心思，永远用在祝马村的发展建设上。她和村两委成员，千方百计为全村百姓创造一个优美的居住环境。

祝马村有两户养鸭人家，因为他们的鸭子没有圈养在鸭棚里，使村道上时常有鸭粪，影响了村子的环境。村民敢怒不敢言，只好把这事反映给村支部。杭兰英多次劝两户人家把鸭关进鸭棚里，不要散养破坏环境，可劝说一直没有效果。杭兰英没有气馁，继续上门劝说，却经常吃闭门羹。

两家养鸭户其中一家的男主人常年在外打工，女主人又在海涂务农，每天回来都很晚，要见上面只能等晚上。杭兰英天天下班后，就去那户人家门前等，风雨无阻，一等就是半个月。终于，一天晚上，杭兰英在那户人家门口见到了女主人。"妹子啊，你们的鸭子要么关关进，要么就处理掉，鸭子跑来跑去，到处拉屎，不但影响村庄卫生，还要担心禽流感。你说是不是？"杭兰英苦口婆心地劝说了两个多小时，女主人终于松了口，同意把鸭子关进鸭棚。

杭兰英做完这户养鸭人的工作，已是晚上8点多，她不顾疲劳，又来到另一户养鸭人家中。杭兰英对这个经多次劝说仍然不听的老人说："村里有规定，不准散放鸡鸭，您是知道的。现在您家的鸭子放在外面，弄脏环境，大家都很有意见哩。"老人听了杭兰英这番话，觉得再这样下去也难为情。第二天，就把所有的鸭子杀了。

解决了鸭粪问题，祝温村的道路更加干净了。现在，你若走进祝温村，扑面而来的是清新的空气，嗅到的是庄稼的芬芳。整洁村道上，看不到一点纸屑。谁又能想到，整洁的村道上面，凝聚着杭兰英多少的汗水和心血。置身于祝温村，人们会不由自主地发出感叹。在这里，人们看到的是一个美丽的乡村，像一位温文尔雅、恬静貌美的江南女子。这一切，是杭兰英一次次规劝、一次次登门换来的。

"春风又绿江南岸，美丽祝温在人间。"祝温村像一位妙龄少女，在杭兰英一班人的呵护和关注下，正羞答答地向我们走来。

2005年6月份，杭兰英被绍兴市委组织部评为"双带"党员。面对荣誉，杭兰英腼腆地说："这都是靠村两委会成员和全村百姓的大力支持，没有他们的支持，我一个人根本改变不了祝温村。"

杭兰英，一个心里只有全村百姓，唯独没有自己的乡村女支书。这个贫穷的江南小村，像一只蝉蛹，正在慢慢蜕去自己的外壳，即将变成一只展翅高飞的蝉儿。这只美丽的蝉儿，将登上高枝，演唱一曲属于自己的歌。

第三章　祝温脱贫

不顾小家顾大家

　　杭兰英从1986年开始担任祝马村的党支部书记，一路走来，为百姓们做了很多实事好事，祝马村脱贫致富之路越走越宽。杭兰英被村民们戏称为"倒贴书记"。

　　2000年夏季，杭兰英自掏腰包，修建了一段三百来米的村道。

　　杭兰英做工程总是精打细算，并不因为有人资助就铺张浪费，她恨不得

杭兰英不顾辛劳，正在修建村道

把一分钱掰成两半来用。施工前，她就开始了精心谋划。她请来施工队，却只让对方带来机械设备，所有的修路材料如水泥、黄沙等都由村干部负责购买。不仅这样，她还和其他村干部当起了小工，参与村路修建。

施工开始前，杭兰英还跟施工方签订了合同，一旦施工方出现工程质量问题，后果就由施工方负责。

祝马村还有一位热心公益事业的村民，他就是祝小华，也在外地从事建筑业，是祝马村的富裕户。听说杭兰英要为村里修路，祝小华主动捐了款。他还对杭兰英说，以后村里有什么公益事业，尽管开口。

1989年，祝小华出资八千元改建庵桥；1990年，出资二点五万元修缮祝温小学；2000年，出资二点八万元硬化部分道路……屈指算来，这几年，祝小华个人累计捐款已达八点七万元。

2001年1月20日，农历十二月廿六，祝马村已沉浸在一片节日的气氛中，人们仿佛已经听到了春节的脚步声，年味也越来越浓了。杭兰英一家人也和大家一样，正在为欢度春节做准备。

那天深夜，杭兰英被一阵急促的电话铃声惊醒："杭书记，我家老头子突然昏过去了。你能不能帮我一下，送他到医院去抢救？"电话里，朱彩娣几乎要哭了。

杭兰英安慰朱彩娣："好的，你别急，我马上联系市二院。"说完，挂上电话，迅速穿上衣服，急匆匆向朱彩娣家赶去。

原来，朱彩娣的丈夫桑海良突然昏迷，朱彩娣被吓得六神无主，情急之下，想到了杭兰英。

不一会，杭书记发动村里群众用椅子将桑海良抬到市二院。

等他们赶到医院，朱彩娣才发现忘记带钱了。杭兰英二话没说，赶到街上的自动柜员机里取了钱。杭兰英早有准备，她怕朱彩娣家里的钱不够，自己离开家里时身上带着银行卡呢，没想到还真用上了。不大一会，杭兰英拎着一个塑料袋子来到医院，里面是刚刚取出来的现金。

"还愣着干啥，快去缴费。"杭兰英把钱递给朱彩娣。

朱彩娣鼻子一酸，她接过钱，转身直奔缴费处。在医院，杭兰英一直陪着朱彩娣母女，帮助处理抢救期间的各种事务，一夜也没合眼。

每次提到这件事，朱彩娣眼里都流露出对杭兰英的感激之情。她经常对女儿说，这辈子我们都不能忘记杭书记对咱们家的情意。

对于这件事，杭兰英却说："这算什么事，不值得一提，换谁都会这么做的。"

在杭兰英看来，联系群众、服务群众，是一个村干部首要的职责。朱彩娣有左邻右舍，可她家里出事后，她第一个想到的却是杭兰英。这说明杭兰英在百姓心目中的地位。老百姓家里有事，知道找谁能帮助解决掉。这让杭兰英感到很欣慰。

祝马村地处崧厦镇边缘，原来的菜市场远离村庄，村民买菜要走很远的路程，十分不便。杭兰英与村班子成员多次商量，决心为村民解决这个实际困难。可建菜市场需要一笔钱，村里没有这么多钱，镇里也不可能拨款，必须自己想办法。这个时候，杭兰英想到了村民桑苗祥。桑苗祥是村里的能人，只要他愿意帮忙，建菜市场的事就轻而易举。

2002年的一天，杭兰英登门拜访桑苗祥，恳切地说："苗祥啊，村民们想建一个菜市场，你看怎么样？"

桑苗祥面露喜色："这是好事，应该建。杭书记，你放心，建菜市场如果缺钱，我掏。"

桑苗祥的话给杭兰英吃了"定心丸"，她马上行动起来。她早就相中村里一块芦苇丛生、堆满污泥的低洼地。

"你们觉得这里建菜场怎么样？"杭兰英和村干部们商量菜场的选址问题。其他村干部听说菜场选在那块芦苇地上，无不暗竖大拇指。他们心想，杭书记真有眼光，在那片低洼地上建菜场，既节约了土地，又方便了村民的生活，还消除了村里一片多年来的卫生死角，可谓一举三得。

说干就干。为了省钱，杭兰英与村干部们一起割芦苇、挖烂泥、挑塘渣、抬石头，硬是用汗水填平了那片低洼地，最后只用了一点二万元就建起了菜市场。为使菜市场生意兴旺，自己带头推销平价甜酱。从此，村民们不出村就能买到猪肉和海鲜等菜蔬。

村民们说，杭书记给大家带来的实惠看得见摸得着。

在祝马村，有一条河，原先河里很不干净，一些村民很不自觉，经常往河里扔杂物，导致河里经常有漂浮物、垃圾等。杭兰英看到这种情况，决心根治村民的这种陋习。杭兰英一有空就往河边跑，巡视这条河。每次看到河里有漂浮物、垃圾等杂物，杭兰英都会停下脚步，找来竹竿等工具，耐心地把漂浮物打捞上岸。"喊破嗓子，不如干出样子。"杭兰英的一举一动，村民们看在眼里，记在心里。在杭兰英的影响下，祝马村的每一位村干部都主动去维护河道的清洁。村里的卫生、绿化、河道疏浚，都是杭兰英带头干的。一根筷子容易断，十根筷子牢牢抱成团。

村干部的行动深深影响了村民们，每位村民都自觉养成了这样的好习惯：他们不再往河里倾倒垃圾了，看到河里有漂浮物，他们都会主动清理，以保证河道的整洁，自觉维护身边的水环境。

嵊州人孙仁土是2002年初到村里承包土地的，从落户祝马村开始，就一直得到了杭兰英的关照。

杭兰英常对其他村民说："仁土是外来户，可我们不能把他当成外来户，更不能欺生。如果我发现村里人谁去为难仁土，别怪我翻脸不认人。"

杭兰英的话传到孙仁土耳朵里，孙仁土感动不已，他甚至有了定居祝马村的念头。

2003年，孙仁土的妻子因心脏搭桥手术在绍兴市人民医院住院。杭兰英得知此事后，立即和村主任王茂桃、驻村指导员马银海、会计朱荣林买了礼物到医院看望。

病房里，孙仁土看到杭兰英的一刹那，真不敢相信自己的眼睛。自己一个外来户，却得到这种关怀。铁石心肠也会被焐热。

"仁土，你一定要照顾你妻子，让你妻子好好休息，保重身体，千万不能太劳累。"杭兰英临走时再三叮嘱。

孙仁土的妻子出院后，杭兰英又和其他村干部一起去孙仁土家里看望，鼓励他们好好生活，安慰孙仁土的妻子好好养病，嘘寒问暖，并留下两千元钱，让夫妻俩十分感动。

孙仁土说："我在上海、萧山都承包过土地，也曾碰到过不少难事、闹心事，却从来没有遇到过这么好的村干部。杭书记最欣赏种田种得好的大户，我无以回报，只有好好种地，才能报答杭书记的深情。"

孙仁土是这么说的，也是这么做的，这些年，他一门心思扑在种田上，田里干净整洁，连杂草都很少，产量还高。

现如今，一些当官的贪污成性，恨不得把公家的东西都搬到自己家里，杭兰英恰恰相反，她经常把家里的东西拿到村委会。在她刚担任祝马村支部书记时，村里穷得连招待人的茶叶都买不起。杭兰英便把自己家的茶叶拿到村里招待人。

2004年，电脑还未普及，售价不菲。杭兰英的丈夫祝秋潮想在电脑上看新闻，大儿子祝军峰便把自己价值七八千元的电脑送给了父亲。有了这台电脑，祝秋潮喜不自胜、欣喜若狂。这可是我们家里的第一台电脑啊。万万没想到，时隔不久，杭兰英竟然把这台电脑搬到了村办公室里。她的理由很简单，看新闻可以在电视机里看，在电脑上看新闻，电视机就成摆设了，而电脑搬到村里，用途就多了。

那时那刻，祝秋潮的心隐隐作痛，可杭兰英要的东西能不给吗？一定得给。

第二台电脑是小儿子祝小军买给父亲用的，还带着彩色的打印机。这台电脑最后也被杭兰英搬到了村办公室。小儿子知道后，只好又花钱给父亲买了一台。

"家里的好东西藏不住，我一转身，也许就被妻子弄到村里去了。兰英说起村里，总是说'我们村里'，好像祝温村才是她的家。"祝秋潮谈到妻子的往事，脸上既无奈又浮现出笑容。

一个人的精神品质，不仅仅在疾风骤雨的革命斗争中表现出来，在日常生活的小事中也能表现出来。杭兰英，这位普通的女村支部书记，她心里时刻装着全村百姓，唯独没有自己。她把全村百姓当成自己的亲人，有时却把自己的家人当成了"外来人"；她心里只有祝温村这个"大家庭"，却少了自己那个温馨的"小家庭"……

永把村民当亲人

时钟的指针指向2005年春节，祝马村的村民们都沉浸在节日的欢乐中，可杭兰英在考虑的是让村容村貌再上一个台阶，祝马村的河道必须整治。可村集体经济薄弱，无力承担这笔巨款。

杭兰英思来想去，也没有好办法。自从担任祝马村的党支部书记以来，杭兰英的心思全部都在全村百姓身上，这些年来，她没少给家里突发意外事故的村民捐款捐物。她捐出了多少钱，自己也记不清了。这次整治祝马村的河道，自己还得带头捐款，自己不带头，就不能带动其他人捐款，没有钱，整治河道就是一句空话。杭兰英打定主意，带头捐了二点五万元。

祝马村的村民和其他干部看到杭兰英捐了这么多，他们深受感动。为了整治河道，她一下子捐了两万多元，这是钱哪。杭书记出手这么大方，咱们还有啥舍不得的呢。村班子成员当场捐了一万多元。崧厦镇驻村指导员马银海也拿出了自己的一千元奖金。祝马村村民们纷纷慷慨解囊，很快就筹集了九万多元，可资金依然不够。

杭兰英愁啊，到哪儿弄钱去？她苦苦思索，夜不能寐。突然，杭兰英想到了弟弟杭飞龙，他是一家建筑单位的项目经理。在姐姐的动员下，杭飞龙捐了五万元。人心齐，泰山移。最后，总计捐款十五点七万元，不但整治了四百五十米长的河道，还为村里节余了三点七万元的集体资金。

2005年夏天，祝马村准备在村里安装一批健身器材，以满足村民们的生活需求。经过反复察看，最后选择了一处适宜健身的场地，而这块杂地上的小竹园，因影响交通视线也急需改造。这样的事，可谓一举两得。但该地的使用者却不愿意转让，事情陷入了僵局。

为了做通这家人的思想工作，杭兰英多次登门讲政策、讲法律、讲道理，好话说了一箩筐，腿几乎跑细了，嘴皮几乎磨破了，可这个村民就是不买账。对于这样的村民，不能打，更不能骂，只能劝。可劝了这么多次，竟然一点效果都没有。杭兰英只好失望而归。

骄阳似火，走在回村办公室的路上，杭兰英想想这些天来一次次登门遭遇的"白眼"和那个村民的不理解，感到莫大的憋屈，她的心好像被一股怒火炙烤着，几乎能把她的心烧焦，她真想蹲在路边好好大哭一场。自己能把心掏出来给全村百姓，可有些人为什么就是不理解呢？她又不是为了自己健身才安装健身器材的。那时那刻，杭兰英大脑里一片空白，她几乎不知道是怎么回到村办公室的。杭兰英情绪低落到了极点。

一位村干部听杭兰英诉说了经过，不禁义愤填膺："再做不通工作，咱们就来硬的，强制他答应。"

杭兰英苦笑："那哪行，不管到什么时候，我们都不能对村民动粗。"

"如果他家坚持不转让怎么办？村民就无处健身，我们村许多文体活动就无法开展。今后的工作还怎么做？"另一位村干部也气呼呼地说。

杭兰英坚定地说："我相信我们祝马村的村民还是有觉悟的，可能我们的思想工作还没做到位。我下午再去一趟。"

村主任王茂桃也坐不住了："难道让我们给他磕头，他才答应？祝马村咋能有这样的人，是不是有点不识抬举了？"

杭兰英说："凡事不能怪村民，要从我们自身找原因。以前那么多困难我们都能克服，这个小困难算什么？再硬的骨头，我们也要把它啃下来。"

那天下午，杭兰英和王茂桃以及驻村干部三个人一起再次来到那个村民家。那个村民一见三个干部一起登门，一脸的敌意，连最起码的礼节都不顾，不但不招呼三个人坐下来，不给他们倒茶水，而且态度蛮横地开口说："你们来多少趟都没用，那块地我不可能转让。"

此刻，太阳虽然已经偏西，可大地依然被高温笼罩着。而室内，却被另一种氛围笼罩着，没有一点点暖意，让杭兰英三个人觉得不但身上冷，心里更冷。

杭兰英满脸微笑，自己拉个板凳坐了下来，还招呼王茂桃和驻村干部也坐下来。王茂桃的肺都要气炸了，要不是看在杭兰英的面子上，他非掀那个人的桌子不可。

杭兰英笑着对那个人说："怎么，来你家，连杯茶都不给喝？就这么不欢迎我们吗？"

一句很简单的话，说得那人面红耳赤。他不好意思地赶紧去倒茶。室内气氛缓和了一些。

闲聊几分钟后，三个人话锋一转，切入正题。三个人你一言我一语，既谈村民义务，又谈全民健身的好处，还重点谈了祝马村未来的新规划。

从太阳偏西谈到夜幕降临，三个人的话说了一火车，讲得口干舌燥，可那个农民丝毫不让步。三个人继续讲，从夜幕降临讲到晚上10点，连晚饭都没吃，那个村民也没去做饭。

杭兰英的真诚和耐心，终于打动了那个村民，答应转让那块小竹园。

杭兰英脸上露出欣慰的笑容，她紧紧握住那个村民的手，感激地说："谢谢，谢谢，我代表全村百姓谢谢你对村里工作的支持。"

那个村民一脸愧疚地说："杭书记，这件事我做错了，我不该耽误你们这么长时间。请原谅我的过错。"

离开那个村民家，杭兰英抬头仰望，夜空中，一颗颗星星在冲着她眨眼睛。微风中不时飘来阵阵花的香气，路边的草丛里，不知名的虫子在低声吟唱。杭兰英想到了一首歌：我们的家乡在希望的田野上……

精心发展祝温村

2006年，是祝温村村民永远难以忘记的一年。这一年，行政村调整，祝

杭兰英和村干部参加建村林园搬砖义务劳动

马、温泾、后桑三个村合并成祝温村，并进来的温泾和后桑是两个负债村，而担任了二十年祝马村党支部书记的杭兰英，成了祝温村党总支书记。这一年，杭兰英已年近六旬。她自己觉得年龄偏大，怕难以胜任，遂产生了退位的念头，可崧厦镇党委不同意，三村合并后的党员和村民们也不同意。

1986年，三十八岁的杭兰英担任了祝马村党支部书记。当时，祝马村是四埠乡有名的"破三村"，大打三六九、小打天天有。村办公室是不到三十平方米的小平房。一年后，祝马村被评为四埠乡先进党支部。1991年的大围涂中，在全村多是女劳动力的情况下，村班子起早摸黑带头干，取得了围涂二等奖。1992年，祝马村并入沥东镇，被评为绍兴市级文明村、"五好"基层党组织。

如今，三村合并，两个负债村的村民无不欣喜若狂，他们知道，只要有杭兰英在，幸福的生活就会在不远处等着他们，村民们自然不能让杭兰英退位。

三村合一后，人多了，地广了，问题也更多了。新村成立伊始，杭兰英深知：自己首先要做的事情，就是正确处理好三村村民之间的利益关系，并村就得并心、并经济，理顺党总支、村委的工作思路，抓党员干部的思想，抓社会风气，抓环境卫生。她开始走访村民，特别是对温泾、后桑这两个原先不属于自己"家庭成员"的村民，她更是挨家挨户走访，听民情、问民需、求民计。不让那两个村的村民觉得自己是"外来户"，跟祝马村的村民有心理上的距离。

并村前，原祝马村村民的农村合作医疗费都由村里补贴，并村后，温泾、后桑两个村都有负债，作为大村的祝温村心有余而力不足，没有能力补贴，需要每家每户负担一部分，这就意味着原祝马村村民也要承担同样的部分。杭兰英的这个"平均摊"做法，让祝马村一部分村民心里很不痛快，他们说我们祝马村的钱凭什么让别人来享受。是啊，祝马村的钱也不是大风刮来的，是村班子和村民们汗珠子掉地上摔八瓣辛辛苦苦挣来的，是全村干部群众从牙缝里挤出来的。谁还能跟钱有仇呢？辛辛苦苦挣来的钱，如今却要无偿掏出一部分给那两个村的人，村民们想不通。杭兰英早就猜到了村民们会有这种想法，她多次与那些村民交流沟通。杭兰英风趣幽默地说："你儿子娶媳妇了，你能不给媳妇房子住，难道让媳妇掏钱买房？温泾村和后桑村并入了祝温村，就等于嫁入咱们村的媳妇，以后咱们跟他们就是一家人了。一家人还能说两家话？"

精诚所至，金石为开。一次次的劝说，终于让那些村民放下了思想上的包袱，那些村民后来都成了杭兰英的"铁杆粉丝"，只要是杭兰英要做的事，他们都大力支持，再也不拖后腿。

一次，杭兰英在与温泾片村民座谈时了解到，因缺乏规划和配套经费，温泾片的农田灌溉系统还比较落后，旱时引水难，涝时排水慢，是一片靠天吃饭的低产田。落后的农田基础设施，制约了温泾片农业发展，妨碍了村民增产增收。

杭兰英觉得这个问题不解决，既不利于发展农业生产，又会影响并村后村民的融合。她鼓励大家献计献策，想办法把这一低产田建成粮食丰产田。

"主要是缺资金，有了钱我们的薄田也能变良田。只要建好灌溉渠道，这片地就能'一田育两女'——既可种旱地作物，又可种水田作物。"……

听了大家的建言，杭兰英心里有底了。她跑到镇里说明情况，又到市里请求帮助。通过努力，终于争取到了基本农田整理项目资金。村里用上级下拨的六十四万元专项资金，对基础设施进行改造，将温泾、后桑两片农田全部建成了三面光渠道和机耕路，同时解决了温泾片村民的农灌用电问题。从此，八百亩靠天吃饭的低产田，变成了旱涝保收的丰产田，农业增产，农户增收，三村合并后村民的心更齐了。

祝温村地处老海涂，由于历史和地理的原因，这一带很难见到成片树林，对当地生态环境影响不小。杭兰英很早就意识到绿化环境、美化村庄的重要性。于是，见缝插绿便成了她平常最爱干的一件事。

开始绿化村庄时，杭兰英带着村民们在村委门前种下第一批香樟树，以后一年接着一年，村里都会按照村庄绿化规划，在小河边、道路旁，在农家的房前屋后，种下一批批树木花草。村里缺少绿化资金，杭兰英与村民沈百华、沈兴华一起，先后捐款十四万元，用于村里的绿化工程。

为让村里的绿化显得整齐漂亮，杭兰英经常和村民一起种草皮、修花木、培泥土，像公园里的花匠那样精心培育花草。村民们见杭兰英干得如此细致认真、一丝不苟，也都对身边的绿化格外爱惜，还在自己的房前屋后，种起了花花草草，扮靓了周边的环境。

通过十多年的坚持，如今的祝温村绿化带长达三点六七万米，休闲绿地面积达六千八百多平方米。无论何时进入村庄，人们都能看到应季的鲜花争相开放：春天杜鹃绽，夏天荷花开，秋天桂花香，冬天梅花红。祝温村已经成了一个大花园。

祝温村共有六百五十多户人家，一千八百多人口，每户人家都有一本通讯录，村里各家各户的固定电话都被收罗其中。三村刚合并之时，村干部只对原先所在的区域比较熟悉，而对其他村缺乏了解，老百姓也很少往来。

人头不熟，怎么开展工作？杭兰英说，做农村工作，就是要叫得出各家各户的名字，就连各家各户的小孩上什么学也要搞清楚。如果有一本记有全村农户电话号码的通讯录，联系起来就方便多了。

巧合的是，当时电信公司正在热推短号服务项目，杭兰英同村干部集体商议后，就为村里每个号码申请了短号，而每个号码一月两元的短号费则由村里缴付，这样一来，村民之间可打免费电话，交流起来也更方便了。

2006年5月，后桑片一些村民反映：后塘桥北的村道太窄，影响车辆通行。杭兰英到现场认真察看后，觉得村民反映问题属实，道路确需尽快拓宽，以方便村民出行。

然而，就在施工队准备动工时，被一个村民拦住了。该村民说，道路拓宽会影响她家的"私人领地"，车辆噪音还会影响一家人的生活，死活不肯让施工队进场。

杭兰英多次上门与这个村民沟通，希望她顾全大局，为扩建道路、改善村容村貌出一分力。但无论杭兰英怎么劝说，这个村民就是想不通，对门前的地寸土不让。

面对僵持的局面，杭兰英没有气馁，决定另辟蹊径。因为这个村民的丈夫是个党员，在外工作，所以杭兰英多次打电话给她丈夫，先说服他，然后再请他说服妻子。

最终，杭兰英的真诚和善意，打动了这个村民。令人想不到的是，这个村民不但自己拔掉了"钉子"，而且为支持村里修路，又主动让出了十七点五平方米的宅基地。

这件事给村民树立了榜样，产生了连锁效应，以后村里兴办公益事业，村民们有钱的出钱、有力的出力，祝温村的道路设施、村容村貌发生了显著变化。

祝马、温泾、后桑三村合并后，随着村民的增多，原先的会议室不够用了，村民们都盼着能有一个搞活动的地方。杭兰英也多次想在村办公大楼前面的空地上再建一个可以容纳较多人的场所，不仅可以开会，还可组织村民开展室内文化活动，但由于资金问题，始终未能建起。

该如何解决这个问题，杭兰英考虑了很久。"没钱怎么办？那就自己想办法吧！"她主动拿出五万元，又叫弟弟捐款十万元，再动用少部分村资金，建起了总投资十七万余元的教育培训中心。

现在，群众开会在教育培训中心进行，村级党校在教育培训中心开课，室内演出在教育培训中心举行，节日慰问也在教育培训中心开展。

那年春节，上虞市文化部门开展"三下乡"活动，从正月初一到初七，在这个会议室里连演七场，场场爆满，小品、戏剧、莲花落，让村民们过足了瘾。教育培训中心成了村民们离不开的一个文化活动中心。

杭兰英自从担任村支部书记后，已经养成了习惯，她早上6点半左右就来到村里，一直到下午5点以后离开，村两委班子成员也跟杭兰英养成了一样的作息规律。

村监会主任夏惠芬说，祝温村办公室的上班时间说是7点半，但其实大家7点之前就来了，夏天天亮得早，有时候6点多就来上班了。

杭兰英是个闲不住的人，整个班子成员也被她带着像陀螺一样转了起来。早上到了办公室就打扫卫生，不光是办公室卫生和村委一幢楼的卫生，还包括村民服务中心附近的道路、河道等，每天打扫卫生是一种常态。

夏惠芬每次谈起杭兰英扫地的事，言语中总是流露出一种自豪和赞佩："扫帚不知道买过多少，一把大竹扫帚只能用一周就扫秃了。像村里最脏的垃圾箱、公厕，杭书记和其他村干部过段时间就会去打扫一次，我们都已经习惯了。"

点点滴滴皆是情

山高人为峰。杭兰英自从1986年担任祝马村支部书记后，就养成这样的习惯，无论村里遇到什么事，她都要跟村干部商讨，向村民们问计。再难的问题，经过大家讨论后，总会有最好的解决办法。

祝马、温泾、后桑三个行政村合并后，杭兰英依然保持着这个习惯，喜欢问计于民。三村合并后，村与村之间有大片耕地相隔，村道浇筑后，弯道比较多，车辆交会时存在安全隐患，尤其是进村的道路更成了交通瓶颈，妨碍了全村村民的进出。杭兰英思考如何破解这一难题，却一直想不出好的办法。她把这一难题带到了村支委会上，大家讨论了半天，也没有好的办法。杭兰英有点发愁，她决定走出办公室，征求村民们的意见。凭着自己担任村支书多年的经验，她深谙高手在民间的道理。

果然不出所料，有位村民提议可从他家后门的路开始，把后面延伸出去的路拉直，以此疏通道路。

到底该不该拉直？这个问题同样被带到了村民代表大会上。有代表立即提出："拉直，道路要穿过耕地，不仅有损耕地的完整性，而且估算下来，要占两亩地，太浪费。"也有代表提出："可通过拓宽原有道路来减少安全隐患，这样也不会重复建设。"最后，会议通过了原路拓宽方案。这个方案，得到了绝大多数村民的认可。

在杭兰英略显独特的理念里，做基层工作，目的是联系、服务群众，但不意味着简单地跟随群众，而是要在联系、服务的同时，宣传教育群众，引领群众。自己作为三个村合并后"大村"的当家人、领头雁，全村每家每户都是自己的亲人，杭兰英不会厚此薄彼，分亲疏远近，真那样的话，自己就不是一个合格的当家人。

古往今来，不论是治国安邦的大事，还是家长里短的小事，唯有"蛋糕"切得公平，唯有把每一个人都当成亲人，才能赢得民心，杭兰英深知这个道理，工作中，她一直做到对待村民一视同仁，无论是原祝马村的人，还是原温泾、后桑两村的人，她都视为亲人，处理村务一碗水端平。三村合并后，杭兰英把在祝马村积累下来的资金和各种资源，全部并到"大村"里。因为资金实力不平衡，基础建设情况也参差不齐，如果平调资金，势必会造成原三个村相互之间的对立，甚至引起各村村民之间的矛盾，不利于以后开展工作。于是，她想出了这样一个高招：原来的三个村，哪个村的捐资就归哪个村用于公益事业。这样，无形中就引入了一种竞争机制。杭兰英说："村里公益项目多，其中有不少就是开展'村看村，邻看邻'，相互追赶比投入竞赛而形成良性循环的必然结果。"

"村干部还要不怕得罪人，凡是符合村里发展需要、符合大家利益的事，哪怕阻力再大我们也得做下去，还要做好。"三村合并后不久，原后桑村一条近二百米的村内道路建设，个别村民不肯让出自家道地。杭兰英带着村干部到施工现场，动之以情，晓之以理，苦口婆心地做工作，但最终还是没有一点作用。面对这样的情况，杭兰英没有动摇，更没有打退堂鼓，毅然决然排除干扰，照常施工。正是因为有了杭兰英盯住不放、一抓到底的"钉子"精神，这条原先最窄处不足一米的道路，被拓宽成二点五米。二十多年没通过车的村道终于"天堑变成通途"。道路开通那天，村民们无不喜笑颜开，奔走相告，比过年还开心。一些村民不无感慨地说："如果没有杭书记，这条路恐怕永远也不会开通。"

"杭兰英的领导方法和工作作风，让我们叹服。"村主任王茂桃一谈到杭兰英，钦佩之情溢于言表。两个人搭班子以来，杭兰英的所作所为，让王茂桃佩服得五体投地。杭兰英处处讲民主，事事讲公开，做事规规矩矩，靠民主议事，用制度办事。村里每年两次开展村干部述职评议，凡涉及村内工程建设、土地承包转让等重大问题，杭兰英都会提交村民代表大会和党员大会讨论，从不搞"一言堂"。有时，她自己认为考虑得比较周到的事情，经集体讨论后觉得经不起推敲而被否定，她也毫无怨言，以集体意见为重，虚心接受大家的建议。杭兰英常说，民主的过程就是七嘴八舌，"三个臭皮匠，顶个诸葛亮"，先民主再集中，集体的智慧要胜过一个人的思考。

公道、规矩、民主，或许这就是杭兰英治村的制胜法宝。其实，不脱离群众，不损公肥私，也是杭兰英赢得全村干部群众信任的法宝。杭兰英不仅经常给困难户捐款，给村里的公益事业捐款，还经常把自己家里有用的、值钱的东西搬到村里。一个心里时刻牵挂老百姓的干部，老百姓能不拥戴她、信任她？除非冷血之人才不知道感恩。

"我生在祝温村，我长在祝温村。我们都是村里人，相亲相爱一家人……"每天早上，当祝温村的村民出门时，村口的广播里就会传来一阵悦耳的歌声。这首歌是祝温村的村歌《祝愿温馨》。

在杭兰英的心里，早就想让人创作一首村歌，唱出村里的新风貌，唱出村里的凝聚力，唱出村民对美好生活的新追求。

2006年的一天，杭兰英与金近小学的何校长谈及此事，何校长欣然答应，帮她创作歌词。接着，杭兰英又请村主任王茂桃的音乐专业毕业的儿子帮助谱写曲调。就这样，一首体现祝温村特色的村歌，在村里唱响了。一些专家听后对杭兰英说，《祝愿温馨》寓意美好，歌词通俗易懂，歌曲简明易学，是新农村建设在村民心中的回响，很有创意，富有特色。

如今，这首上虞最早的村歌，已成为祝温村的一张名片。"这是祝温村表演队的原创作品之一，曾获得绍兴市乡镇文艺晚会一等奖呢。"杭兰英颇为自豪地说。

金近小学校长和老师对祝温村文化建设出了大力，杭兰英一直想找个机会谢谢他们，可不知道用什么方式来回报。机会终于来了。

2007年，金近小学打算在新餐厅前面的空地上建一个百果林，让孩子们了解不同水果是什么时候成熟的，但由于资金紧张，一直难以落实，地就这么静静地空着。

杭兰英知道后，连叫可惜："这么好一块地，怎么可以这样浪费了，一定要把百果林搞起来，这是孩子们成长需要的。"当她知道建百果林需要一点五万元后，立即表态这些钱由她个人来出。

让杭兰英个人出钱建百果林，校长何夏寿觉得很不好意思，就故意跟她说工程其实只要七八千元，这些钱他打算再从办学经费里想想办法。杭兰英说，那就先动工做起来再说。

就这样，百果林很快建起来了。工程结束那天，杭兰英一早就拿着一点五万元钱来到学校，并让何夏寿把工程开销明细单给她，说工程的所有花费，包括人工钱都由她个人出。就这样，杭兰英个人共出资一点八万余元，为孩子们建起了四季有"仙果"的百果林。看到果林里的果树不够多，杭兰英又拿出五千元购买了果树苗。后来，杭兰英还买来装饰石对百果林进行美化。如今，路过金近小学，时常能听到从百果林中传出的孩子们清脆的笑声。

杭兰英的慷慨解囊，让何夏寿深感不安，他经常说："我们只是帮助写了村歌，参与了几次村里文化建设，这是我们分内的事情，举手之劳，没想到杭书记却给予我们学校这么厚重的回报，而且是自掏腰包，这实在让我们过意不去。我们只能竭尽全力把学校的教学质量搞上去，多为国家培养一些有用之才，才能不辜负杭书记的期望。"

2007年，原后桑村大会堂前有一块堆满柴草、既乱又脏的空地，村两委计划整治这里的环境，在空地上建一个文化公园，给村民提供一个娱乐、健身的场所。这事虽得到大多数村民赞成，但因那块地归十几户村民使用，要让村民放弃自己的地给大家建公园，难度可想而知。

杭兰英几次实地踏看，寻找对策。夏季的一个中午，她顶着烈日来到村民陈松庆家，在与他聊家常时，说起了要改造此地的计划。陈松庆是村里的老党员，在村民中威望高，杭兰英希望他能支持村里的工作，为大家带个头。

看到杭兰英额头上的汗珠，想想这么热的天气，杭兰英不在办公室凉快，却冒着酷暑为集体的事操心，陈松庆很感动。杭兰英担任祝温村党支部书记后，一直把心思扑在工作上，杭兰英的一举一动、一言一行，陈松庆都看在眼里，他没少跟其他党员说："焦裕禄咱没见过，可杭兰英书记就是咱们心中的焦裕禄，咱村有这样的领头人，想不富裕都不行。"

"老牛自知夕阳晚，不用扬鞭自奋蹄"，老党员陈松庆决定卖卖老，发挥一下自己的余热。他主动请缨，在这件事上，他要当杭兰英的"先锋官"，逢山开路，遇水搭桥。陈松庆先发动自己的亲属，挨家挨户去做工作。遇到难缠的人，陈松庆把脸一沉："你吃什么亏？杭书记为了咱们村和全村百姓，自掏腰包花的钱多了去了。"老将出马，一个顶俩。陈松庆这个"先锋官"真的起到了作用。几天后，陈松庆带着胜利成果，来向杭兰英交差了——土地全部收齐。看着这一幕，杭兰英感动地紧握着他的手，连声道谢。同时，陈松庆还悄悄拿出近万元钱补偿给那些让出土地的村民。杭兰英事后听说这件事，不无感慨地说："如果全村党员都能像陈松庆那样，村里还有什么解决不了的困难呢？"

众人拾柴火焰高。如今，这个小公园已成了村民健身娱乐、休闲纳凉的好去处。每天早晚之时，欢笑声便从小公园传来，这笑声久久地回响在村子的上空。有时，杭兰英也会到小公园去转转，跟村民们一起，亲自体验一下发展带来的喜悦。

随着年龄越来越大，加上把所有的心思都用在村里的工作上，杭兰英的身体开始出现了一些毛病，她办公室抽屉里放了不少药。

"兰英，你的降压药今早有没有吃过？"每天早上，计生信息员朱彩娣见到杭兰英就会问这么一句。"哦，又忘记了，又忘记了，亏得你提醒我。"杭兰英总是这么笑着摇摇头。

"这是你的药。身体要紧，千万要按时吃，不要只顾着忙就忘记了呀。"朱彩娣一边心疼地说，一边从自己的抽屉里拿出药来，看着杭兰英把药吃下。杭兰英服下药后，马上又出去工作了。

杭兰英患有高血压，经常会头昏脑涨，每天都需服药，但她常常因忙于工作而忘记吃药。为了方便服药，她便在家里、办公室和朱彩娣处放了降压药。朱彩娣总会及时提醒她吃药。

"如果我们不提醒她，估计她是不会记得吃的，在她心里，只记得村里的事情。"朱彩娣说。

"人生短短几十年，名利转眼成云烟。勤政为民心坦荡，兰英祝温身手显。往昔村穷人不富，如今百姓笑开颜。"有人作诗点赞。

身体力行抓村建

天有不测风云，人有旦夕祸福。

2007年的一天晚上，杭兰英正在马路边的林荫道上散步，一辆疾驰而来的摩托车突然失去控制，重重地撞在她身上，杭兰英顿时鲜血直流，倒在了路边。疼痛不已的她被立即送到医院，经检查，杭兰英的右手臂和盆骨粉碎性骨折，伤情严重。丈夫祝秋潮听说妻子遭此厄运，吓得六神无主。因伤情比较严重，院方请来了上海专家主刀，顺利完成了手术。

听说杭兰英遭遇车祸，崧厦镇的领导赶到了医院，看望慰问病床上的杭兰英。

听说杭兰英遭遇车祸，祝温村的村干部赶来了，他们安慰杭兰英安心养伤。

听说杭兰英遭遇车祸，祝温村的村民们赶来了，有的还给杭兰英买来了补品。曾经被杭兰英救助的几个困难户，有的给杭兰英买来了黑鱼，有的抲来了家里的鸡鸭，他们只有一个心愿——期盼杭兰英早日康复。

这场意外，让杭兰英休养了整整四个月，这也是她当村党支部书记后，唯一一次离开村里这么久。虽然人在医院，但她的心始终留在村里。三个村刚刚合并不久，各种事情都需要她协调解决。

村里的大事小事，让杭兰英始终放不下，躺在医院疗伤也不安心。为了便于处理村里的重要事务，她干脆把病房当成了办公室，手机成了连接村里和病房的热线，人不到场，但话一定要说到位，电话有时一打就是个把小时，直到把事情讲妥才肯歇息。

身体稍有恢复，好不容易可以下床了，杭兰英不顾医生的劝阻，迫不及待地赶回村里，详细询问各项工作情况。看到村里各项建设进展顺利，她才放心地回到家里。

右手吊着绷带，在人搀扶下一瘸一拐……这一幕也深深印在了祝温村村民的脑海里。

出院后两年，杭兰英又做了两次手术，才取出了手臂里的钢板。

这次住院，让杭兰英最感动的是：镇领导牵挂着她，村干部牵挂着她，祝温村的村民们牵挂着她，自己的亲人们牵挂着她。而她，也时刻牵挂着祝温村，这种牵挂给杭兰英注入了强大的精神力量，她觉得自己这些年的心血没有白费，值了！

杭兰英的丈夫祝秋潮喜欢侍弄花草，家中的院子里种着不少花木。2008年，他随退教协会的老教师们一起到浙江永康旅游，在集市上一眼就看中了一种铁质花剪，便掏钱一下子买了三把。

回到家，祝秋潮就用这种新花剪修剪起院子里的花木来。这一幕，正好让回家的杭兰英看到了。杭兰英连夸祝秋潮新买的花剪好，拿过花剪说："给我们村里修剪花木最好了。你这才几棵树，我们村里有这么多花草呢，还是给村里吧。"虽然不舍，但像往常一样，祝秋潮还是乖乖地拱手相让了。

几个村干部看到杭兰英把家里的花剪拿到了村里，不禁哑然失笑，他们都对杭兰英说："杭书记，你以后不能这样。那是你家里的财物，不管值多少钱，也不能总往村里拿。"

杭兰英只是笑笑："没事，秋潮不怪我。"

后来，祝秋潮发现这样的花剪崧厦镇上就有卖。他对杭兰英说："镇上有卖花剪的，以后村里需要花剪直接可以在本地买到。"但他从未想过杭兰英会把花剪"还"给他。

祝秋潮这样"埋怨"妻子杭兰英：到了她手里的东西就是村里的了，她对家里的东西手松得很，但对村里的东西再也没有比她手紧的。

那天上午，村民孙玲芳的婆婆一个人端着碗在小屋门口的乱石堆上吃饭。

患有严重贫血的婆婆不知怎么一个趔趄突然摔倒在地，碎碗片将婆婆的手腕割伤，鲜血直流。婆婆硬撑着爬起来，拿块毛巾捂着手腕赶到村卫生室。

有医学专业知识的杭兰英看到后，顿感事态严重，赶忙叫来三轮车，一边陪同老人去崧厦医院，一边通知老人的家属。当孙玲芳闻讯赶到医院时，杭兰英已经帮她婆婆垫付了医疗费用。孙玲芳说，祝温村有不少留守老人，有杭兰英这样堪比"120"的村干部，村民外出更安心了。

2008年5月12日，四川汶川发生地震，祝温村的干部们时刻关注着灾区的情况，一心想为灾区群众做点什么。村委会在村里最繁华地段——村菜市场门口设了一个募捐箱，号召广大村民为灾区群众奉献爱心。

杭兰英带头捐出一千二百八十元，村干部和村民们也根据家庭实际情况，纷纷献出自己的一点心意。村民们的爱心也感动了市场里的部分承包户和经商人员，他们也积极为灾区出一份力。

更让人感动的是，2000年除夕突然失去丈夫、儿子的沈明仙老人，也叫儿媳捐上了十元钱。她说，当年我们家面临这样的绝境，是杭书记和乡亲们帮助我们渡过了难关，现在发生地震了，我们也要为灾区群众出点力。沈明仙老人的行动，进一步激发了全村人的捐款热情。

"五元，十元，一百元……"在村委的账本上，至今仍清楚地保留着当时的捐款记录。全村共有一百五十八人参与捐款，总金额一万一千八百九十元。

祝温村有这样的习惯：谁家有个为难招灾的事，村里总是组织人进行捐款，而且村干部带头。虽然捐款出于自愿，可村民们也都自觉跟着捐款。

2008年，杭兰英带头出资五万元，并发动沈百坤、桑苗祥、陈松庆、桑安光，分别出资五万元、五万元、一万元、一万元，总共十七万元，成立了关爱基金。关爱基金主要用于慰问老人、关爱孩子、帮助因病因灾致贫的家庭。基金由专人管理、监督，每一笔收入支出均记录在册。一些在外打工的祝温村人每次回家，也会向基金捐款。目前，祝温村的关爱基金共筹集到四十六万元。有了这笔基金，祝温村村民有个大病小灾的，都能及时住院治疗，及时得到解决。

杭兰英常对村干部说，当村干部不是坐坐办公室，接接电话就行。有时候是服务员，村民有事，要随叫随到；有时候是建筑工人，铺路砌石，要样样都会；有时候是清扫员，路边河边，要清扫干净。

祝温村的大学生村官阮冬芬，原先在家很少做家务，但在村里，因为村干部的身份，她要和其他村干部一样，在杭兰英的带领下义务"做小工"。

"我们这儿谁没有做过啊，经常做，杭书记都自己带头做，那我们更要做了。"阮冬芬说，大家一起做也不觉得辛苦了，像夏天，从六七点开始干到十点左右太阳热辣起来，是常有的事。

妇女主任祝爱红说："现在小工价格高，一个技工要二百二十元一天，男小工一百二十到一百三十元，女小工也要六十到八十五元，我们请不起，所以村干部都跟着杭书记一起干。我们村的建设工程都是我们参与做出来的，所以质量很高，还省钱。"

由于村干部们常常要出去干各种各样的活，有时村民到办公室会找不到人。为了不耽误村民办事，杭兰英规定：如村民有事要到村里来办，只要先打个电话来，村干部就会等在那里，直至帮助办好事情为止。有时村民因其他事情耽误了，村干部们也会一直等在那里，即使天黑下来了也不会离去。

一位温泾自然村村民感慨地对杭兰英说："杭书记，我们温泾村要是早点并入祝马村就好了，家里的新房子一定早就盖起来了。"

"不晚，"杭兰英笑着说，"好日子还在后头呢。"

"这就叫'和'，"杭兰英说，"祝温村有十个自然村，十二三个姓，如果都是三人六主意，'各扫自家门前雪，不管他人瓦上霜'，村里的工作还怎么搞？所以我们在村口建了那座'家和'亭，意思就是说，家庭和睦了，村里和谐了，生活在我们祝温村这个大家庭里的人，才真正地感到幸福美满了。当然，要真正地实现这个'家和'，也不是一帆风顺的，因为不'和'的声音和现象也是存在的，这就需要我们做工作。"

杭兰英常说："群众对党的最直观印象就来自我们这些村干部和党员。我们是党的人，要维护党在群众中的形象，就必须心系群众，情系群众，要把关心困难群众作为一件民心工程来抓。一个村既是一个大家庭，但又是一个小社会，出现一些矛盾也很正常，问题是如何把这些矛盾化解掉。我们的做法是要直面矛盾，不能遇到矛盾绕着走，在解决这些矛盾时既要坚持原则，顾全大局，又要讲究灵活性、人性化，既要讲大道理，也要讲小道理，既要有'过五关斩六将'的决心，也要有'润物细无声'的耐心。因为新农村的建设，归根到底，是提升人的素质，提高人的境界，乡风文明了，家庭和睦了，村庄和谐了，各项工作也就上去了。"

是啊，祝温村在改革发展的路上，既有阳光灿烂的晴天，也有阴雨绵绵的雨天。祝温村的发展，坎坎坷坷，杭兰英尝尽了酸甜苦辣。她用自己那颗坦诚滚烫的心，用她那双永远也不知疲倦的脚，紧密地连接着村党组织与村民之间的感情，化解掉了一个又一个矛盾，把昔日又穷又乱的祝温村建设成了一个零上访、零违建、零刑事发案率的"家顺家兴、和畅和谐"的幸福村、示范村。

"一花独放不是春，百花齐放春满园。"祝温村，这个昔日脏、乱、差，贫穷落后的江南小村，在杭兰英的带领下，正展现出百花齐放的姿态，成为崧厦镇引人注目的地方……

第四章　大爱有痕

干群携手奔小康

毛主席最有志气的一句话：自己动手，丰衣足食。

作为祝温村的领头人，面对"一穷二白"的村集体经济，杭兰英经常将毛主席的这句话说给村干部："村里集体经济薄弱，我们村干部辛苦一下，自己能干的自己干，自己能赚的自己赚，为集体经济增收，为弥补村经济不足出力、出汗。我想群众的眼睛是雪亮的，我们努力做了，就是为集体省钱，也就是在为集体挣钱了，你们说是不是？"

当村干部是为全村百姓服务的，不是光指挥不干活的。她经常号召全体村干部参加村里的义务劳动服务队。喊破嗓子不如做出样子。杭兰英亲自任义

杭兰英和村干部一起深入田头

务劳动队队长，所有的队员不拿施工工程的一分钱。村里的不少工程都是靠村干部一点一点干出来的，其中的辛苦和劳累是不难想象的。

杭兰英还给大家鼓劲说："村里的日子不好过，我们不拿报酬，等到村里富了，我们就不用做义务工了，全部承包出去。"

村干部们感慨地说："杭书记年龄比我们谁都大，她这样做着，我们不做看得过去吗？"

有一年夏季热得出奇，每天早上，太阳刚刚升起，人们便感觉好像置身在一个大蒸笼里，祝温村道路两边都是低矮的秧田。杭兰英和参加劳动的人都戴着草帽，围着毛巾，汗淌多了，就用毛巾擦把脸。渴了，就去路边喝水，村主任王茂桃准备了几个装满水的茶瓶。休息时，连个躲避太阳的地方都没有，大家只能靠着头顶上的草帽，去遮挡那火辣辣的太阳光。

八月的天气如同孩儿的脸，一天变三变，刚才还艳阳高照，转眼间就乌云密布、电闪雷鸣、大雨滂沱。在野外，没有遮阳的地方还能忍一忍，可下起了大雨就麻烦了，躲又没处躲，一个个被淋成了落汤鸡。男同志在大雨天淋一下雨，权当降降温，可杭兰英她们几个女干部就麻烦了，大雨一淋，衣服贴在身上，玲珑毕现，一个个都不好意思见人了。朱彩娣喜欢开玩笑："书记啊，战争年代有为革命献身的，没有想到，现在我们也为集体'献身'啦！"

每每想到当时淋雨的那副狼狈相，杭兰英脸上就露出一种无奈，她说："我年龄大，无所谓，可几个年轻的女干部被雨一淋，衣服紧贴在身上，她们很害羞。好在都是同一个村的熟人。不然的话，她们会更难为情。"为了避免类似的"窘相"再次出现，再到野外参加义务劳动时，杭兰英便会准备几身雨衣，让几位女干部穿上雨衣，就再也不怕雨淋了。

杭兰英说，夏天在野外劳动，最害怕的还是那炸雷，好像追着人炸一样。刺眼的闪电之后，一个个响雷仿佛要把地面炸开似的。他们不由得想起十多年前，有个村民遭遇雷电身亡的事。想起那件事，人们都感到毛骨悚然、胆战心惊。遇到这样的恶劣天气，杭兰英和队员们只好收工。

整个村里的绿化，都是杭兰英带着村干部们自己动手种植的。无论刮风下雨，还是烈日当头，大家从未有过半点懈怠。杭兰英、胡树君、王茂桃、朱彩娣、夏惠芬、祝爱红等都有中暑的经历，但他们只是简单休息后，依然坚持干完当天的活。

有一天，杭兰英的腰肌劳损病发作了，但她咬牙忍住了，没跟任何人说。

自己是队长，要是在关键的时候退出了，势必影响队员们的情绪。就是在这样的情况下，她还是每天来到工地上，硬挺着用一只手坚持和大家一起劳动。杭兰英的这一反常举动，被细心的村干部发现。经过再三追问，杭兰英才实话实说。

杭兰英忍着腰部的疼痛，用一只手坚持劳动的一幕，被赶来送药的丈夫祝秋潮看得清清楚楚，这个硬汉子心如刀绞。祝秋潮把药送到她的手里，心疼地说："你一心扑在工作上我不怪你，家里的事你顾不到我也不怪你，可你早饭忘记吃，药又忘记吃，忍着痛来干活，这不是拿自己的生命在开玩笑吗？"

杭兰英只是笑了笑："多大的事呀？"杭兰英这么一句话，弄得祝秋潮也不好在众人面前发脾气。

村里的绿化搞好后，还要养护，这个活是长期的，杭兰英每天一早来到村里，第一件事就是管理绿化的事，要么修剪，要么浇水。天天如此。村干部们看到杭书记在做，都自觉地学起了杭书记的方法。大夏天，不仅一身汗，还被晒黑了，杭书记会开玩笑说："你们都变成黑牡丹了，更值钱了。"村干部们面面相觑，杭兰英说："你们看看自己的脸，又黑又红，是不是像黑牡丹了？"大家会心地笑了起来……

杭兰英不但带领大家种植绿化，到处买进绿化用的苗木，还时刻注意收集村里自产的苗木，用来美化村里的环境。

祝温村养猪场边上有块废地，是拆了老房子后留下的，地上长满了野草，散落着风吹起来的废纸和塑料袋，甚至还有一些村民倒的垃圾。杭兰英看上了这块地，她决定把这块荒地利用起来，种上花草和树苗，培植好再利用，既为集体省钱，又美化了环境。

说干就干。杭兰英带着大家，用自家带来的锄头和铁锹，一身汗水一身泥地开展"田间作业"，经过十几天义务工作日的辛勤劳作，硬是把这块荒地开辟成了一块平整的苗圃地。

地有了，可是苗在哪里呢？杭兰英又想出了一个好点子，动员大家去找苗。那段时间，每个人下班时，每个休息日，村民们几乎都能看到杭兰英和其他村干部扛着锄头、铁锹带领找苗队寻宝。他们或顶着骄阳，或冒着细雨，或披着晚霞，到祝温村每一个老宅的旧址、田边或犄角旮旯里，寻找着各种可以培植的苗木。那段时间，杭兰英带领的村干部找苗队成了祝温村一道亮丽的风景线……

不少村民动情地说："杭书记为了祝温村什么办法都想尽了。祝温村的发展，是杭书记和其他村干部用汗水和心血换来的。"

那年六十四岁的沈巧娥，是后桑片村道的保洁员。2009年的一次经历，让她对自己的这份工作丝毫不敢马虎。

那一次，沈巧娥正在路边保洁，杭兰英走了过来，弯腰捡起了一个香烟蒂。杭兰英叮嘱沈巧娥，这些卫生小细节都要注意。这件小事让沈巧娥感觉到，杭兰英是一个非常用心、非常细心的人。杭兰英对村民们的一些陋习，从来都不采用粗暴的处罚方式，而是用自己特有的方式，去引导村民、感化村民，让他们从内心深处去感悟、去反思自己应该怎么做，不应该怎么做。

"现在杭书记有个习惯，不管是进出上下班，还是在村子里边走，都会十分注意村道路面的卫生情况。一旦发现哪里有垃圾，马上一个电话打到我们保洁员那里。如果清扫任务重，杭书记就会带上扫把，和我们一块儿干。"沈巧娥笑着说。

在沈巧娥看来，杭兰英对卫生这么看重，还这么卖力，作为保洁员更要把事情做好。"看到村道干净，自己也高兴，报酬多少也不计较，村里给多少就多少，跟着杭书记干，心甘情愿。"

在杭兰英的带动下，不仅保洁员，还有许多村民都自愿加入了这一行列。渐渐地，其他村民看着眼前整洁的道路、清澈的河流、干净的房屋，也不乱扔垃圾、随意吐痰了。

随着祝温村的名声越来越响，来村参观的人也逐年增多，很多路过的人看到这样整洁的环境连个烟头也不敢乱扔，还有人开玩笑地说："到这个地方，看到这么整洁的路面，我们真不好意思再抽烟了。"

2009年夏天，杭兰英得知崧厦中学、夏丏尊小学等学校有图书要处理，便赶紧打电话与他们联系，待双方谈妥后，她立即带领村干部赶往学校，将图书运回村里。

运到村里后，杭兰英又将这些"淘"来的书籍进行分类，选择适合村民阅读的放到村图书室。

现在，图书室已拥有图书一万两千多册。村图书室是一个男女老少都喜欢去的地方，许多村民闲暇时，总会来到图书室看书看报，学习知识，了解时事。杭兰英是个非常热心的人，她不但关心自己村的村民，还非常关心周边村的村民，把自己村多余的图书送到周边没有图书的村，例如：任谢村、严巷头村、时华村。连书随带架子都送给了他们村，各村均送两千册左右，让周边村的老年人有书看，少儿在寒暑假有书看。

沈友兔原是四埠中学的副校长，七十多岁了。有一天快中午了，杭兰英派车请沈友兔去她家吃饭。对于杭兰英的邀请，沈友兔有点摸不着头脑："我都已经退休了，请我吃饭干什么？"

沈友兔到杭兰英家时，桌上饭菜已经摆放齐整。看到桌上的菜肴像农村里喜宴一般考究，他猜想是不是杭兰英家里有娶儿媳妇、添小孙子之类的大喜事。不大一会儿，人终于到齐了，原后桑村、温泾村、滁庄村等几个村的老党支部书记和卫生院的老医生，加上沈友兔一共七个人，其中三个人都已是八十多岁高龄了。

用完餐后，杭兰英说明了聚会的意图。杭兰英想向在座的老前辈、老干部取经，同时听听大家对她工作上的意见。原来，杭兰英找的这些人都是很有群众工作经验的，对当地的情况也都十分了解，请这些"老宝贝"到自己家来吃饭，她是真心诚意想听取前辈们的意见建议，也想表达对前辈们的敬意。

饭后，杭兰英还给大家拍了合影，照片洗出来后送给大家留作纪念。现在照片里的人剩下的没有几个了，但这件事却让沈友兔难以忘怀。

2009年9月，作为建国六十周年的献礼，祝温村的"创业文化陈列室"成立了，主要记录改革开放三十多年来，祝温村发展变化的轨迹。每当有人来村里参观考察时，村干部们便会带他们去陈列室看看。真是："享太平，气顺心顺乐安居；图国强，勤业敬业敬大业。"

陈列室四十多平方米，要让林林总总的资料、图文板铺展开来，显得有些局促。有人提议把房子换大，或者敲掉墙壁占用两间屋子。杭兰英不同意，她说村里集体用房有限，还是要勤俭办事，能省则省。她对村干部们说："房子面积是固定的，但展板可以做成活动的，如果把几块展板用铰链固定牢，不就像书一样既可以翻动又不占地方了？"最让人好奇的是，陈列室内有五只高高悬挂的灯笼，第一只："清廉政带好头办实事讲奉献——杭兰英"；第二只："创新业树新风——王茂桃"；第三只："为事业多奉献——夏惠芬"；第四只："育文明谋发展——胡树君"；第五只："建和谐重民意——祝爱红"。这哪里是承诺，这是村干部们沉甸甸的压力和担子。

杭兰英的话让村干部茅塞顿开。于是，在每张展板后面又连上了几块展板，展示村里发展的对比图。

著名作家裘山山在祝温村创业文化陈列室采访全国劳动模范、祝温村党总支书记杭兰英

"杭书记的这个点子，既节约了用房，方便使用，又有利于新旧面貌对比，展示效果更佳。"当时的大学生村官阮冬芬说，前段时间，有领导来村里调研，看到这个创意后说：陈列室虽小，却别有洞天。

祝温村这个"创业文化陈列室"，以其独特的创意和丰富的内容，被上虞区评为全区首个"一村一品"文化示范项目，许多来此参观的人，对陈列布置的内容和形式，都十分赞赏。

谈到祝温村的过去和现在，杭兰英很欣慰："我刚担任村支书那会，村民们人心涣散，村里想干点事，只能几个村干部去干。现在，全村人拧成一股绳。人心齐泰山移。"

是啊，团结就是力量，这力量是铁，这力量是钢，这力量是祝温村的未来和希望，这力量将引领祝温村昂首阔步走在幸福的大道上……

祝温旧貌换新颜

仓廪实而知礼节。杭兰英知道精神文明建设的重要性，村容整洁是一个村崛起的象征，但人的心灵健康、乡风纯正，才是一个村最重要的。杭兰英当过村里的赤脚医生，她知道一个人身体健康的重要性，但人心的健康更重要。动人心者，莫先乎行。榜样的力量是无穷的，杭兰英做的是引领村风、感化村民，她平日里更多的是"看我的""跟我上"。

村民胡文英说："前几年村里搞厕所改造。新建的厕所，有的村民不会用，弄得脏得不成样子，根本没法进入，是杭书记第一个进去收拾，打扫卫生。一些村民看后觉得实在过意不去，从此改掉了坏习惯。更多的人加入打扫厕所的队伍中。"

"发展不为人，好比树断根。"杭兰英说，"新农村建设，归根到底，是提升人的素质，提高人的境界，家庭和睦了，村庄和谐了，乡风文明了，各项工

祝温村农家新居

作也就上去了。"

村庄对村民而言，不只是可供居住和使用的场所，也是承载情感记忆的精神家园。保障村民生活的医疗服务中心、幼儿园，丰富村民业余文化生活的健身活动场所、老年活动中心，记录文化历史、陶冶情操的图书室、创业文化陈列室、文化礼堂、乡风文明陈列室……村里应有尽有，可杭兰英觉得还可以做得更好。

以德润人，以文化人。杭兰英以人文精神为新农村建设浸润文化底色，让村民在潜移默化中提升人文素养、熏陶思想感情，逐渐形成了敬老爱幼、知礼崇德、健康文明的社会新风尚。

杭兰英欣慰地说："环境美了，乡风好了，村里很多外出经商、学业有成的人，都积极出资支持村里新农村建设，有的甚至还回家搞房屋装修，回来就不再去住宾馆了。"

在甘肃经商的村民林岳良春节回家时在村口转悠了半天，愣是不敢进村，他怀疑自己走错了路。他多年没回家了，原打算住两天就回去，可看到村庄变化这么大，他呆了。如诗如画的家园、和睦相助的乡风，成了身在异乡的游子们渴望回归的夙愿。林岳良一住就是两个月，有一种不想离家的念头。离开村口时，他不住地回头，恋恋不舍。

2009年村里评出的五"十佳"，于2010年3月在村乡风文明建设栏展出。祝温村建立了百米"人和文化长廊"，这条百米长廊分为历史人物、爱心人士、科教文卫和法律知识等四个展区。在此基础上，杭兰英又想办法建造培训中心，她自己捐款五万元，又动员弟弟杭飞龙捐款十万元。培训中心建成后，每年都组织暑期、寒假的春泥计划系列活动，举办少儿剪纸培训、插花培训、舞蹈培训，还有党员干部的学习培训。

说来也奇怪，杭兰英说："祝温村是块风水宝地。曾来祝温村工作的大学生村官，从2007年到2015年八年中，个个都考上了公务员。"在对人的培养上，杭兰英像母亲一样帮助教育着大学生村官。2007年村里来了第一个大学生村官，叫周春民，他一到村，杭兰英便跟村级班子说："我们要像对待自己的孩子一样对待他。"为了教育培训小周，杭兰英亲自带他走村访户，各个岗位让他锻炼，三年后周春民就考上公务员了。2011年9月又来了第二个大学生村官，她叫阮冬芬。阮冬芬在村里主要负责远程教育、撰写材料和日常接待。有一次，她写了一份材料，因为快到下班时间了，打好以后也没有仔细修改，还有不少错别字，就交给了杭兰英。第二天早上一到办公室，杭兰英就把阮冬芬叫去了，她很严肃地批评阮冬芬，说这是态度问题，告诫阮冬芬下次不可以这样。自从挨了这顿批评以后，阮冬芬在写材料时就再也没有发生过这种情况了。

阮冬芬以前开会不愿意带笔记本，认为自己年轻记性好，用脑子记下就行了。杭兰英却对她说，好记性不如烂笔头，开会做好记录，对工作有利。从那以后，每次开会，阮冬芬都带上笔记本，仔细地记录会议内容。

在对人才的培养上，杭兰英总是多给机会。祝温村出名后，经常有各级领导前来参观，杭兰英每次都安排阮冬芬讲解。一开始，阮冬芬心里很紧张，说话不流畅，结结巴巴的，经常前言不搭后语，杭书记总是鼓励她，说她的基础不错，只要多练习一定会好起来的。

那年浙江省委书记夏宝龙来到祝温村考察，杭兰英还是安排阮冬芬讲解。阮冬芬压力很大，但最终"过了这一难关"。这种压担式的锻炼，使阮冬芬受益匪浅，三年后也考上了公务员。还有2014年来了第三个大学生村官，名叫蒋倩，杭兰英书记带她一起参加村里的各类义务劳动，带领她了解民情，搞环境卫生，植树造林，要求她做每一件事都要耐心、细心、用心。

"我用仁和欢迎你，我带礼信走万里。"正如村民们在村歌中唱的那样，悠悠乡愁，文明乡风。祝温村像一艘扬帆远航的轮船，在杭兰英这个船长的带领下，乘着改革的东风驶向更远的地方……

为民敢渡浪中船

"一粥一饭，当念来之不易；半丝半缕，恒念物力维艰。"杭兰英担任村支书后，她自己给村里的公益事业和困难村民捐了不少钱。在她的感召和带动下，村里不少在外地创业的村民也积极参与到公益事业中来。村民桑安光就是其中一个。

不经历风雨，怎么见彩虹？ 1984年，桑安光凭着一把泥刀和精湛的砌墙技术，到上海闯荡。在饱受生活的风霜雨雪后，桑安光终于迎来了生命中的春天，他不仅在上海站稳了脚跟，还掘到人生的"第一桶金"。身在异地他乡，桑安光时刻关注着家乡的变化。桑安光是一个很顾家的人，他顾的这个家，不只是自己的小家，还包括祝温村这个大家庭。他自己富了，无时无刻不牵挂着家乡那些还在过苦日子的乡亲。谁家遇到难事，只要给桑安光打声招呼，桑安光二话不说，立即掏钱资助。

杭兰英了解到桑安光的为人处世后，便拨通了桑安光的电话："安光，村里要修路了，可资金不足，你能否资助一些？"桑安光很爽快地答应了，很快把钱给了杭兰英。村里修路、驳磡、绿化，只要杭兰英开口或者桑安光听到消息了，他都会捐钱，每次都参与，从不落下。

桑安光常说："人这一辈子，挣再多的钱，如果只想着自己的小家庭，那些钱也不值钱。而参与家乡的公益事业，钱的'身价'才会升值，花得才有意义。"

杭兰英不无感慨地说："祝温村每向前迈一步，都离不开全村百姓的汗水，更离不开那些在外地创业人的无私捐助，而我只是他们的领路人。"

对热心村里公益的能人，杭兰英很是尊重，更感激他们。如果说祝温村是一驾行驶在奔小康路上的马车，杭兰英是赶车人，那些在外地创业的人和全村百姓，则是"抢鞭子"和推车的人，他们不仅"抢鞭子"，还在后面用力推车。这些人将会载入祝温村发展的史册中。2011年腊月廿七，杭兰英把村里一批能人请到家里，亲自买菜下厨，做了一桌丰盛的饭菜款待大家。当杭兰英端起酒杯，向大家说起感谢和祝福的话时，人们心潮起伏，他们只是凭着一颗心，为村里尽了一份绵薄之力，杭书记却记在心里。如果他们帮助的是杭兰英本人，杭兰英做一桌子菜感谢他们，这在情理之中，无可厚非，可他们资助的是村里，往大了说是资助全村百姓，杭兰英却以个人名义来答谢他们，这种答谢让所请的每一个人心里都热乎乎的：像杭兰英这样的村支书，现实生活中不多见。祝温村有杭兰英这样的村干部，想不脱贫致富都不行。

正月初一、初二，杭兰英没闲着，她带着其他村干部串门入户，上门向各家拜年。这么一来，拉近了村干部和村民们之间的距离，干群关系十分融洽。杭兰英用她的真情打动了所有的人，村里想搞什么项目，往往是杭兰英一发话，人们都争着捐钱出力。

桑安光说，过年有朋友来家里拜年，一进祝温村，就对四周的环境赞不绝口。临走时，朋友半开玩笑地跟他说，以后能不能把户口迁到祝温来？一席话，让桑安光油然而生一种自豪感。家乡的环境，让他们这些在外打拼创业的游子感到很有面子，他们庆幸自己生在祝温。美丽的祝温村，成为每个村民的骄傲。

"问渠那得清如许，为有源头活水来。"杭兰英，就是祝温村每一位村民的精神支柱和生命之泉永不枯竭的源头。2011年6月，村民祝海江想要办一家加工伞柄的工厂。场地从哪来？祝海江看上了村幼儿园北面的一块空地，面积约有五百平方米，大小正合适。不过祝海江心里总有点虚。原来，这里民居集中，幼儿园和老年活动室也在旁边。在这里办厂，村民会不会有意见？祝海江找到了杭兰英。杭兰英一听，觉得办厂是件好事，一来可以吸纳村民就业，二来也能增加村集体收入，至于能不能办在那块空地上，自己一个人说了不算。

杭兰英召集村委班子讨论，还特地把祝海江本人也请到了会场。很快，争议的焦点集中到了两点。第一，如果工厂办起来，万一有噪声怎么办？第二，租金怎么定？商量的结果是，噪声问题应写进承包协议，以便对承租者进行约束。至于租金，第一年可以低一点，从原定的每年两万元降到第一年八千元，往后随着工厂效益的提高每年增加百分之十，这两条意见都被郑重地写到了协议中。杭书记的鼎力相助、父老乡亲们的支持，深深地感动着祝海江，他想方设法控制噪声，尽量不让噪声扰民。如今，工厂经营顺利，村里也没有接到过一起因噪声引起的投诉。

祝海江的工厂里，安置了不少村民，他们做到了打工不出门、噪声不扰民，这些村民跟祝海江一起，阔步走在致富的大道上，成为名副其实的工人。

"一丝一粒，我之名节；一厘一毫，民之脂膏。宽一分，民受赐不止一分；取一文，我为人不值一文。"这几句话用在杭兰英和祝温村其他村干部身上，恰如其分。是啊，一丝一粒虽小，却牵涉自己的名节。一厘一毫虽微，却都是民脂民膏。对百姓宽待一分，那么百姓所受的恩赐就不止一分。向百姓多索取一文，那么自己的为人便一文不值。

2011年的冬季，气温比以往要低很多，室内室外都冷得要命。一天上午，村民祝培根到村委办公室办事，发现办公室内竟然没有一台空调。包括杭兰英办公室在内的四个办公室，都是冷冷的，没有空调。

祝培根感到不可思议，按现在的生活水平，空调早已进入寻常百姓家，可村委会办公室怎么没装空调？祝培根知道，村里没有多少钱，而且村干部们把仅有的资金都用到了村集体建设上。办完事后，他回家拿了一万块钱，硬要塞给杭兰英："杭书记，这钱给你和主任办公室装个空调吧。"

杭兰英推辞不要，可祝培根非给不可。无奈，杭兰英只好收下了这一万块钱，可转身就交给其他村干部，将钱作为村里的公益金保存起来。这次，空调没装成。后来，祝培根知道了这件事，心里很不是滋味。他知道，在杭兰英心里，装着的永远是全村百姓，唯独没有自己。

春节前，村里召开迎新春茶话会，一些村民聚到了村会议室，细心的村民王立军发现会议室依然没有空调。他很纳闷，他知道祝培根给杭兰英一万元钱的事，难道杭书记把钱用来办其他事情了？这么冷的天，没有空调是有点受不了。会议结束后，王立军主动找到了杭兰英，捐了三万块钱，特别嘱咐这笔钱要给村办公室装空调用。

杭兰英向王立军说出上次祝培根捐的一万块钱的去向，王立军瞪大了两眼，他对杭兰英说："杭书记，这次你一定要买空调，这是我的一点心意。"杭兰英知道，如果再不买空调，村民们知道后肯定会埋怨的，不能再让村民为空调的事担心了。最后，经过村委会讨论，大家决定给会议室和大礼堂各装一台空调，办公室依旧不装空调。

对此，杭兰英的解释说："我们村干部不可能天天坐在办公室里，经常在村里串门，办公室装空调增加电费开销不说，也没什么用，装不装都没关系。"

杭兰英任村"一把手"后，从来不搞"一言堂"，做任何事都由集体讨论决定，哪怕自己的意见被否决，她也从不生气。

2011年，村里要新建篮球场，杭兰英认为应该建在幼儿园后面，这样能和村老年活动室连起来，文化设施建在一块，会有集聚效应。

但在村民代表会议上，代表们发出了不同的声音：有的代表认为应该建在村委楼前面，因为前面还留有较大的空间，这样使全村的远期规划显得更合理；有的代表认为幼儿园后面属于村里的民房集中区，如果建在那里，打篮球噪声大，也容易砸碎村民家玻璃，存在安全隐患。面对大家的一片"反对声"，杭兰英不但没有生气，反而频频点头肯定。

最终，根据集体的意见，篮球场就建在了村委楼前面。杭兰英说："大家的想法比较周到，集思广益一定比一个人的思考更周全。"

祝温村和崧厦镇金近小学离得较近，如何利用学校文化资源，推动村里的文明建设，一直是杭兰英思考的问题。何夏寿校长也有此想法。两人一拍即合，村校联手，结对共建。这不仅让双方的优势得到了互补，而且促进了共同发展。祝温村的文化建设，大到"祝温精神"提炼概括，"四园"文化推进，村歌村徽设计，墙绘、村史陈列室布置，文化礼堂建设，小到一句标语的拟定，都是杭兰英在无数个夜晚和老师们一起细细商讨出来的。

不久，"全省作家进校园"活动在金近小学举行。活动中，何夏寿校长特意安排全省近百名作家参观祝温村，宣传祝温村的新农村建设。"从来没见过这样的村，对文化建设如此重视，并搞得有声有色。"作家们给予祝温村高度评价，并提出了许多中肯的建议。

2012年9月，秋老虎肆虐，高温酷暑天气滞留不退，作为"中央农业科技推广项目"的祝温村粮食生产功能区建设工程，正在紧张施工中。如此重要的工程项目，不能有半点马虎。每天，杭兰英都要头顶烈日，在高温下巡查监督，发现问题，及时处置。这天上午，杭兰英沿着蜿蜒的小道，一边查看秋粮长势，一边查验施工质量。看着看着，她渐渐皱起了眉头："你们怎么能用这种脏水搅拌灰浆？这会影响工程质量的！"

原来，在现场的施工人员为图方便，竟然用田里沟渠中浑浊腐变的废水在拌灰浆，这分明是对工程不负责任。杭兰英发现问题后，马上阻止施工人员继续施工，并立刻联系施工负责人，责令他们用干净水拌灰浆施工，以保证工程质量。

在杭兰英的严格监督下，施工人员后来再也没有做过图方便偷懒的事情。因为杭兰英的严格，后来该工程不但顺利通过了验收，还获得了上级部门的肯定。

祝温村的村民都知道，杭兰英是一个闲不住的人，哪怕是一些鸡毛蒜皮的小事，都有杭兰英的身影。

那年初春的一天，金近小学的孩子们来到祝温村，开展一年一次的春游野餐活动。杭兰英考虑到木柴比较重，低年级学生自己背木柴有点吃不消，活动前，杭兰英和丈夫祝秋潮一起准备好木柴和搭灶头需要的砖头，提前放在村里，并为老师们做好艾饺。听说杭兰英亲自为孩子们准备木柴，祝温村的村民坐不住了。活动当天，村里自觉发动二十多个村民为孩子们当义工，把家里的柴草搬到活动现场，还为孩子们搭灶头、运水、打扫卫生等。

手牵百姓情同暖，足踏田间累亦甘。莫道村官诸事难，为民敢渡浪中船。党和人民不会忘记任何一个为老百姓做出过贡献的人。2011年4月，杭兰英被绍兴市人民政府评为"绍兴市劳动模范"。2011年6月，杭兰英被浙江省委评为"优秀党务工作者"。杭兰英，这位普普通通的女村支书，为了全村百姓的幸福生活，用自己的柔肩，挑起了祝温村美好的明天……

手牵百姓情相融

"悠悠岁月，欲说当年好困惑……这样执着究竟为什么？漫漫人生路上下求索，心中渴望真诚的生活。谁能告诉我是对还是错……"

杭兰英担任村支书后，一直在自己的人生路上默默奉献，她把自己的一片真情，奉献给了祝温村和全村的百姓。她的付出，是对还是错，崧厦镇的领导心中有答案，祝温村百姓心里有本"明白账"。清朝吴敬梓在《儒林外史》中有这么一句话"三年清知府，十万雪花银"，即使是不贪赃枉法的清廉知府，一任三年下来，也会有十万两银子的灰色收入，至于贪官就更不用说了。

为什么有这么多人一直支持村里建设？其中一个重要原因，就是杭兰英和村班子成员做到收支公开、账目清楚。每一笔钱，从哪里来，用到哪里去，都会非常清楚地在村宣传栏上进行公示，接受所有村民的监督。一个村支书主动捐款，主动把自己的收入捐给村里或者其他困难户，这样的村班子无论什么时候，都是一个团结奋进的集体。上梁正，下梁岂能歪斜？杭兰英用自己的一言一行、一举一动，影响着祝温村的其他村干部和全村百姓。

集体的钱，杭兰英做到了精打细算，总是一分钱掰成两半用。2012年，因为在环境整治工作上的出色表现，镇政府奖励祝温村七万元。对于这笔不小的收入，个别村班子成员提出，从这七万元里面拿出两万元，用于奖励村干部。杭兰英知道，这位村干部说得合情合理。因为在这项工作中，村干部们起早贪黑干得最辛苦，熬红了两只眼，瘦掉了几斤肉。有的村干部手上磨出了茧子，有的带病上阵，有的鞋底都磨烂了。没有他们的付出，工程不可能顺利完工，更不可能得到镇里的认可和奖励。可是杭兰英拒绝了这个提议，她对村干部说："我们不是包工队，我们干得再辛苦，都是义务付出，不存在拿奖金的事。如果每做一件事都要钱，那还要我们村干部干什么，你们不如去打工了。老百姓选我们当村干部，是为全村百姓服务的，是带领全村百姓脱贫致富的。别说七万，就是七十万、七百万，也没有我们村干部一分钱。以后用钱的地方多着呢，我们要把所有的钱，都用在村庄建设上，这是造福全村百姓和子孙后代的事情。"最后，杭兰英把所有的奖励都放入村集体经济中，用于村河道、道路等工程的建设。

杭兰英带领村两委班子成员开展环境整治、绿化建设

对于杭兰英的这种做法，其实大家早有心理准备，因为她从不把上级的奖励看成是自己的财富，无论多少，都把它用在村公益事业上。

早在2006年初，崧厦镇召开2005年度全镇工作表彰大会，因工作上创新项目较多，镇里奖励杭兰英个人五千元。开完会回到村里，杭兰英二话不说，就把奖给她个人的这笔钱放到了村集体经济收入的账中，用于祝马沥河道砌岸。在她看来，村里的钱，哪怕数额再多，都要省着花。有一次，村干部去上海查孕查环，村里有个小老板要给杭兰英买件衬衣，但不知道尺寸大小，于是一只信封内装两千元钱递给杭兰英，杭兰英见推辞不了，于是将两千元钱交到村里，用于集体建设。杭兰英把家里的东西，没少往村里拿。可村里的东西，她连一个纸杯都没拿过。

丈夫祝秋潮一开始没少发牢骚，儿子也没少埋怨。可杭兰英依然我行我素，渐渐地，家人也不说什么了，他们知道，说了也白说。杭兰英从家里拿到村里的东西，小到一袋茶叶、一把修剪花木的剪刀，大到儿子给丈夫买的电脑和自己的工资，杭兰英只要觉得村里没有的，她立即从家里拿到村里。这样的村支书，别说在崧厦镇少见，在绍兴市甚至在浙江省乃至全国，恐怕也屈指可数，甚至没有。"不发奖金，一些人一开始可能会有情绪，但再想想，杭书记把自己的钱都投到了村里，大家还有什么可计较的呢？"村委会主任王茂桃说。

杭兰英心细情热、公正无私，让王茂桃十分敬佩。村里有一个长期卧病在床的老人，家里很困难，杭兰英就拿出几百元钱进行资助。在当时，相当于一年的工资。在九一丘围涂时，看到杭兰英和他一起出门最早、回来最晚，和他一样啃着冷馒头，他感动了。王茂桃说，他一直把杭兰英当作大姐。如果不是杭兰英担任村支书，王茂桃早去上海表弟开的建筑公司工作了，表弟是公司老板，曾经许诺，只要王茂桃去了他的公司，活儿肯定安排最轻松的，工资更不用说了，三个月的收入，就抵得上他当村主任两年的工资。可王茂桃一直没答应，他不为钱动心。他说因为杭兰英的精神感动着他，他才留了下来。

杭兰英和班子成员的工资与其他村的村干部一样，都是由镇政府统一规定的，但祝温村的村干部都是"全职"的，除了村里的工作，没有其他"副业"，他们的收入甚至还没有崧厦镇一些伞厂的普通工人高。王茂桃曾开玩笑说："要是家里没有其他人挣钱，谁在祝温村干上三年村干部，他家就会成为低保边缘户。"

杭兰英对村里的资金管得严，小气，抠，对自己家的钱用起来却大手大脚，出手大方。在祝温村，如果你问祝雨祥："你幸福吗？"他的回答一定是肯定的，因为他常常逢人就骄傲地说："我有一个好支书，像妹妹一样！"这个人就是杭兰英。祝雨祥是个命运多舛的人，1995年大儿子得肾炎去世，年仅二十二岁，祸不单行，2000年刚结婚不久的小儿子去做木工，不小心摔下来又去世了，儿媳妇走了，剩下三岁的小孙子祝迪奇。杭兰英平时没少照顾他，她自己掏钱帮助其解决生活问题，还想方设法争取慰问金，最后帮助他办理好低保户，让其安度晚年生活。

沈文兰十分感激地说："杭书记就是这样，村里的事管得牢，村民家里的事也管得牢，我们有什么事，第一个想到的就是找杭书记。"

而杭兰英则说："我从小家里穷，知道借钱看病的滋味，只要我帮得上，我都愿意去帮。"沈文兰的丈夫祝尧根，年仅四十八岁，得知患有肺癌时已经恶化了，他们的一儿一女都未成年，一时之间，沈文兰的经济发生了严重的困难，一个要医病，一双要抚养。正当沈文兰一筹莫展的时候，杭兰英伸出了援助之手，她自己掏腰包，出资二点五万元，帮助沈文兰解决了经济上的困难。沈文兰说："在我最困难的时候，杭书记伸出了援助之手，我这辈子是刻骨铭心地记着她了。"感恩的心无以言表，感谢的话也没法表达，千言万语一句话:"杭兰英是我家的大恩人。"

无独有偶。2010年,潘雅娥家同日死了两个人,一个是婆婆,一个是老公,剩下二十二岁的儿子还在读大学。家里一下子倒下两个人,除了悲痛,更多的是绝望,因为儿子读大学成了问题。杭兰英知道后,来到潘雅娥家,跟她说,你儿子读书的钱,我来借给你吧,以后你若有了就还我,没有不还也没事,你不要担心。杭兰英的话让潘雅娥有了底气和勇气,她鼓励儿子读完大学,也向杭兰英书记借了钱。她说:"杭书记是我们家的贵人,我们不能忘记她。"

作为村支书,杭兰英心细如发。2013年5月,祝温村两户居民在房屋翻新中发生了纠纷。这是一对邻居,为了两家房屋的分割线吵了起来,双方各执一词,一方认为对方越过了地基线,另一方则坚持说这就是自家的地基。吵来吵去,焦点是两家的地基图纸给丢了,而且这是两幢老房子,半个世纪之前建造的。最后,两户人家都跑到村委来"告状"。问题最终得到了解决,因为村文书胡树君在村档案室找到了1956年的记录,上面恰好有这两户人家的图纸,一对照,两家人的矛盾迎刃而解。

在祝温村办公楼二楼,有一间办公室,里面堆放着五十个铁箱子,箱子里面满满当当地装着各种档案,全村六百五十户村民,涉及姓名、出生年龄、住房等等,被整整齐齐地摆放着。在一本爱心捐赠本上,从1986年开始,或手写或打印纸条贴上,哪怕是一元钱,后面都详细注明了捐款人、时间、理由。村文书胡树君说这都是杭书记的要求:"书记对档案特别重视,包括村里面每年的工作,都要结集成册,然后按照年份放在这里,现在这些箱子已经不够用了,下一步估计还要再买一批箱子。"而这些细致的工作,还让祝温村获得了"浙江省档案先进示范村"的荣誉。

杭兰英这位女支书,不仅对村民倾注了一腔真情,对村里以前的干部,更有一份关心、牵挂。温泾片有位老村支书,家里的房子是旧时生产队的仓库,年久失修,碰到下雨天,屋里没一处干燥的地方。杭兰英见老支书住得如此简陋,心中十分不安,遂积极帮他向有关部门争取危房补助。但老支书家的房子是三间连着的,都十分破旧,要修就得修三间,而补助款只够维修一间房子。怎么办?杭兰英说:"补助款不够,我们一起想办法解决。"她先从外地找到一批别人换下的但质量很好的旧瓦片,以节省开支;不够的部分,经村班子集体商量后,由村集体补助。

2013年7月,房屋翻修正式动工,村里为老支书安排了施工队进行全面翻修：浇上水泥地，铺上大瓦片，建好卫生间。房子修好后，考虑到老两口年事已高，亲人又不在身边，杭兰英和村干部们主动当起了"小工"，帮老人干起了搬垃圾、打扫卫生等杂活。

"现在，下雨天不怕了，再也不会漏雨了。"老人满足地说。

"天高任鸟飞，海阔凭鱼跃。"杭兰英却说："如果我是一只鸟儿，那祝温村就是我展翅飞翔的天空，这个天空是崧厦镇领导给我的，是全村千余名百姓给我的。如果我是一条鱼儿，那祝温村就是我跃起的大海。离开党组织和全村百姓，就算我是一只雄鹰，也飞不上蓝天。就算我是一条蛟龙，也无法腾云驾雾。我的根深深扎在祝温这片肥沃的土地里，即便枝繁叶茂，也离不开崧厦镇领导和祝温村百姓的阳光雨露。所以，我要用我的一生甚至是生命，去呵护生我养我的这片土地！"

家事最大是小事

一个心里盛着阳光的人，他定是光明而美丽的，你把阳光带给他人，他人也会把阳光带给你，那么整个世界都会沐浴着爱的阳光。

杭兰英就是这样的一个人。杭兰英对祝温村的百姓，时刻充满着关爱和柔情，她的心里，永远装着全村百姓。可她对自己的家人，却显得有点不近人情，甚至到了冷漠的地步。

2013年4月15日，是杭兰英丈夫祝秋潮六十九岁生日，因上虞历来有做寿"庆九不庆十"的习俗，所以这一天算是祝秋潮做七十寿辰的日子。按说，家里办喜事，杭兰英应该待在家里操办，接待亲朋好友。祝秋潮是校长，同学、朋友和亲戚来祝贺的不会少，一些老领导、老同事也要来为祝秋潮贺寿。可就是在这种情况下，杭兰英竟然像往常一样去了村里。其他村干部知道后，都埋怨杭兰英，说她不该在这个时候离开家。人生能有几个六十九岁，怎么就不能在家好好陪着丈夫呢？为祝秋潮订个饭店的包厢好好庆祝庆祝呀！这也太伤祝秋潮的心了。

杭兰英笑着说："我和秋潮老夫老妻了，哪能再像年轻人那样卿卿我我。饭店他自己早就订好了，等该吃饭时，我赶去就行了。"对于杭兰英的这一行为，祝秋潮并没放在心上，他知道杭兰英工作忙，即便让她待在家里，她也是

"身在曹营心在汉",一心二用,倒不如让她去村里工作,反正村委离饭店也不远。杭兰英离开家时,祝秋潮再三叮嘱:"你到村里抓紧把工作干完,干完后就不要在村里逗留了,开席前,你得陪我向来宾致谢。"

杭兰英满口答应:"你把心放在肚子里吧,你做寿我不能在家陪着,开席前,我肯定要过来。"

人逢喜事精神爽。整个上午,祝秋潮都被喜悦包围着,他满面笑容地招呼前来祝寿的人,忙得不可开交。

九十岁的老娘问祝秋潮:"怎么没见兰英?"

祝秋潮有点不满地说:"她去村里了,等吃饭时才能回来。"

老娘说:"兰英也真是的,平时忙不顾家就算了,今天干吗还去村里?怎么一点都不顾家里人的感受?"

祝秋潮自言自语:"自从她当上村支书后,就把村里当成家了,把家当成旅馆了!"言毕,一副若无其事的样子。

杭兰英自从担任了村支书后,勇于开拓,大胆实践,把原本破旧落后的村庄改变成远近闻名的新农村建设示范村。如今的祝温村,田成方,渠成行,道路平,河水清,花木丛生,鸡犬相闻,恍如一片世外桃源。杭兰英也先后被评为绍兴"双带党员"、绍兴市劳动模范、浙江省劳动模范。

前来祝寿的人由开始埋怨杭兰英,转为夸赞杭兰英,人们你一言我一语,对杭兰英赞不绝口。祝秋潮心里美滋滋的,是啊,妻子杭兰英为贯彻党的群众路线,为改变祝温村的落后面貌,身体力行、无私奉献,她心里永远装着全村老百姓。祝秋潮为妻子感到骄傲,一种自豪感油然而生,这种自豪很快写在祝秋潮的脸上。他听到亲朋好友夸赞妻子,比自己过寿还要开心。

时间过得真快,不知不觉,太阳移到了头顶。祝秋潮掏出手机看了一下时间,不禁着急起来,眼看快中午11点30分了,要开席了,可妻子还没回来,祝秋潮赶紧打电话催促。杭兰英说:"我还有点事,你们先吃起来吧。"

客人们说:"这不行,我们一定要等到她的。"十几分钟过去了,杭兰英还没到,祝秋潮又打电话过去,杭兰英说:"我在开会,你们先吃吧,不要等。"杭兰英说得很轻松,祝秋潮听了却像一个晴天霹雳响在耳边,不禁大声吼道:"什么?马上就开席了,你还在开会,你比国务院总理还忙吗?你明明知道我做寿,还开什么会,这会有多重要?我看你是存心不想参加我的寿宴吧。"

祝秋潮愤然挂掉电话,气呼呼地说:"不等了,我们先吃起来吧!兰英自己人，没事的。"祝秋潮说完，强忍住心中的不快，招呼大家先开席。众人知道杭兰英工作忙，纷纷要求再等等。

祝秋潮的心渐渐平稳下来，他只好耐着性子，再次拨打妻子的电话，可杭兰英不再接电话。这让祝秋潮感到很难为情，他猜测妻子可能生气了。众人纷纷劝祝秋潮，说一定要等杭兰英。祝秋潮隔一会就拨一个电话，可妻子杭兰英就是不接。这次，祝秋潮真的恼了。他有点固执地对众人说："不等了，开席！"祝秋潮怎么也没想到，正在开会的妻子杭兰英怕时不时震动的手机影响自己开会，索性关机了。

众人都劝祝秋潮再等等，祝秋潮说什么都不同意。他想："杭兰英这是什么意思，这不等于打我的脸，不给我面子吗？"有人说，干脆开车去接一下她，她是一家之主，做寿哪能少了她呢。

祝秋潮的牛劲上来了，招呼饭店上菜。寿宴在一种沉闷的气氛中开始了，祝秋潮的答谢词很简短。来宾们听出了其中的伤感和失落，他们纷纷举杯，共同祝贺祝秋潮寿辰快乐。

这时，杭兰英终于出现了，她很抱歉地对来宾说："实在不好意思，请大家原谅。"原来她是在镇里开会，领导没讲完话，重点、要点若是没听到，岂不等于白开会了吗？此时，祝秋潮的脸色渐渐地由阴转晴，他忘记了刚才的不愉快，室内充满了快乐的气氛。酒过三巡，菜过五味，大家边吃边聊，欢笑声此起彼伏。

回到家里，自知理亏的杭兰英，一个劲地给丈夫赔礼道歉。祝秋潮心中的怒火其实早已熄灭了，妻子是一村的支书，今天给自己说了这么多道歉的话，他再生气，于情于理都说不过去。事后，心里有疙瘩的祝秋潮苦笑着说："你这个人呐，爱村胜过爱家，我也习惯了。"

祝秋潮原来当崧厦中学副校长时，学校每年会安排教职工做一次短途游。通常，别人都带爱人参加，他却从来都是"孤家寡人"，成了一个人的旅行。

随着年岁的增长，祝秋潮不想孤零零一个人出游。他多次邀请杭兰英一起去，杭兰英都说工作忙，走不开，这不免让他抱怨："我真是个孤老头。"

祝秋潮做完大寿后，孩子提议老两口一起去香港旅游一趟，祝秋潮对此很心动。"人家老年人旅游都是一对对去的，我们从来没有一起旅游过。"

当祝秋潮刚对杭兰英说"两个人去香港旅游一下也挺好的"时，杭兰英想都未想便接口："你自己去，我很忙。"祝秋潮立刻沉默了，他知道杭兰英心里装的都是村里的事，就算出去了也不会安心，从此再也不提两个人一起出游的事。

杭兰英确实走不开，她每天都有忙不完的工作，村里的大事小事，她都要过问。对于祝温村来说，杭兰英既是村支书，又是一个"总理"，可谓日理万机。

知识就是力量，知识可以提高人的素质，甚至可以改变人的命运。在祝温村，小小的图书室很好地发挥着知识"加油站"的功能。

那天杭兰英搜集到一部分图书准备运回村里，以前什么事都要祝秋潮帮忙，可是今天她没叫上祝秋潮，祝秋潮倒有点不好意思起来。于是打电话给杭兰英，说要帮忙告诉他一下。杭兰英说，已经安排好了，祝海江去拿，到时村里整理图书时让祝秋潮再来帮忙。想到自己当初做寿时，妻子姗姗来迟，可一听说有图书要去搬运，杭兰英急忙带人去运书，祝秋潮开玩笑地说："在你心目中，我连那些图书都比不上。"

杭兰英白了丈夫一眼，笑着说："怎么，你这么大的一个人，还记仇呀？"

祝秋潮说："我不要太好了，电脑让你搬村去，修花剪刀也被你充公了，天下有我这么好的老公吗？只要你要的我样样都依你，不是吗？"

杭兰英说："你好，你好，你是天下最好的男人了。"一边说一边竖起了大拇指。祝秋潮说："这还差不多。"

祝秋潮的"怨言"，引得杭兰英哈哈大笑，差点笑出了眼泪。

2013年7月到10月，祝温村按照上级"百日整治"要求，加强环境整治力度，对全村的环境卫生进行自查。

在杭兰英的带领下，村里"百日整治"进展顺利，村民都比较配合，大家清理卫生死角，铺平高低不平的道路，村容村貌更加整洁有序。

一段时间后，村干部对全村整治工作进行检查，发现有一户村民家的门前卫生没有清理，一块地更是七高八低、坑坑洼洼，与整个村容村貌很不协调。是村民懒散还是另有隐情？杭兰英独自一人悄悄来到村民家里了解情况。原来，这户村民因生活困难，没钱买水泥黄沙清理自家门前这"一亩三分地"，觉得反正进出家门不碍事，门外的地破点脏点也无妨。杭兰英坐下来，与村民倾心交谈，耐心细致地讲起了道理，告诉他祝温村是个大家庭，不能因一家脏乱差而拖了全村后腿，影响了全村的声誉。

听了杭兰英这番话，村民自感惭愧，表示马上动手清理。杭兰英还自掏腰包叫他去买建筑材料，帮他平整路面，浇上水泥，门前环境卫生顿时变了样。

2014年春天，正值植树种花季节，杭兰英的眼疾又发作了，整天见风就流泪，看什么东西都像有一层薄雾。这是她当初任赤脚医生做绝育手术时，老在强光下工作留下的后遗症。

"杭书记，您还是歇一歇吧，这些种草弄花的事情就交给我们好了。"村干部们都劝她休息。杭兰英则说："春天时光宝贵，不能耽搁。"她依然每天泡在村里，和村干部、村民一起种草皮，修花木，丝毫没把眼疾当回事。

等到绿化告一段落，村干部们逼着她去医院看眼疾。医生让她至少每个星期去检查一次，但她做不到，两个月过去了，她才断断续续检查了四次。"村里事多，走不开呀。"杭兰英说。

2014年4月的一天，已经是下午4点，杭兰英办公桌旁的书架上，一碗方便面早已经泡"糊"了，还没拆开的调料袋搭在盖子的边缘，摸上去还有一丝余温。这原本是杭兰英给自己准备的午饭。

原来，当天下午，杭兰英接待了好几个村民，又为村里生活污水纳管的事情忙乎了半天，一忙起来她就把吃饭的事情给忘记了。直到肚子饿得咕咕直叫，她这才想起午饭还没有吃过。

"忘记吃饭，对她来说是再平常不过的事，她经常来不及吃早饭就早早来上班，等到肚子饿了，才记起自己没有吃饭。"朱彩娣说，"只有饿得实在受不了了，她才会想起向我们要一点零食吃吃。"

担任村支书以来，杭兰英主持过村里大大小小的工程项目不下一百个，总投资超过三千多万元，但她和村干部及亲戚家属从未承包、承建和插手过。

早在1986年杭兰英当上祝马村党支部书记时，她就立下了规矩：所有项目资金直接打进公账，项目建设时再按程序做账领取，所有村干部及亲戚家属都不得插手本村的工程建设。

近年来，祝温村的建设项目不少，但村里的规矩一直坚持得很好。杭兰英说，这样做既是为了集体利益，也是为了保护干部。像她自己家里，儿子、妹夫、亲家等都是做工程建设的，开始有人难免会有些想法，但杭兰英坚守住了关口。

有一次，村委会主任王茂桃的侄子来找杭兰英，想承包村里的一块土地搞种植。杭兰英很为难，规矩是村里定下的，绝对不能破。她找到王茂桃，把自己的想法跟他一交流，王茂桃态度也很明确，不同意自己的侄子承包土地。

得到村主任的支持，杭兰英马上找来王茂桃的侄子，坦诚地说："从个人的情感来讲，我同主任共事十几年，关系不一般；但从村里的规定来说，不可以掺杂半点私人感情，如果破了规矩，往后我们就没法开展工作了。"

杭兰英一番诚挚的话，让王茂桃的侄子心悦诚服，从此打消了承包祝温村土地的念头。

"潮平两岸阔，风正一帆悬。"祝温村在杭兰英的带领下，呈现出一派人心思齐、欣欣向荣的景象，吹响了改革发展的号角……

第五章　美丽祝温

不用扬鞭自奋蹄

俗话说：酒香不怕巷子深。祝温村的巨大变化，吸引着周围不少人前去参观。他们都想看看这个村"华丽转身"后的"靓丽倩影"。

2014年1月31日上午，祝温村来了一个陌生的老人。因为这天正好是正月初一，村支部除值班人员外，就没有其他人了。

这位陌生的老人到了村委会门口后，在文化长廊跟前站住了，他一会儿拿出小本子记着，一会儿又拿出照相机拍着。因为每天都有四邻八乡的人到祝温村参观，加上这个老人来得悄无声息，到村里后也不吱声，所以这位陌生人的出现，并没引起值班人员的注意。

大约两小时后，吃中饭的时候到了，那位值班人员便将办公室和一早开着的村史室锁住，又锁了村委办公楼的大门，回家吃饭去了。

巧得很，就在这个时候，杭兰英来了村委。每到中秋和春节，杭兰英都要到村里看望一些村里退下来的老干部，这个习惯已经养成多年，从来没有更改。今年春节也不例外。看望完一部分村里退下来的老干部后，杭兰英顺便拐到村委转一转。就在她刚刚开门走进村委办公楼的院子时，突然听到从村史室传来一阵急促的敲门声。

杭兰英吃了一惊。大白天的，村委会的门已经锁上了，值班人员也回家吃饭了。她刚才在路上还碰到那个值班人员，现在村史室里怎么会传来敲门声？莫非是自己听错了？不能呀，自己虽说年逾六十，可听力很好。杭兰英是一名党员，她不迷信，可大白天听到这奇怪的敲门声，她不禁有点头皮发麻，心提到嗓子眼。杭兰英壮着胆子赶过去，等她把门打开，惊奇地发现里面站着一个陌生的老人。说不害怕是瞎话，杭兰英也知道眼前站着的是活生生的人，绝不是什么鬼怪精灵。可她搞不明白，这人是怎么进来的。你说吓人不？那位老人一见杭兰英，连忙紧走几步握住她的手，不好意思地说："您就是兰英书记吧？"

杭兰英好像是在梦中，她赶紧回答："啊，是的，我是杭兰英。"

老人一个劲地道歉："对不起，对不起，我看得太出神了，连你们关门的声音也没听见，才被锁在里面了。"

杭兰英长长地吐出一口气，紧绷的神经才放松下来。她心里直埋怨值班人员太大意，锁门前为什么不四处检查一下。幸亏自己到村委会拐个弯，不然，这位老人不知道到什么时候才能出去呢。杭兰英对老人说："因为值班人员的大意，才把您锁到里面了，请原谅！等他吃饭回来后，我好好地批评他。"

老人连忙说："这哪行，这不是那位值班人员的错，责任在我。您千万不能批评他。"

交谈中，杭兰英才知道老人是离祝温村约有三十里远的道墟人，是一位摄影爱好者，他是在走亲戚的时候，自带干粮来这里参观的。在参观完文化长廊后，他就走进了村史室，没想到看得太专心了，竟连外面关门的声音也没听见，这才闹出这样的事。

听了老人的述说，杭兰英笑了起来。说真的，刚才真把她吓了一大跳。现在心还怦怦直跳呢。好在虚惊一场！

杭兰英见到了吃饭的时间，非请老人到她家里吃饭不可。老人没同意，说已经给杭兰英添麻烦了，哪能再去吃饭呢。

那天，杭兰英一直把老人送到了村口。一路上，老人对祝温村的变化赞不绝口，说如果不是亲眼所见，根本不相信这是真的。老人感慨地说："我长这么大，第一次看到这么美丽的村庄，跟画里画的一样。能生活在环境这么优美的村庄里，是一种福气！"当他们走到村口时，村口那根电线杆上的大喇叭里，正在播放着祝温村村歌：我生在祝温村，我长在祝温村，我们都是村里人，相亲相爱一家人……优美的旋律充满着温馨，在村庄上空回荡，传出老远老远。

老人止住了脚步，静静地听着，显得异常激动，直至村歌播放完。

当老人就要转身离开时，他再次握住杭兰英的手："唱得真好啊，一个村本来就是一家人。杭书记，您这个家当得好啊。对祝温村的村民来说，您就是他们的福星。"

老人迈开脚步，大踏步向村外走去，边走边说："祝温村真漂亮，做祝温村的人真有福，杭兰英引领村民走上了致富路，不简单，真不简单……"

老人的夸赞绝不是在奉承杭兰英，他跟杭兰英虽然是第一次见面，但杭兰英的名字，老人早就听说了。祝温村的传说，老人也早有耳闻。他能在大年初一独自一人来到祝温村参观，足以说明他对祝温村仰慕已久。如今，这位老人圆了自己的梦，真正近距离接触了传说中的祝温村，见到了祝温村的"庐山真面目"。

当你走进祝温村，迎面而来的或优雅或灵秀的墙绘，会让你眼前一亮，这样的墙绘遍布全村，总面积达五万平方米，这已经成为祝温村一道独特的风景线。说起第一块墙绘的诞生，还有一段小故事呢。

祝温村有一家养猪场，围墙上贴满了牛皮癣般的小广告，此事也引起了杭兰英的关注。那年暑假，她特地找到金近小学的校长何夏寿，请他帮忙想办法。在何校长的建议下，杭兰英决定在养猪场外的墙上画上宣传画。

杭兰英先用涂料将养猪场外墙刷干净，随后又找到何校长，请老师和村民来绘画。晚上，杭兰英跟何校长一直忙着筛选图稿，定稿后再将一张张小样打印出来。人都说，酷暑难耐，八月的江南，热浪袭人，太阳发出的光几乎能把大地上所有的东西烤熟。为了画宣传画，金近小学的八位老师早上6点半便赶到村里，当时杭兰英早就为他们准备好了凉帽、毛巾、颜料、画笔等用具。

在画图过程中，杭兰英当起了服务员，主动给老师们送水、递东西。夏日的阳光直射在近四百平方米的墙面上，老师们的衣服都被汗水浸湿了，可没有一个人叫苦喊累。杭兰英一会儿给他们端茶，一会儿给他们递毛巾擦汗，一会儿抬头看看天空中的太阳。她多么希望此时的太阳赶快落山，她更希望太阳突然躲进云层里。希望总归是希望，太阳依然高悬在天空中，把炙热的光洒向大地。

此刻，知了们在树上拼着命地叫着，杭兰英恨不得把它们"绳之以法"，方解心头之恨。可知了们丝毫不收敛，反而叫得更欢了。

到上午9点半时，老师们实在是热得受不了了，有人打起了退堂鼓。杭兰英看在眼里，急在心里，她一边说好话，一边更加勤快地给老师们做助手。看到杭书记这样，想打退堂鼓的老师不好意思了。

顶着烈日，冒着高温，杭兰英和老师们连续干了三个上午，每天都汗湿衣背，苦不堪言。"画画三上午，汗水湿衣服。谁知作画难，老师最清楚。"祝温村第一幅山水墙画终于绘成了，杭兰英和老师们脸上露出了欣慰的笑容。

为了祝温村的建设，杭兰英几乎操碎了心。当年，村里又添了一个小公园。漫步公园小道，会发现葱郁的花草丛中还有荷花亭亭玉立。小公园里既无水池，也无湿地，荷花从何而来？原来，就在这个小公园里一路隐藏着十三只大小形状不一的七石缸。水缸们被花草簇拥着，若不细看，很难看出来。用缸种荷花，也不稀奇，可为何有大有小？村民桑柏林说，这十三只缸都是杭书记从各家各户要的。看看哪家七石缸不用了，杭书记就"厚脸皮"地上门讨要。

桑柏林是村农家书屋的义务管理员，农家书屋与小公园仅几步之遥，自小公园开工之日起，他对公园建设的每一点进展都了如指掌。他说，不光是七石缸，杭书记对小公园的进度盯得可紧了，有时人手不够，她就自己动手。至于里边种什么花草，小道的走向如何，都是杭书记操心的事。她在信义林建设中，既做参谋员，又当战斗员，信义林的一个又一个故事，是杭兰英亲自挑选的，余世维"诚信赢爱情"、商鞅"立木取信"、诸葛亮"开诚布公"、尾生"抱柱之信"、豫让"信守不渝"、望夫石"海枯石烂"、刘秀"推心置腹"、季布"一诺千金"、沈从文"第一课"、魏斯"君子一言"等二十个故事生动形象，让人受益匪浅。

那年11月，祝温村温泾片河道砌石一期工程如火如荼地展开。这段长约一千五百米河道的改造工程，涉及周边四十多户住户的十余亩杂地。村里之所以要对这段河道进行改造，是为了便于对周围农田的灌溉。

早在动工之前，村里就召开党员、村民代表会议，征求大家意见。片长上门登记，将每一户农户有多少棉花会受损，跨年度的油菜作物如何进行补偿等细节，都一一写在了登记表上。

一大圈工作下来，所有需要解决的问题一目了然。让杭兰英他们感到欣慰的是，没有一户村民要求村里进行赔偿。村民们说："你们村干部工作做得这么辛苦和细致，大家都看在眼里，我们就不来找你们麻烦了。"由于得到村民支持，工程进展顺利。

杭兰英常说：劳动着是健康和快乐的。一天傍晚，村民祝小明下班回家，远远地看到一个熟悉的身影，正拿着水桶往水泥路上洒水。走近才发现原来是杭兰英在忙碌。

原因是，河道边道路刚做了硬化，每天得浇水养护地面。杭兰英利用下班时间，拎着水桶，到不远处的河里提来一桶桶水，在河道周边地面来来回回浇水。"杭书记，您为啥不叫别人来浇呀？您六十多岁的人了，提这么重的水吃不消的。"祝小明心疼地对杭兰英说，因为他知道杭书记的胳膊动过手术，一用力就会很痛。

"没事，我吃得消。"杭兰英说，"刚浇的地面一定要养护好，白天虽然有人来浇水，但我还是不放心，下班再来浇一次，这是举手之劳。"

祝小明说到这事时，眼前仿佛又浮现出一个温馨的画面：夕阳温柔地洒在杭兰英微驼的脊背上，余晖拉长了她的背影。

"村民只要有事找我们，肯定是他们解决不了的事。无论大事小事，我们都要把它当成大事、要事用心去办，把群众的事办实、办好、办满意。"是啊！把群众当家人，无论是关心呵护，还是批评教育，杭兰英始终带着感情、带着爱心，真心地希望他们生活得越来越好、家庭越来越幸福。把群众的事当成家事，只要群众有所呼、有所求，我们干部就要尽力有所应、有所为，在真诚帮助、努力工作中让群众感受到家的温暖、体会到家的温馨、感受到家长的关爱。这样的好书记老百姓肯定是一辈子记着，永远记着，世代感恩着……

村民家里有困难，干部必须到现场，这是杭兰英上任之初定下的一条规矩。她说道理其实很简单：一个村就像一个家，家里人有困难，出事了，我们不去谁去？我们不帮谁帮？我们是农村最基层的一级组织，也是第一线的干部，我们每天所面对的，就是最直接的人和事，你不能老坐在办公室里靠电话遥控指挥，这样与村民之间虽近在咫尺，但心却远隔千里。有干部到现场，村民会有一种安慰感，人在遇到困难的时候，尤其需要这种依靠和安慰。你把村民当子民，老百姓把你当亲人。

祝温村这些年一路走过来，可以说是历经风雨，坎坎坷坷，其间的酸甜苦辣，杭兰英哪个没尝过。但她始终用自己那颗坦诚滚烫的心，那双永远也不知疲倦的脚，紧密地连接着村党组织与村民之间的感情，从而化解掉了一个又一个矛盾。

付出汗水和心血，收获鲜花和掌声。2014年11月，杭兰英被绍兴市妇女联合会评为"绍兴市三八红旗手"，被浙江日报《小康》杂志社评为"中国（浙江）全面小康特别贡献人物"。12月，杭兰英被浙江省文明办评为"浙江好人榜人选"。

"老牛自知夕阳晚，不用扬鞭自奋蹄"，杭兰英说："只要我还在村支书这个岗位上，我就要为祝温村的发展去奔波、去奋斗，再苦再累，也毫无怨言。生命不息、奋斗不止！"

深爱祝温这片地

"江南可采莲，莲叶何田田，鱼戏莲叶间。鱼戏莲叶东，鱼戏莲叶西，鱼戏莲叶南，鱼戏莲叶北。"这首汉代乐府诗《江南》，描绘了江南采莲的热闹欢乐场面，从穿来穿去、欣然戏乐的游鱼中，我们似乎也听到了采莲人的欢笑。

美丽的祝温村每年也都有这种欢乐的场面，只是规模不大。多数时候是以家庭为主。掩映在田园风光里的祝温村，像一幅镶嵌在虞北平原上的油画，古朴宁静，情趣盎然。路过的行人，都会投去羡慕的目光，忍不住对它多看一眼。

这一年的4月15日上午，祝温村文化礼堂里走进了四位老人，他们一见村里人便说："你们这个村太美了，翠绿的麦田，浓郁的树木，多彩的墙绘，整洁的道路，这样的新农村堪称全省一流。"

刚刚从温泾片检查工作回来的杭兰英，在村文化礼堂门口碰到了这四位老人，便热情地接待了他们。杭兰英从老人的口音中听出他们不是本地人，便

最美最爱是祝温

问是从哪里来的。一位叫许红星的老人自我介绍说，我们是余姚临山镇中学的退休教师，今天早上骑自行车旅行，来上虞参观嘉绍跨海大桥和曹娥江大闸，不料回家途中迷了路。正在迷茫间，却发现公路旁立着一块巨石，上书"祝温村"三个大字，离巨石不远处，有一座漂亮精致的亭子，亭楣上写着三个大字"家和亭"，两侧柱子上是一副对联：家顺家兴共享太平盛世，和畅和谐共建美丽乡村。大家抬头一看，只见百十米外的祝温村在绿树掩映中若隐若现，这引起了大家极大的兴趣。他们都说，干脆将错就错，既来之则安之，参观一下这个美丽的村庄。

四位老人骑着自行车，缓缓向前行驶着，他们惊叹不已，仿佛置身于世外桃源。祝温村美丽的田园风光，主干道两侧村舍墙上的彩色墙绘，以及干净整洁的村容村貌，深深吸引着四位老人。他们就像陶渊明在《桃花源记》里描写的那个捕鱼人一样，沿着小溪划船往前行，却忘记了路程有多远。

四位老人做梦也没想到，他们能跟《桃花源记》里的渔人一样遇到相同的情景，只不过渔人驾着小船，而四位老人骑着自行车。四位老人一边骑自行车，一边夸赞祝温村。直至骑到村庄尽头，嘴里还在不停地夸着："太美了，太美了……"

杭兰英也像《桃花源记》里的村民一样，热情地接待了这四位老人，她把他们领进村会议室，招呼他们坐下，随后给他们倒了茶水，还亲自端给他们。杭兰英见快中午了，便派人买来快餐，这让四位老人十分感动。

杭兰英笑着说："远来为客，你们大老远来我们祝温村，就是我们的客人。作为主人，我理应招待你们，如果有招待不周的地方，请你们一定要担待啊。"

吃饭的时候，许红星老人对杭兰英说："杭书记，你们村口那个亭子的名字取得好，'家和亭'，家和万事兴啊，祝温村这个大家庭能走到今天，是你们和睦相处的真实写照。没想到这次误打误撞闯进了祝温村，欣赏到这么美丽的村庄，真是不虚此行啊。"

杭兰英谦虚地说："我们做得还不够，请你们几位老前辈多提宝贵意见。"

四位老人说："现在像祝温村这样的村屈指可数，如果你们把村容村貌拍成风光片，在电视台播放，一定能吸引更多人的眼球。"说者无意，听者有心。杭兰英心里产生了拍宣传片的念头。不仅这四位老人赞誉祝温村，还会有更多的人了解祝温村，如果拍成了，村讲解员也可以省时省力。当天，有两位来自安徽宿州的修路工人，也对祝温村的干净整洁大加赞赏。他们说，即使是像他们这样走南闯北的人，也难得一见这样幽雅的环境。

送走四位老人后，杭兰英转身走向后桑自然村。最近因为忙，跟村民聊天的时间相对较少，这让她心里感到有些不踏实，有种空落落的感觉。杭兰英担任村书记以来，养成了跟村民拉家常的习惯，这也是她工作的法宝。在拉家常中，她会发现村民的想法、需求和困难，会发现自己工作中的不足和问题，然后把它们记下来，经过分类后，一个矛盾一个矛盾去解决，一条措施一条措施去落实。她办公室抽屉里的三十五本民情日记中，记录了她多年来与村民们拉家常时的点点滴滴、大事小情。

党执政后的最大危险是脱离群众。作为一名老党员，杭兰英始终把自己当成一条鱼儿，把全村百姓当成水，她知道鱼儿只要不离开水，自己就能真正地"海阔凭鱼跃"，在祝温村这片土地上大显身手。

作为一村的领头人，杭兰英平时就把心扑在工作上，心里除了工作，就是村里的百姓，她对百姓比对自己的家人还要好。2013年10月初"菲特"台风来袭，狂风肆虐，大雨倾盆。村民陈婉云的丈夫在外地打工，家里只有女人和孩子。由于家里地势较低，旁边还有个池塘，"菲特"来得突然，暴雨如注，水很快漫过屋外的道路，顺着门缝涌进房间，不多时，半截床脚就淹在了水里。

就在这时，杭兰英带着村干部，冒着倾盆大雨赶到她家。迅速把陈婉云一家三口转移到附近村民家中。安顿好陈婉云一家后，杭兰英又带人一头扎进暴风骤雨中，到下一户村民家里察看情况。

第二天，大水渐渐退去，陈婉云家一片狼藉。杭兰英又带着村干部，帮忙打扫收拾房间，安顿好一家人的生活。

"我是你的一片绿叶，我的根在你的土地。……无论我停在哪片云彩，我的眼总是投向你……"在杭兰英心的天平上，祝温村和祝温村的百姓永远比自己的小家和家人重。祝温村和全村的百姓，是杭兰英今生最牵挂、最关心的。而自己的家庭和家人，是杭兰英今生最愧对、最亏欠的……

甘洒汗水报祝温

一个村就是一个大家庭。一路走来，并不富裕的祝温村之所以建设得如花似锦，靠的显然不是财大气粗，而是依托于全村百姓强烈的集体意识，植根于一种基层社会特有的共治理念。众人拾柴火焰高，杭兰英知道怎么凝心聚力，怎样把全村百姓的心聚在一起，这是祝温村走上成功之路的制胜法宝。

习近平总书记说："抓好为民谋利的'小事'，必须要像抓'大事'那样，把求真务实的精神贯彻到为民办实事的具体工作之中。"

只要是有利于群众的事，无论事情大小，都要发扬"燕子垒窝"精神，用心思去谋划，花精力去落实，从一点一滴做起，脚踏实地地实干，长年累月地积累，用实干的成效取信于民。

祝温村村委会前面有个花园，花园里有一条百十米长的小道，上面铺了光洁滑溜的鹅卵石，像一条玉带，缠绕在美丽的花园间，给花园增添了无限的美感。这条铺满鹅卵石的小道，看着美观，走着舒适，让村民们感到很惬意。

鹅卵石铺路这个创意，说起来还有一段美丽而艰辛的故事呢。有一次，杭兰英到虞南山区访友，发现沿途溪涧里许多鹅卵石被溪水冲刷得圆润光滑，十分好看。杭兰英忽然想到，现在村里正在建"人和文化长廊""乡贤走廊"，若用这种鹅卵石铺地，岂不既实用美观，又节约投资，一举两得。回村后，她向村干部们说出了自己的想法，得到了大家的支持。

杭兰英书记用捡来的石子在铺路

几天后，杭兰英借用丈夫祝秋潮负责的校办厂里的一辆卡车，又准备了七八个竹篮子，然后和其他村干部一起直奔虞南山区，打算从山涧里捡鹅卵石。

一些村民看见杭兰英和村干部坐着一辆卡车离开了村子，都感到很纳闷。要说去旅游，不可能坐卡车。可不去旅游，他们干什么去呢？莫非又去别的地方"寻找"什么东西去了？他们到底要去哪儿，又去寻找什么呢？

路上，一名村干部问杭兰英："杭书记，那儿山涧里真有鹅卵石吗？人家不会不让咱们捡吧？我听说城里一些小区里铺鹅卵石时，都是花钱买的。万一人家不让咱们捡怎么办？咱们不是白跑一趟了？"

杭兰英笑着说："你们放心吧，那些鹅卵石没人管没人问，我问过当地的村民了。别说捡一天，你天天去捡，也没人过问。今天到那儿以后，你们可要使劲地捡鹅卵石，不准偷懒的啊！"

人们一阵哄笑，这笑声传出了老远，惊得路边树上的鸟儿也忙个不停展翅高飞着。

赶到地点后，杭兰英进行了简单分工，年纪大的干部和女干部负责捡鹅卵石，年轻力壮的男干部负责把捡到的鹅卵石装到车上。分完工，杭兰英问大家有没有意见。大家异口同声地说："没意见！"

在山涧溪沟边，村干部的眼睛不够用了。杭兰英说得没错，山涧里到处都是鹅卵石，奇形怪状，颜色各异，真是大自然的造化呀。

村干部们像发现了奇珍异宝似的，快步奔了过去，然后各自散开，沿着溪涧，用手捡，用斗捞，欢笑声在山涧里回荡。

一开始，大家每捡到一块鹅卵石，都会惊喜地大声喊起来。随着捡到的鹅卵石越来越多，大家也顾不上喊了，只是忙着去捡拾。

快到中午时，人们捡到了大半卡车鹅卵石。因为年龄的原因，杭兰英累得几乎直不起腰来，可她看到大半卡车鹅卵石，脸上露出了欣慰的笑容。

杭兰英的这一变化，被细心的村计生信息员朱彩娣发现了，她把这一情况汇报给村主任王茂桃。王茂桃让杭兰英赶紧到卡车上休息。杭兰英笑着说："不碍事，如果都像我这样，咱们还怎么捡鹅卵石。你们捡三块，我捡一块，也比闲着强啊！"

在杭兰英的带动下，村干部们整整忙碌了一天，直到夜幕降临，他们才拉着满满一卡车鹅卵石返回祝温村。

第二天上午，杭兰英又带人精心挑选出一批大小合适、颜色相配的鹅卵石，铺在长廊的地上，其余的则铺在花园的边上。路铺好后，赢得了村民的一片好评。一些村民埋怨杭兰英："杭书记，像这种活儿，以后你说一声就行了，让我们村民去干，哪能让您亲自干呢。您年龄这么大了，却去那么远的地方捡鹅卵石，这让村里人的脸往哪儿搁呀！"

杭兰英说："各家都有各家的事情，况且这是我们几个村干部也能完成的事。一旦上心了，就行动了，早干完早放心。"

一席话，让村民们感动不已。有这样的村干部，真是祝温村百姓的福气呀。

8月的一天深夜，虞北地区狂风大作，暴雨倾盆。一位家在路边的村干部从睡梦中惊醒，他赶紧起床去关窗户。这时，他看到一辆汽车冒着大雨，急匆匆地向村委会所在地驶去。

那位村干部心里很纳闷，半夜三更的，谁冒雨去村委会呢？莫非是小偷趁着雨天偷盗，这不可能。可不是小偷，又能是谁呢？

正胡思乱想间，那位村干部发现那辆车停在了村委会大门口，车门打开后，从车上下来两个人，他们撑着雨伞快步走进村委会大院。那位村干部从前面撑伞人的身形，立马断定是杭兰英。而且他猜测："这么晚了，除了杭书记，没有人去村委会。可杭书记为什么要半夜去村委会，且下着这么大的雨。"真是百思不得其解。

这位村干部猜得没有错，那个人正是杭兰英。当晚，杭兰英被一阵狂风暴雨声惊醒，醒来后还不到一分钟，杭兰英突然失声喊道："坏啦！坏啦！"

此刻，丈夫祝秋潮也被惊醒了，听到妻子的惊叫，他忙问："怎么了？什么事？"

这时，杭兰英已经把衣服穿好了，她着急地说："昨天村里搬出来的花木都还在室外场地上，这么大的风雨，如果不把花木搬进屋里，肯定全会被风雨打烂。我得去把花木搬进屋！"

祝秋潮伸头朝窗外一看，不禁打了个冷战，外面风紧雨大，别说去搬花木了，就是穿着雨衣赶到村委会，也得变得落汤鸡。祝秋潮想劝妻子等雨小点了再去，可杭兰英已经拨通了干女儿黄春芳的电话，让春芳开车来接她去村委会。

祝秋潮起身为妻子拿了件雨衣，他想跟妻子一起去，被杭兰英拦住了。祝秋潮正感冒，如果再被雨淋一下，感冒会加重的。祝秋潮叮嘱妻子："下这么大的雨，你搬花时千万要注意安全。"

杭兰英答应一声："会的。"然后把雨衣往身上一披，一头钻进风雨中。大门外，黄春芳开着车刚好来到。

杭兰英和黄春芳赶到村委会大院，看到被风雨吹得东倒西歪的花木，杭兰英心疼得直叹息。她和黄春芳两个人冒着大雨，把花木一盆盆往屋里搬，小的一个人搬，大的两个人抬。

正搬着，村主任王茂桃冒雨赶来了。杭兰英又惊又喜："王主任，你怎么来了？"

王茂桃笑着说："我被雨声惊醒了，想到村委会院子里的花木，立即想到，只要你醒了，肯定要来村里搬花木。看看，我猜中了吧！"

杭兰英用手擦了一下脸上的雨水，笑了起来。是啊，她跟王茂桃搭班子二十多年了，杭兰英的脾气、本性，王茂桃摸得一清二楚。王茂桃曾经说过："如果不是杭兰英当村支书，我早辞职去上海打工了。我跟杭兰英一起工作，即便有许多误会或批评，我也开心！"

一个小时后，大院里的花木被杭兰英他们三个人一盆一盆全部搬进了屋里，尽管他们都穿着雨衣，可每个人的衣服都湿了，像落汤鸡一样。被风一吹，冷得直打冷战。

杭兰英感觉到很不好意思，她对王茂桃和黄春芳说："茂桃、春芳，你们辛苦了！"

一句话，让王茂桃和黄春芳心里热乎乎的。杭兰英这么大年龄了，半夜三更冒着大雨来村委会搬花木，这让王茂桃和黄春芳油然而生一种敬意。刚才搬花木时，她不比他俩搬得少，现在听到杭兰英向他俩说声辛苦，怎么能不让他俩感动呢？

次日一早，祝温村大学生村官阮冬芬来村里上班时，惊讶地发现，昨晚下班时搬出的花木，竟然全部摆放在屋里。咦，这些花木什么时候进的屋，它们不可能自己跑到屋里，肯定是有人搬进去的。想到昨天夜里风大雨急，阮冬芬一猜就猜到是杭兰英和村主任冒雨来搬的。

那时那刻，阮冬芬心里一阵感慨，这些花木也不是什么名贵品种，都很便宜，真没想到杭书记会半夜三更冒着大雨前来搬进屋里。可杭兰英不会这么认为，只要是村里的财产，哪怕是一分钱，杭兰英也绝不会浪费，更不会让财产受到损失。

杭兰英就是这么一个人，对集体的财产"抠"得很，能不花的，尽量不花。实在要花了，她对集体的钱恨不得一分钱掰成两半花。杭兰英在村庄建设上，出手阔绰，很大气，有时村里的几十万，甚至几百万的钱，她大笔一挥，就投入进去了。经她手出去的工程款，高达一千七百八十万元，她硬是没皱一下眉头。可有时候，杭兰英对集体的钱却小气得很，一元一角她都算得清清楚楚、明明白白，不知道的人还以为她多斤斤计较呢。

当初村委会门前建"人和文化长廊"时，有人建议用柏油，也有人主张用水泥。可杭兰英在这件事上却盘算开了，她早就算过了，无论用柏油还是水泥，都要花不少钱。后来，"人和文化长廊"里铺成了一百米鹅卵石小道后，这条鹅卵石小道成了村民茶余饭后最爱去的地方之一，不仅好看，且踩上去还可以健身呢，很舒服。

习近平总书记说过："共产党人的政绩，就是做得人心、暖人心、稳人心的事。"杭兰英，这名普普通通的农村女支书，没有豪言壮语，却用点点滴滴的事、点点滴滴的情，去践行一个共产党员的入党誓言。她为祝温村所做的一切，祝温村的百姓将会永远记在心中。

一生只为一个村

《论语·为政》有言："人而无信不知其可。"这句话的意思是，人要是失去了信用或不讲信用，不知道他还可以做什么。

富兰克林说过："失足，你可以马上恢复站立；失信，你也许永远难挽回。"

作为祝温村的村支书，杭兰英始终把信义放在第一位。她知道信义对整个村子的重要性。

在祝温村公共服务中心前面，有一片两千平方米的"信义林"，林子里的每一棵树都是由村干部们亲手种起来的。

谈到为什么要在村公共服务中心前建一片"信义林"，杭兰英说，公共服务中心是为全村百姓服务的地方，在公共服务中心的前面培植"信义林"，就是提醒村干部对全村的百姓要讲"信义"，村民与村民之间同样要讲"信义"。村干部答应老百姓的事情，无论困难多大，都要按时完成，否则就是不守信用，时间长了，老百姓也就不相信村干部了。村民与村民之间，也要讲信用。否则，一个村将人心涣散，成为一盘散沙。

创建这片"信义林"时，崧厦镇不少村里出现了这样的怪现象：每年都植树，但植树后不进行很好的管理，导致不少地方年年都植树，可成活率却不是很高，这让老百姓颇有怨言。杭兰英了解到这种情况后，下定决心建好这片"信义林"，她要让全村百姓通过这片"信义林"，不但看到村干部守信用的实际行动，更从中看到希望。

每年植树节，杭兰英便带着村干部，到"信义林"边上的广场里植树，对于种下的树，杭兰英进行跟踪管理，成活率都很高。不仅"信义林"里的树苗是这样，其他地方种植的树木也是这样。

祝温村一个村民说："每次经过'信义林'，我都感慨不已，祝温村有这样一个求真务实的班子，还有什么困难克服不了呢？"

建好"信义林"后，杭兰英又在"信义林"中建了一个"信义亭"，这个"信义亭"在入村道路两边，竖起了祝温村有关宣传牌和宣传栏。

2013年9月17日，农业部部长韩长赋到祝温村调研考察，对该村在党总支的带领下，发扬村民互助合作的精神，留下了深刻的印象，认为其经验"可复制、可推广"。

韩长赋的话像一缕春风吹过杭兰英和祝温村所有村民的心田。那一刻，杭兰英心潮起伏，从1986年担任村支书以来，她付出得太多太多，经历的磨难不比唐僧师徒四人西天取经路上的磨难少。

杭兰英担任村支书的第一件事，就是从改变村容村貌开始，从而进一步改变村民精神面貌，要让每一位村民有尊严感、幸福感、获得感，以自己能生活在祝温村而自豪。

经过几十年的努力，杭兰英的美梦实现了，如今的祝温村百姓，真正地生活在一个幸福而美丽的"大花园"中。难怪韩长赋到祝温村考察时对杭兰英说："我一进村就非常高兴，你们这个村，地种得好，老乡的地种得很仔细，整整齐齐看不见草。你们发扬互助精神，既推进了村庄基础设施建设，环境美化，又建设粮食生产功能区，推进现代化农业建设，具有一定的典型性，这样的经验可复制、可推广。"

2013年10月9日，中共中央政治局委员、国务院副总理汪洋到祝温村考察新农村建设情况，对祝温村改善农村人居环境工作给予高度评价。

站在汪洋副总理身边，聆听着他的叮嘱，杭兰英心里热乎乎的。她做梦也没想到，作为一名农村的党总支书记，这辈子能站在中央领导身边，聆听中央领导对自己工作的肯定。

杭兰英对祝温村的付出，祝温村百姓耳熟能详，杭兰英的丈夫祝秋潮更是清清楚楚。自从当上村支书，杭兰英每天早晨6点准时离开家，傍晚6点才能回来，有时要更晚，她在村里的工作时间每天都在十个小时以上。

有一次，丈夫祝秋潮跟杭兰英开玩笑："究竟这里是你的家，还是祝温村是你的家？"杭兰英笑着说："两个都是家，这里是小家，那里是大家。"

是啊，一个小家，一个大家，各有侧重，又要互相兼顾。作为一个生在农村长在农村的传统女性，杭兰英深知家的重要和其所包含的全部含义，从某种意义上来说，家对一个女人来说，几乎就是全部，就是一切。一个女人，如果不顾家，在家人和其他人眼里，肯定精神不正常。但杭兰英是一位村支书，一个受命于"危难"之时的村支书，她的任务是千方百计让一个贫穷落后的小村，早日走上致富路。祝马村的经济刚刚有了好转，三个村又合并，作为一个有近两千名村民的农村大家长，杭兰英感到压力巨大。她在大家和小家之间，必须做出一个明确的选择。如果说，作为一个母亲、一个妻子，杭兰英柔弱的肩膀只需挑起一副担子，而这副担子她完全可以不用挑得太累，有丈夫祝秋潮，杭兰英足以在家享清福，即便要付出，付出得也微乎其微。但是，党组织和全村百姓把这副沉甸甸的担子交给了自己，自己没有任何理由去逃避，必须勇敢地挑起来，即便被压垮，也不能后退。这副担子，杭兰英挑得太吃力、太艰辛。

祝秋潮清楚地记得，有一天他正在做饭，门突然开了。祝秋潮看到从外面走进来一个人，这人满身尘土，面目不清，尤其是两个鼻孔，乌黑乌黑的。

祝秋潮疑惑不解：咦，难道是收破烂的，这人怎么直接进屋里来了？祝秋潮正想发火，定睛一看，来人竟是妻子杭兰英。

"你这是怎么了，怎么弄成这个样子？"祝秋潮吃了一惊，赶紧打来热水，让杭兰英洗洗脸。

吃饭时候，杭兰英说，下午祝温村在进行河岸垃圾整治，她带着其他人，对各种各样堆在河岸两边的陈年垃圾进行清理，该拉的拉走，该埋的埋掉。有些垃圾在河边堆积多年了，又脏又臭，既影响环境，又影响河道的美观。因为垃圾多，一位村干部想了个办法，把一部分垃圾焚烧起来，杭兰英发现后，立即赶去阻止，要求马上扑灭。杭兰英带头扑火，因为走得近，导致灰尘吸进了鼻孔，加上淌汗时，灰尘飞到脸上，用毛巾一擦，就成了大花脸。

杭兰英说得很轻松，祝秋潮却听得心痛。为了祝温村，妻子付出得太多了。祝温村全村一千八百二十五人，人均耕地只有零点七亩左右。在整个崧厦镇三十八个村的排名序列中，祝温村只能排到最靠后的末几位。除了小，这个村还很散，全村由祝马、温泾、后桑等十个自然村组成。2006年并村前，十个自然村中最大的有百十户人家，小的只有六七户人家，这些"罗汉豆"村加在一起也只有六百九十户人家。

杭兰英走马上任后，开始领着全村百姓，迈向了一条艰难曲折的脱贫致富之路，这条路坎坷、泥泞，狂风暴雨随时向杭兰英这只领头雁袭来，可她毫不畏惧。改变祝温村落后面貌需要很多钱，可这钱从哪里来？祝温村没有企业，集体经济薄弱，村道改造、河道整治的资金一时难以筹集，杭兰英就自己带头捐了三万元，做了祝马村的第一条水泥路。榜样的力量是无穷的，在杭兰英的带动下，村民们有钱的出钱，有力的出力，远在上海搞建筑的老乡也被杭兰英的精神所感动，纷纷拿出钱来支援家乡建设。从修第一条路至2020年，祝温村用于新农村建设的资金总共达到四千多万元，其中村民捐款一千万元，杭兰英个人捐款近六十八万元。

没钱难办事，有了钱怎么花，同样是一个难办的事。如果花钱不当，就容易引发村干部和村民之间的矛盾，势必影响祝温村前进的脚步。担任村支书以来，杭兰英从来不乱花集体的一分钱，即便是因为工作需要招待客人，也由她自己掏腰包买单。她把每一分钱都用在刀刃上，用于老百姓最为关心的事情上。

把村民的事放在心上，将村民当亲人的同时，杭兰英对自己家人却经常有"额外要求"，"假私济公"是她的一贯作风。她动员自己的弟弟杭飞龙为村里捐款，在弟弟公司里"安插"人员。村民朱彩娣的丈夫去世，女儿中专毕业后一时找不到工作，家庭经济压力较大，杭兰英知道后，主动提出将朱彩娣的女儿介绍到自己弟弟的企业去工作，解了朱彩娣的后顾之忧。杭兰英还常常"指挥"丈夫祝秋潮骑着自行车帮村里"跑腿"，帮着送人送货，一分钱辛苦费都没有，还得倒贴。在杭兰英的感召下，她的家人也全力支持她的工作，关心村里的发展。家务事不让她操心，让她能够全身心地投入工作中去。

她还连续十一年拿出自家的钱慰问村里八十岁以上的老人，共计花去五万多元。"俏也不争春，只把春来报。待到山花烂漫时，她在丛中笑。"为了祝温村，杭兰英全心付出，不求回报。为了祝温村的老百姓，她甘愿做一个"倒贴书记"，贴出的是自家的钱，贴近的是全村百姓的心。

杭兰英的事迹飞出了祝温村，飞出了崧厦镇，飞出了上虞区，飞出了绍兴市，飞出了浙江省。2014年7月31日，中共中央宣传部下发了《关于做好浙江省绍兴市上虞区祝温村党总支书记杭兰英同志先进事迹宣传报道的通知》，通知要求《人民日报》《光明日报》《经济日报》《中国纪检监察报》《中国青年报》《中国妇女报》《农民日报》《法制日报》和新华社、中央人民广播电台、中央电视台及所属新闻网站等十多家国家级新闻媒体和浙江省委宣传部，做好对杭兰英先进事迹的宣传。

2014年8月20日，央视网浙江记者站记者李笛，率先写出了新闻稿《他们眼中的杭兰英》。同一天，新华网新闻编辑部主任胡一敏，写出了新闻稿《一生只为一个村》。

是啊，一生只为一个村。这是对杭兰英最贴切的评价。

花香自有蝶飞来

2014年7月23日，中共中央政治局常委、中央党的群众路线教育实践活动领导小组组长刘云山做出批示：教育实践活动要总结宣传一批共产党员和党的干部的先进典型，好支书杭兰英的先进事迹感人，要集中宣传，并要求基层干部向她学习。

刘云山批示后，时任中共中央政治局委员、中央党的群众路线教育实践活动领导小组副组长赵乐际，浙江省委书记夏宝龙，浙江省委常委、组织部部长胡和平也做了批示，随后，中共浙江省委党的群众路线教育实践活动领导小组下发《关于开展向杭兰英同志学习活动的通知》。

花香自有蝶飞来。一时间，中央各大媒体、浙江省各大媒体的记者齐聚祝温村，他们把镜头对准了杭兰英。

2014年8月24日、25日，新华社连续两天播发了浙江分社总编辑助理、记者裘立华采写的通讯稿《杭兰英28年为民服务记》上、下篇。杭兰英成了全国家喻户晓的先进人物。

村级善治，首推善理善待。无论是化解矛盾，还是发动群众参与新农村建设，杭兰英都体现出务实能干的精神。

村里河道清淤疏浚，杭兰英舍不得花钱，而是买了泥浆泵，几个村干部亲自动手。村里建造百米"人和文化长廊",杭兰英同样舍不得花钱,而是组织村干部一起到虞南山区的溪涧里捡拾鹅卵石。在杭兰英的集体资金使用记录本上,每一项、每一笔,清清楚楚,明明白白,不仅记录着她1986年以来集腋成裘、聚沙成塔的治村路径,更体现了她殚精竭虑、一心为公的精神品格。

村级善治,提升道德素养为要。在利益诉求多元化现状下,农村治理,需要党员干部具备较高道德素养。杭兰英对采访她的新华社记者裘立华说:"干不好,难为情。人活着,要做一个有道德的人。"杭兰英的丈夫祝秋潮说:"没有我办厂的收入,她想捐钱也无能为力。我把家里的活儿都承包了,让她有精力去管理村里。"正是因为杭兰英有高尚的道德修养,她所带领的祝温村,才得以不断走向温情和文明。

当新华社记者裘立华问起与祝温村结对共建的金近小学校长何夏寿时,何夏寿激动地说:"杭书记对文明建设有一种特别的情怀。祝温村的村歌《祝愿祝温》,是杭书记提出,由金近小学的何校长和村民参与作词作曲的。小学老师和村民还参与绘制村民文明墙。杭书记还发起'和谐家庭''好媳妇''好婆婆''好少年''孝子女'五个'十佳'评比活动,每次评比既认真又热烈,一家一家地评,一人一议,村民积极参与,相互竞争,评选结果出来后,杭书记亲自为五'十佳'颁奖。村里每年还开展慰问老党员、老干部,举办迎春、中秋茶话会、文艺演出等活动。"

杭兰英说:"新农村建设,归根到底,是提升人的素质,提高人的境界,家庭和睦了,村庄和谐了,乡风文明了,各项工作也就上去了。"

村级善治,需要依法守矩。"能人治村",是当下中国农村的普遍治理模式。杭兰英认为,"能人"既要有能力,也要受法律和道德制约,不能搞一言堂。"村干部还要不怕得罪人,凡是符合村里发展需要的、符合大家利益的事,哪怕阻力再大,我们也要啃下来。"

村主任王茂桃介绍说:杭书记的领导方法和工作作风,让我们叹服,她处处讲民主,事事讲公开,做事规规矩矩,靠民主议事,用制度办事。村里每年两次开展村干部述职评议,凡是涉及村内的工程建设、土地承包转让等重大问题,她都会提交村民代表大会和党员代表大会讨论,从不搞"一言堂"。

这些年,祝温村先后投资一千七百多万元进行各类工程建设,没有出现任何经济问题。村民们说:"我们只听说杭书记总是把家里的钱拿出来资助困难户,资助村里建设。村里的一分钱,她都不动,这样的书记,打着灯笼都难找啊!"

绍兴市委常委、组织部部长吴晓东说:"只有走近群众、沟通群众、熟悉群众,才能真正地服务群众。杭兰英所做的事情都很普通,但正是这种'普通',体现了基层治理的真谛。"

2014年8月25日,《人民日报》"最美基层干部"栏目刊登了《人民日报》记者李昌禹采写的通讯《杭兰英:她让村民"有面子"》。祝温村集体经济收入在浙江省绍兴市排不上号,在全市两千一百七十六个行政村里,并不算高。可祝温村的村民,个个觉得住在村里"有面子"。为啥?因为村里有个"兰英妈妈"。1986年以来,村支书杭兰英文化治村,立信养德,实现村子"零上访""零违建""零刑事案发率"。

她是事事带头的"倒贴书记",为了村里的建设,到2014年时,她个人捐款四十六万元,远超她二十六点三八万元的工资收入,倒贴部分全是从老伴和儿子身上"揩"的油。有人统计,到2014年,杭兰英帮助过的困难户已达二百七十户,个人出钱扶贫帮困达十四点四五万元。有了杭兰英的带动,村里干部积极响应,在外地经商、搞建筑的村民也纷纷捐款,支持村里的建设。截至2014年,村民共捐款五百五十人次,累计捐款近四百万元。

她是怕难为情的"记事书记"。杭兰英的办公桌抽屉里,躺着治村法宝——"民情记事本"。全村六百五十户人家,谁家有个为难招灾的事,杭兰英都记在本子上。"为啥事事上心?"杭兰英的回答很简单:"村里都是一家人,我这个村书记要是做不好,怪难为情的。"

她是文化治村的"养德书记"。讲起为啥当初"怕"当村支书,杭兰英不无感慨地说:"当时村里村风民风建设不好,道理讲不通,很多工作都开展不了。"文化建设,正是杭兰英"养"民风的重要抓手。杭兰英没读过多少书,搞文化不是自己的强项,怎么办?她想到了附近金近小学的校长、浙江省特级教师何夏寿。在何校长的建议下,两人搞起了村校文化共建。村里的文化搞上去了、民风好了,村里才能留住人,村民才体面,到外面闯荡的人才愿意回来反哺自己热恋的故乡。

《人民日报》记者李昌禹不愧是一名大报记者,他在祝温村采访杭兰英时,没能从她嘴里"套"出太多的东西,便采取"侧面迂回"的方式,从外围入手,采访了祝温村几位村民。村民说,这些年村里发生了翻天覆地的变化,都是杭书记带大家干出来的。

"因为她,我留下来。"在祝温村的发展道路上,杭兰英有个好搭档——

村委会主任王茂桃。1986年，杭兰英担任村党支部书记时，王茂桃担任村委会主任，两人一直共事二十多年。杭兰英做工作事事带头，让王茂桃十分敬佩。王茂桃说，他本可以去在上海开公司的表弟那里工作。因为被杭兰英治村的精神感动，女人做事都这么舍小家为大家，他作为一名军人加男人，为什么不能向她学习，为人民服务呢，于是他选择留下来同杭兰英书记一起干。

习近平总书记指出："只有在平时多做过细的群众工作，才能真正取得群众的认同和信任。有了这个牢固的基础，遇到问题和矛盾时才容易同群众说上话、有沟通、好商量、能协调。"

杭兰英很平凡，她没有什么惊天动地的业绩；杭兰英又不简单，村民的头痛脑热她了然于胸，村里的大事小事她事必躬亲。"喊破嗓子，不如干出样子。"

愿祝温村在杭兰英书记的引领下，越来越富裕，越来越美气，成为绍兴市新农村建设中一颗耀眼的明珠……

第六章 聚焦祝温

爱心凝聚一个家

习近平总书记说:"共产党人的政绩,就是做得人心、暖人心、稳人心的事。平凡之中见伟大,细微之处见精神。"

作为一名共产党员,一名农村的党总支书记,杭兰英就是这样一个脚踏实地的人,做的是人心,稳的是人心,暖的是人心。

2014年8月25日、26日,《光明日报》刊登了记者周洪双采访杭兰英的通讯《要物质富裕,也要精神富裕——记浙江绍兴上虞区祝温村党总支书记杭兰

主持人采访上虞区首届"最美人物"——爱民书记杭兰英

英（上）》《"她为村里的事扑心扑肝"——记浙江绍兴上虞区祝温村党总支书记杭兰英（下）》。

带头捐款改变滩涂面貌。党员王金华说："在杭书记的带领下，村里的事情我们都有发言权，这样村里办事大家都很支持，我们作为村里的一员也感到非常有面子。"

把落后的村建成文化大观园。杭兰英上任之初，村民关系不大融洽，吵架拌嘴、打架斗殴的事情时有发生。为改善民风，杭兰英把村民组织起来搞文艺活动，让他们在合作中加强交流。金近小学校长何夏寿说："杭书记对文明建设有一种特别的情怀，村里民风大有改善，原先'小打天天有，大打三六九'的情形早已不复存在。"

在杭兰英的带领下，祝温村村民不仅在物质上越来越富裕，他们的精神世界也越来越充实。

《光明日报》评论员文章说："杭兰英的成功，关键之处在于，她具备一颗全心全意为了村庄物质和精神文明共同发展的赤诚之心，一种处处为村民着想的为民情怀。不仅关注村民的物质生活，关心村庄的硬件建设，更注重村庄的文化和价值观，注重村民心中喜怒哀乐，注重村民脑袋里的所思所想，这是杭兰英的大情怀，也正是看似平凡的杭兰英最重要的力量源泉。情怀是一种不可思议的力量，它能感染人，甚至传播、改变、塑造出一个全新的精神世界。杭兰英拥有的勤廉为民、公而忘私的情怀，正是古圣先贤如杜甫、范仲淹等一以贯之的情怀，也正是毛泽东、邓小平等老一辈革命家共同公认的情怀。每一位共产党员，都要拥有这种情怀，有了这种情怀，我们就能真正立党为公、执政为民，我们就能忧民之忧、急民之急，我们就能严于律己、克己奉公，我们就能像杭兰英一样，在平凡的岗位上，迸发出不可思议的巨大精神力量来。"

《经济日报》记者黄平、实习生金敏丹合写的通讯《领着村民奔富路——记浙江绍兴市上虞区祝温村党总支书记杭兰英（上）》《爱心凝聚一个"家"——记浙江绍兴市上虞区祝温村党总支书记杭兰英（下）》分别刊登在2014年8月25日、26日的《经济日报》上。文章从另一个角度，诠释了杭兰英这位最基层的共产党员为民奉献的情怀。从三十七岁担任村支部书记，到2014年六十五岁，整整干了二十八年。像杭兰英这样的村支部书记，浙江省不多，全国也罕见。杭兰英说过，群众对干部有三怕：一怕占了茅坑不拉屎，二怕利用权力谋私利，三怕处理事情不公正。消除群众对村干部疑虑的最好办法是阳光操作、公开公平。

　　记得2006年并村后，温泾、后桑农田没有改造，没有沟渠之类的建设，农田基础设施落后，干旱时引水难，水涝时又排不出去，只能"看天吃饭"，很大程度上制约了村里的农业发展，更妨碍了村民增产增收。杭兰英接手后，首先从改善农业基础设施入手，主动向上级争取土地整改资金。起初很多村民不理解，杭兰英就和村干部挨家挨户做工作，最终争取到了基本农田整理项目资金。杭兰英用上级下拨的六十四万元专项资金，对基础设施进行改造，让八百亩低产田变成了旱涝保收的丰产田。这几年，又先后投入五百余万元，对全村一千三百亩农田进行标准化改造，建成了省级千亩高产粮食示范基地。

　　标准化农田建成后，杭兰英又提出改革土地经营模式，加快土地流转。她和村干部挨家挨户做工作，不厌其烦地一遍又一遍，终于把各家的"一亩三分地"集中起来，一千三百亩标准农田全部实现了流转。之后，农业合作社、水稻良种基地、果桑基地、水蜜桃基地、花卉基地、生态养猪基地……一步步稳扎稳打，杭兰英用她的"韧劲"让祝温村改头换面。

　　杭兰英带领祝温村实现了从贫穷落后到民富村强的蜕变，这不能不说是一个奇迹。2013年，祝温村的村集体经济收入达到二十三万元，这在浙江农村集体经济中并不算高，但对于一个世代以种粮为主的村庄来说，是了不起的成就。一花独放不是春，百花齐放春满园。杭兰英的小家原本在村里属于中上等，可她为了让全村百姓都能走上富裕的道路，毅然挑起了那副沉甸甸的担子，这担子有多沉，杭兰英心里清楚，祝温村的百姓心里更清楚。也许，杭兰英刚刚担任村党总支书记时，全村百姓根本都不看好她，他们不相信一个曾经的赤脚医生，一个很平凡、很普通的农村女干部，能把全村百姓带到什么地方。能安安稳稳干完一届，就不容易了。可是，村民们想错了，一路走来，他们看到了杭兰英为祝温村的付出，看到了杭兰英对村民们的关爱。这种爱，让一个落后、涣散的村子，最终迸发出一种团结奋进的力量。"问渠那得清如许，为有源头活水来"，杭兰英就是给予村民这种力量的源头活水。

　　"金灿灿的奖杯，光闪闪的奖牌，铸着多少汗水，刻着多少风采。春夏秋冬，风风雨雨，一盏不灭的明灯，挂在心海。……汗水流出来，赤心掏出来，荣辱系着千万家，都是一个爱。……成败系着千万家，化作一个爱。"

　　歌曲《都是一个爱》，可以看作杭兰英担任祝温村党支书以来，带着祝温村村民走上致富路的艰辛历程。是啊，一盏为民服务不灭的明灯，永远挂在杭兰英的心海。"汗水流出来，赤心掏出来。"这汗水里，凝聚着杭兰英对祝温村这个大家庭无限的爱，这爱比泰山重，这爱比东海深，这爱化作了改革开放的春风，吹拂在祝温村这片贫瘠的土地上，最终把祝温村变成富裕、文明、美丽的江南小村。

《光明日报》记者黄平、实习生金敏丹的另一篇通讯《爱心凝聚一个"家"》，写出了杭兰英对祝温村的爱。在祝温村，很少有人叫杭兰英"杭书记"。四五岁的孩童称她"杭奶奶"；十七八岁的青年，叫她"兰英妈妈"；上了年纪的中年人，就喊她"老杭"。在工作上，杭兰英有着巾帼不让须眉的英气和果敢，但对待村民，她的关怀细腻贴心，润物无声，让祝温村成了一个温馨的大家庭。

杭兰英的干女儿黄春芳说："妈妈是大爱。"黄春芳不是祝温村人，八岁时父母离异，一直靠着父亲微薄的收入养家度日。十三岁那年，跟随打工的父亲来到祝温村。一次偶然的机会，遇到了杭兰英。村主任王茂桃一句玩笑话"就让春芳做你的干女儿吧"让杭兰英心里一动。

"一个阴雨天，妈妈走进了我的家，关切地问我怎么衣服这么短？"说起当时的情景，黄春芳依然激动不已。

村民胡水高说："老杭感人的事太多了，大年三十还帮人家办丧事呢。这在农村，是很不吉利的一件事。但老杭一点都不顾忌，不仅去帮忙，还带头捐款，不容易啊！"

黄平和金敏丹在祝温村采访时，不少村民都感慨地说："兰英书记新官上任第一把火，就是自己出钱修了一条水泥路。这在当时是一件十分了不起的事，因为这是全村的第一条水泥路，也是捐款修路的第一个举措，她出了这么多资，舍小家为大家，着实让人感动！全村人为之振奋。"

其实这是一种境界，一种精神。思想没有亮点，不理解人生之价值、金钱的意义，即使非常有钱，也不会有气派，像只铁公鸡一毛不拔。

世上有多少富翁因为不知钱为何用而只能是富翁，永远成不了贵族。花因为美丽才可爱，人因奉献见精神。不孤芳自赏，永远为人们奉献美丽，正是杭兰英的追求。

那几天，中央各大媒体的记者在祝温村采访，只要一提起杭兰英，村民们都说，杭兰英的事迹三天三夜也说不完。这让采访杭兰英的记者们惊讶不已，难怪中宣部下发通知向杭兰英同志学习。

如今，杭兰英年纪越来越大，她获得的荣誉也越来越多。杭兰英向记者坦言："确实有点累了，获得的荣誉再多，都不是我想要的，我现在希望的，就是有一个年轻靠得牢的接班人，能够把村里的事情办下去。"

村民们都舍不得杭兰英，希望她一直干下去。杭兰英那份舍小家为大家的"大爱"，兑现了一份基层干部全心为民的诺言，也将祝温村的老老少少凝聚在一起。

"春蚕到死丝方尽，蜡炬成灰泪始干。"杭兰英，这位让祝温村走上致富路的领头人，她的一颗心永远牵挂着全村百姓。她曾经自嘲说：我一生只为一个村，这个村就是我用心看护的祝温村……

相亲相爱一家人

"长路奉献给远方，玫瑰奉献给爱情，我拿什么奉献给你，我的爱人。白云奉献给草场，江河奉献给海洋，我拿什么奉献给你，我的朋友……"杭兰英用实际行动，唱出了人生最美的《奉献》之曲。

2014年8月25日、26日的《中国纪检监察报》分别刊登了记者沈俊峰的通讯《真情为民众——记浙江省绍兴市上虞区祝温村党总支书记杭兰英（上）》《廉洁聚人心——记浙江省绍兴市上虞区祝温村党总支书记杭兰英（下）》，浓墨重彩地书写了一心为民的女支书杭兰英的事迹。在沈俊峰的笔下，祝温村公园、广场、图书馆、自来水等城市元素样样不少，俨然是城市，可大片的玉米、高粱、水稻等农作物，满眼苍翠，欣欣向荣。或许，这是都市中的乡村。祝温村，一个城里人爱、村里人更爱的地方，这个村并不大，六百五十户人家计一千八百二十五人，人均年收入达二点三一万元，获大大小小的荣誉三百余项。村民说，祝温村如今的幸福，多亏了他们的"领头雁"杭兰英。

杭兰英与共和国同龄，早年当过村赤脚医生、妇女主任，1986年被选为祝马村党支部书记。从此，杭兰英带领村民将一个贫穷落后的村庄，建设成一个文明、小康、美丽、富饶的村庄，吸引着不少人前来参观。

"办实每件事，赢得万人心"，杭兰英的办法说起来其实很容易，就是一心为民。杭兰英的办法做起来其实很难，还是一心为民。

一心为民，这简单的字眼，对一些人来说，一年两年的短时间或许可以做到，但是像杭兰英这样已经坚持了几十年，成为一种思想和行为的自觉时，

第六章　聚焦祝温

113

那是多么地不易啊!

"尽力为群众解决困难,办好实事。在群众最困难的时候,出现在群众的面前。在群众最需要帮助的时候,去关心群众。"这是杭兰英多年来对自己的要求。

在杭兰英看来,联系、服务村民是村干部的首要职责,而要联系、服务村民,必须掌握民情、熟悉民情。杭兰英的"民情记事本",详细记录着祝温村村民碰到的急事、难事、要紧事,记录的是大家捐助的款项和数额。对村里每家每户的家长里短,村民的婚丧嫁娶、就医上学等情况,尽管杭兰英都一清二楚,但她仍然还要记在本子上,因为她怕忘记。

村民无论谁家遇到困难,杭兰英都要捐款帮助。或许,做过赤脚医生的杭兰英有着悬壶济世的情怀,这种情怀与我们共产党人全心全意为人民服务的宗旨高度一致。杭兰英将这种朴素的情怀升华为一名共产党人的追求、责任和担当。

祝温村许多村民都得到过杭兰英的帮助。村民沈庚培家里一直比较困难,一家五口挤在半间旧房里。对此,杭兰英自己先出钱,帮助沈庚培家办理了建房手续,主动垫付了土地审批资金,让沈家建起了新房,解决了住房困难。村民王振华的老伴眼睛不方便,杭兰英和村干部帮助老人办了残疾证,后来看到老两口住的房子墙面比较脏,家中也没有抽水马桶,村里便给他们粉刷了墙面,并安排施工队设计抽水马桶安装方案……据不完全统计,杭兰英帮助过的困难户有二百七十余户,个人出资扶贫帮困十四点四五万元。凭着这份真心,杭兰英用行动关爱着每一位村民,帮助每一位困难的村民。村民们看在眼里、记在心里,充满感激。截至2020年,村里设立的公益关爱基金已达五十八万元,"有事大家做,有难大家帮",已经成了祝温村全体村民的自觉行动。

"办实每件事,赢得万众心。"杭兰英正是以燕子垒窝、精卫填海般的坚韧和决心,做成了这一件件为民帮贫、解困、谋利的"小事",正是这一件件"小事"的解决,才推动了村庄的巨变。

"村里的事永远放第一。"奉献是一种美德,默默无闻的奉献更是难得。对杭兰英来说,奉献是一种常态,是一份自觉。她认为这是自己应该做的。正像歌曲《奉献》里所唱的那样:白鸽奉献给蓝天,星光奉献给长夜,我拿什么奉献给你,我的小孩。雨季奉献给大地,岁月奉献给季节,我拿什么奉献给你,我的爹娘……

杭兰英把"村里的事永远放第一"。为破解改善环境与集体经济薄弱这一问题,她带头捐款,后来还动员弟弟杭飞龙捐款五万元。这些捐款不但整治了四百五十米长的河道，还为村里节余了三点七万元集体资金。三十五年来，杭兰英个人累计捐款已近六十八万元。同时，她还吸引了近四十位家乡能人为村庄发展出力。在这个"众人拾柴火焰高"的热爱家乡的氛围中，一点一滴完成了很多原先无法想象的建设任务。许多在外打工的村民回家后，看到家乡翻天覆地的变化，感受到了家乡的美好。来村参观的客人和周围村民都想搬到祝温村来住，因为这里是宜居之地，是人间天堂。

凡是与杭兰英共事过的人，都会对她的敬业精神留下深刻的印象。杭兰英做人做事不打折扣，工作中对自己要求非常严格。节假日无休的作息时间，她一直坚持了这么多年。外地或上级组织有人来村，很少在办公室见到杭兰英，她总是在工程现场或是农户家里忙碌。

这些年村庄发展很快，项目建设多了，建设管理任务也重了，农村生活污水治理，自来水管网建设，兴建村文化礼堂、幼儿园、卫生院，等等，项目涉及各个领域。为了让每一分钱产生效益，无论什么项目，杭兰英总是到现场督阵，把好规划、建设、验收的每道关口。对村里的"花钱开销"，杭兰英也非常节俭。许多时候，杭兰英是带病坚持工作。那年，她被摩托车撞伤，造成右手臂和盆骨粉碎性骨折，稍能下床活动了，就叫家人搀扶她到工地，逐一检查各项工作。当年1月，杭兰英患了急性肺炎，高烧三十九度，还整天待在村里为河道驳磡砌石忙碌，根本顾不上自己的身体。在医生强烈要求下，她才在医院里住了八天。正是她这种拼命三郎式的工作作风，才换来了今天祝温村美丽新农村的面貌。

"相亲相爱一家人。"来过祝温村的人都会说，这个村庄很美。和祝温村人交流过的人都会说，这个村的民风非常好。

杭兰英是一个既善于做事情，更善于管人的好干部。她有一套自己独特的治理方式。对自己，她身体力行，总是把自己当作村里环境卫生的义务保洁员，每次看到河里有漂浮物、路边有垃圾，都会在第一时间停下脚步，找来工具进行清理。在她的带动下，祝温村每一位村干部都在主动带头维护村庄清洁。有好几次，村主任王茂桃在夏天赤身跳进河里，清理浮萍等水面植物。村民们说，村庄是我们大家的，看着村里干干净净的，我们人人动手，参与村里的保洁任务，遵守作息制度，大家心里都很舒坦。

对于村民自治，杭兰英引导得好。她创新载体开展精神文明建设，把传统美德、文明新风绘制上墙，使村民通过通俗易懂的墙绘文化得到了文明教育；利用文化长廊进行典型宣传，用身边人、身边事引导教育村民，倡导淳朴民风、文明村风。祝温村已组织开展了连续十届"十佳和谐家庭""十佳好媳妇"等五个"十佳"的评选。现在村民们都为能评上"十佳"感到自豪。村民朱彩娣在丧夫之后依然尽心服侍九十多岁的公公，被评为第一届好媳妇。村民潘某找到村里说，她也善待了九十多岁的婆婆，为什么没能评为好媳妇呢？杭兰英动情地对她说："好媳妇不但要孝敬公婆，还要处理好姑嫂、邻里关系，让长辈满意，让村民信服。"潘某听懂了话里的意思。后来，她不但更加孝敬婆婆，而且和乡邻主动搞好了团结。

倒贴书记杭兰英

"我的故乡并不美，低矮的草房苦涩的井水，一条时常干涸的小河，依恋在小村周围。一片贫瘠的土地上，收获着微薄的希望，住了一年又一年，生活了一辈又一辈……"

时间像曹娥江里的流水，日夜不停地向前奔腾而去。

2014年8月中旬的一天，《中国青年报》记者董碧水和中央其他几大媒体的记者们一起走进了祝温村。8月的江南，风光旖旎。掩映在田园风光里的祝温村，村容干净整洁，一条主干道蜿蜒延伸，花木扶疏，绿荫浓郁。村民们说，过去可不是这个样子。

祝温村过去像什么样子？像一位饱经沧桑的老人，没精打采，毫无生机，随时都有一种被社会淘汰的可能。可如今，祝温村像一位温文尔雅、秀气美丽的少女。

让贫瘠的土地变成了粮仓。大手笔地建设农田基本设施。农田硬件搞上去了，杭兰英又提出改革土地经营模式，加快土地流转。村里还抓住时机发展农业合作社，先后建立水稻良种基地、桑果基地、水蜜桃基地，并依托崧厦镇"中国伞城"，发展家庭加工业，让村民收入年年攀升。

祝温村摇身一变，实现了华丽转身，成了远近闻名的示范村。

在杭兰英看来，治村如同治家，也要像居家过日子一样精打细算：道路硬化、油化，河道砌石、驳磡、清淤、疏浚，改建全村公厕、垃圾箱，新建生活污水处理池，村居墙体改造，开辟休闲小公园……

在村民眼里，杭兰英爱村胜过爱家，她把自己的全部心血都奉献给了祝温村。任职村支书以来，杭兰英一直做着"赔本"买卖。村主任王茂桃告诉记者董碧水，杭兰英三十五年来，从未向村里报销过一分钱，平时村里接待吃饭，都是她自己掏腰包。村办公室里用于招待客人的茶叶，也都是她从自己家里拿来的。

担任村支书三十五年，杭兰英多次被评为优秀共产党员，先后获得浙江省优秀党务工作者、全国劳动模范、全国"三八红旗手"、全国优秀共产党员等称号，并当选浙江省十二届人大代表、十四届党代表。祝温村也先后被评为全国民主法治示范村、全国文明村、全国乡村治理示范村、全国先进基层党组织、全国第一批绿色村庄、全国妇联基层建设示范村等，获得的省级以上荣誉达二十五项。

勤廉为民，实干为村。在村里，杭兰英把走村串户当成习惯，每家每户的情况都记在心里，把村民的急事难事当成自己家里的事。像这种事，举不胜举、屡见不鲜，以至于村民们遇到难事时，第一个想到的就是杭兰英。

"尽力为群众解决困难，办好实事。在群众最困难的时候，出现在群众面前。在群众最需要帮助的时候，去关心群众。"这是杭兰英对自己的要求。任职以来，杭兰英像一位"大家长"，用真心、真情关心村里每一个人。

"亲不够的故乡土，恋不够的家乡水，我要用真情和汗水，把你变成地也肥呀水也美呀，地也肥呀水也美呀，地肥水美。忙不完的黄土地，喝不干的苦井水，男人为你累弯了腰，女人为你锁愁眉。离不了的矮草房，养活了人的苦井水……"

杭兰英，这位祝温村的媳妇，她用真情和汗水，圆了祝温村百姓的致富梦，这梦还在向远方延伸着……

在祝温村村委会门口，一块硕大的功德碑赫然入目，碑上所记都是该村慷慨解囊之士，其中款额最高者是杭兰英，截至2013年捐款共四十二万元。

这是《农民日报》记者朱海洋在祝温村采访时看到的一幕。问起杭兰英的事，村民们个个赞不绝口。

"在我家最困难的时候，是杭兰英站了出来。"

"像这么尽心尽职的人，我从来没见过。"

"祝温村有今天，靠的就是这位拼命三郎。"

念着杭兰英的好，不少人声泪俱下。一问，杭兰英竟是这个村的书记！

杭兰英扑下身子一心一意地建设着祝温村,将村视为家,将村民视为家人。当时六十五岁的杭兰英理应在家享受天伦之乐,却仍像一头老黄牛,辛勤地耕耘着脚下这片土地。

朱海洋等中央媒体记者在采访过程中,听不少村民背后称杭兰英是"倒贴书记",感到很纳闷,一打听才恍然大悟。杭兰英任职以来,把工资全部投入村庄建设不说,加上个人捐款,累计"倒贴"了几十万元。光凭这一点,方圆几里的群众个个对她敬佩不已。

杭兰英并非大富大贵,丈夫祝秋潮从崧厦中学副校长岗位退休后,办了个小厂,两个儿子都在其弟弟的建筑企业中就职。他们一家人的生活不富裕,也不算差。积攒下来的钱,却被杭兰英拿去资助村里的公益事业和困难家庭。除此之外,她还帮助周边村的困难家庭,如隔壁福海村的罗先生患白血病,金中村的一个村民出了车祸,雀嘴村的困难户遇到困难等,她都伸出温暖的手帮助他们。家里人都极其清楚杭兰英的倔强脾气,她认定的事,十头牛都拉不回来。所以,家里人都鼎力支持。

杭兰英不仅倒贴,还经常把家里的东西"充公"到村里,大到电脑,小到茶叶、修花剪刀等等,只要村里需要的,杭兰英都会拿到村里。"家里的好东西总是藏不住,我一转身,兰英就把它们弄到村里去了。有些时候,我甚至觉得她和祝温村,更像是一家。"杭兰英的丈夫祝秋潮谈及妻子那些"不光彩"的事,似有"醋意"。

绿化一直是祝温村的头痛事,为了省钱,杭兰英当起了景观设计师,带领村干部种起了一片一千五百平方米的"信义林"。此后,她还经常和村民一起种草皮、养花木、培泥土,大伙儿见她干得如此卖力,也都对身边的绿化格外爱惜,主动在房前屋后,种起了花草来扮靓环境。

村民们自豪地说,现在的祝温村,应季鲜花争相开放,俨然成了一个大花园。

就在中央几大媒体在祝温村采访的那几天,杭兰英和班子成员正在寻思着发展乡村休闲旅游。杭兰英说:"只要祝温村能发展得更好,再怎么辛苦,我都愿意。"

"不要问我到哪里去,我的心依着你。不要问我到哪里去,我的情牵着你。我是你的一片绿叶,我的根在你的土地。春风中告别了你,今天这方明天那里。无论我停在哪片云彩,我的眼总是投向你。如果我在风中歌唱,那歌声也是为着你。"

杭兰英知道，她的根永远深深地扎在祝温村这片土地里，她用真情和汗水，护佑着脚下这片土地，无论付出多大的艰辛，她都无怨无悔……

衣带渐宽终不悔

担任村支书三十五年的杭兰英，在带领祝温村村民脱贫致富的道路上，尽管没有像大禹那样"三过家门"而不入，却把祝温村村委会当成了自己的家，几乎整天待在村里。

杭兰英说："村干部没有固定的办公场所，村里的每一寸土地都是办公地；村干部没有固定的上班时间，群众的呼声就是上班的铃声。"

当年，记者王慧莹在祝温村采访时，大学生村官阮冬芬告诉她："作为杭书记的助理，我每天都提前到达办公室，可三年来，我从没看杭书记比我晚到过办公室。"

2011年杭兰英获"浙江省优秀党务工作者"称号

"民情记事本"随身带。"刚见到杭书记时，她总是精神饱满、神采奕奕。如今，祝温村越来越美了，杭书记却越来越憔悴了。"阮冬芬眼里泛着泪珠。

阮冬芬2011年通过考试，成了一名大学生村官。因为她的考试成绩排名靠前，可以选择自己想去的村。在可选择的五个行政村里，祝温村并不算富村，但阮冬芬知道这个村的书记是女性，名叫杭兰英。阮冬芬早就听说杭兰英是一名优秀的村支书，曾经拿出自家好多钱去搞村庄建设，阮冬芬从内心对杭兰英充满了一种敬重，感觉这个村支书很了不起。于是，阮冬芬毫不犹豫地选择了祝温村。

那是一个夏末秋初的日子，阳光很好，万里无云，阮冬芬怀着激动的心情，像鸟儿一般飞向祝温村。

"近村情更浓，加快脚步行。"沿途映入眼帘的是整块的田地，碧绿的晚稻田就像绿色的海洋，在微风中翻着波浪。天是蓝的，河水是清的，河边没有垃圾，没有白色污染。

村主任王茂桃到村口迎接阮冬芬。一进村，阮冬芬的眼睛不够用了，她惊讶地发现：祝温村村道平整干净，路两边种满了花草树木。村民的房子不算豪华，但是很整齐，在房子的外墙上画着很有特色的墙绘。每一个村民，神色安详，面带笑容。

到祝温村后，阮冬芬并没有见到杭兰英，听其他村干部说，杭兰英经常到村民家走访，或者到村里、田间干活。第二天，阮冬芬去镇里参加为期一周的新村官上岗培训。直到一周后，阮冬芬才见到仰慕已久的杭兰英书记，她感到很惊讶，她没想到杭兰英这么平易近人，一点架子都没有。阮冬芬感觉杭兰英有着母亲般的慈爱和导师般的严谨。如果在大街上碰到杭兰英，你根本猜不到这是一位村支书，而很有可能认为这是一位地地道道的农民。杭兰英先是笑着询问阮冬芬这几天培训的事，又简单问了一下她的家庭情况以及在大学里学习的情况，最后叮嘱阮冬芬好好工作，把祝温村当成自己的家，有什么困难一定要跟其他村干部说，村里会及时帮助解决的。

那一刻，阮冬芬觉得心里热乎乎的。她下定决心，一定要向杭兰英和其他村干部学习。从他们身上，一定能学到很多治理村庄的好经验。

到祝温村正式上班后，让阮冬芬又有了第三次惊讶。记得她还在村官培训班学习的那几天，村主任王茂桃打电话给她："小阮，你能抽空到村里来一趟吗？"阮冬芬问有什么事需要她去做。王茂桃说，村里要举行国庆节专场文艺晚会，这几天村里的舞蹈队正在排练文艺节目，要她抽空帮忙排练一下节目。阮冬芬觉得很惊讶，一个小小的村子，居然还有舞蹈队，还要举行庆国庆专场文艺晚会。这简直不可思议，可这又是实实在在的事情。

王茂桃笑着说："村里不但有舞蹈队，还有腰鼓队、健身舞队、乒乓球队、演唱队等。"

这一切，都凝聚着杭兰英的心血和汗水。杭兰英说，新农村建设，归根到底，是提升人的素质，提高人的境界，乡风文明了，家庭和睦了，村庄和谐了，各项工作就上去了。杭兰英是这么说的，也是这么做的。

阮冬芬正式到村里上班的第一天，别人向她介绍经验说，年轻人第一次去上班，一定要提前报到，这样可以给领导留下较好的第一印象。于是，阮冬芬十分重视这第一次"亮相"的机会。她事先向村主任打听了村干部上班的时间。村主任迟疑了一下说："八点吧，但你是第一天上班，可以迟一点的。"

阮冬芬心说，果然是先进村，上班也要比其他村早半小时。但她决心要早去一会，再提前半小时。她思忖，到村里后，先把办公室打扫干净，再把开水烧好，这样别的村干部一定会对她刮目相看。第二天，阮冬芬起了个大早，不到七点就兴冲冲地赶往村委会。一路上，想着自己的"美好计划"，阮冬芬不由得加快了脚步。可她做梦也没想到，到办公室门口时，她看到一幕让她怎么也想不到的情景。几个村干部有的扫地，有的清理花园，有的修剪花草树木。看他们的样子，起码得干个把小时了。

阮冬芬的脸一下子红了，感觉很不自在。路上的欣喜一下子消失得无影无踪了。后来，阮冬芬听说，自从杭兰英当上村支书后，每天早上都是六点左右就到村里上班，天暗下来才回家。双休日、节假日也照样在村里。村干部看到杭书记这样，他们也都自觉养成"提前上班""推迟下班"的好习惯。

在祝温村当村干部，可不是坐坐办公室、接接电话就行的。村干部有时候是服务员，老百姓的事情，随叫随到；有时候是建筑工人，铺路砌石；有时候是清扫员，路边河边，经常有村干部在清理垃圾。那些本来应该请小工来做的脏活累活，都由村干部们包下了。

经济发展了，村庄美丽了，村民生活水平提升了，幸福感增强了，这是杭兰英作为村总支书记最朴实的愿望。"老牛自知夕阳晚，不用扬鞭自奋蹄"，当时，杭兰英已经六十五岁了，可在祝温村依然能看到她每天在全村走动的身影。她说自己在办公室里坐不住，不到村里走走心里不踏实。在她心里，什么事都比不上村里的事"大",什么事都比不上让村民们过上好日子来得更实在。这位普通的农村妇女,用了几十年的时间,带领这个曾经村集体经济收入为零的薄弱村,走到了新农村建设的前沿。

《中国妇女报》对杭兰英这样评价:作为一名女性,在村工作中,面对村民工作生活中出现的问题,她用一个女性所特有的热心和耐心,去关心和帮助每一位需要帮助的村民,对村内贫困家庭进行帮扶。她用一个爱字,诠释了一位基层女干部、一个共产党员的最美。

杭兰英是把"小事"干成"大事"的人。在祝温村的建设与发展过程中,她时时想着老百姓的"家事",处处想着村里的"公事",做事认真,从不马虎应付,脚踏实地,她身上有一种伟大的"为民情怀"。通民情是解民忧的必要前提,杭兰英经常性地走近群众、沟通群众、熟悉群众,总是在第一时间帮助群众解决困难,把服务真正做到了群众的心坎上。

"做官只为民",是杭兰英一直的信念。三十五年来,杭兰英始终恪守不拿群众一针一线,不占村里一分一厘的规矩。她不仅带头捐款,还主动公开集体的财务情况,让村民了解集体的每一分钱的去处,树立了一个"廉政为民"的干部形象。

她用一个基层干部的责任,用谋事干事的精神,诠释了基层干部的最美,杭兰英的事迹体现了一个基层干部的伟大。

《中国妇女报》记者王慧莹在采访杭兰英时,发现一个奇怪的现象:杭兰英红红的眼圈中一直带着一些泪水。她心里十分纳闷。

杭兰英的丈夫祝秋潮看到王慧莹脸上写满了疑惑,便插话说:"兰英因为患有严重的眼疾,眼睛见风就流泪,看什么东西都像有一层薄雾,这是她当初做赤脚医生时,经常做结扎手术,老在强光下工作留下的后遗症。医生让她至少每个星期去检查一次,可她已经快两个月没去医院复查了。我劝了几次,可她总是说村里事多,走不开。我拿她真没办法。"

走在祝温村,随眼可见整洁的乡村道路和错落有致的楼房。祝温村文化建设大到"祝温精神"的提炼概括,小到一句话标语的拟定,都是在杭兰英的带领下搞出来的。采访期间,杭兰英总是在回答完记者的提问时,不时地向其他村干部交代今天必须要做的事情。忙碌的杭兰英总是想着村里的事,为了不耽误村民办事,杭兰英规定,如村民有事要到村里来办,只要先打个电话,村干部就会等在村里,直至帮助办好事情为止。有时村民因其他事情耽误了,村干部也会一直等着，即使天黑下来了也不会离开。在杭兰英和村干部眼里："群众的事，哪怕再小也是大事。"

"这不仅是祝温村今后发展的需要，也是我现在最大的心愿。"对于未来，杭兰英还是希望尽快由年轻人来接班。但她表示，她对当选的年轻人不仅要扶上马，还要送一程。

《法制日报》见习记者王春从法制的角度，对杭兰英进行了认真采访。杭兰英在民主治村时从来不搞"一言堂"，凡是涉及村内的工程建设、土地承包转让等重大问题，都提交村民代表大会和党员代表大会讨论，让村民代表各抒己见，哪怕自己的意见被否决，杭兰英都不生气。

依法治村谁都不能破坏规矩。在祝温村，村级账面年收入不高，但用于公共建设的投入却很大，村干部和村民都十分重规矩、讲规则、守制度。上任伊始，杭兰英就在村中立下规矩：所有的项目资金直接打进公账，项目建设时再按程序做账取出，所有的村干部及亲戚家属都不得插手本村工程建设。"村干部以身作则，才不会让人抓到你的小辫子。"看到杭兰英做事公道，注重法制宣传，村干部也都自觉遵守法律和村规民约，整个班子团结务实，村民们也全被感染了。

文明兴村传播和谐正能量。祝温村之所以能实现零信访、零违建、零刑事发案，除了营造浓厚的民主法治氛围外，还得益于如火如荼地开展乡风文明建设，传播社会和谐正能量。

这个支书爱巡村

祝温村大学生村官蒋倩第一次见到杭兰英时，对杭兰英的第一印象是：面相和善、说话和气。

蒋倩说："在跟杭书记的交谈中，杭书记三言两语就把我的'老底'给摸了个透。最后，她跟我说，村里的工作说简单也简单，说复杂也复杂。要想把村里的工作做好，先得掌握情况。你先把整理档案的事情做起来，摸摸底数。底数清才能情况明，情况明才能开展好工作。"

作为一名大学生村官，村支书杭兰英安排她整理档案，蒋倩心里有些纳闷，还有点被"大材小用"的感觉。蒋倩认为村里即便有档案，凭她的水平和能力，半天时间足矣，否则，简直就是侮辱她的智商。可当她跟着村文书胡树君走到档案室，一打开门，蒋倩就惊住了，满屋子都是铁箱子，整整齐齐地摆放着。蒋倩数了一下，天啊！整整五十六个。胡树君打开一个铁箱子，小心翼翼地翻给蒋倩看，一边翻一边介绍说，这五十六个箱子里都装满了材料，有手写的、油印的、打印的，各种各样，有些纸张已经泛黄，记载的年份甚至比他父亲的年纪还大……

胡树君讲述了这些资料的种种好处。杭兰英更将这些资料视为宝贝，她说："工作要做，档案要建，让工作记录有据可查。"蒋倩对杭兰英充满了由衷的佩服，她暗下决心，一定要小心谨慎，好好呵护这些"老皇历"。在整理档案的同时，蒋倩还负责"民情通信息平台"的维护管理工作，经常坐在办公桌前敲打键盘输入信息。有一天下午，蒋倩长时间打字感觉累了，站起来伸伸胳膊弯弯腰，想放松一下。

这时，杭兰英走了进来，她关切地对蒋倩说："坐得累了吧？走，跟我去村里转一转。"

蒋倩早就听说杭兰英有"巡村"的习惯，早上六七点钟上班前巡一趟，下午抽空也要巡一趟。

杭兰英带着蒋倩离开了村委会，向村里走去，时不时停下来和村民们聊几句。这时，蒋倩有了新发现：杭兰英对每家每户的情况好像都很熟，家长里短、婚丧嫁娶、求医上学等等，都一清二楚。真跟对自己家里的情况一样，摸得太清了。有时候，杭兰英还会掏出随身携带的笔记本，把村民说的事情记下来。大热天，一圈转下来，好几里路，蒋倩走得腿发酸、满身汗。蒋倩听到村民说的都是一些鸡毛蒜皮之类的小事，认为杭兰英记下这些没什么意义，便对杭兰英说："杭书记，您都六十多岁的人了，每天还坚持巡村，太累人了。村民们反映的事也没啥大事情，您平常还是多休息的好。"

杭兰英看出了蒋倩的心思，就笑着对蒋倩说："群众反映的事，看起来是小事，但对他们来说，都是大事。孩子读书的事是大是小？看病的事是大是小？还有工作上的事，你说是大还是小？所以啊，不管是大事还是小事，只要是村民向我们反映的，我们都要认真听，还要记下来，能帮助解决的，我们就要想办法帮他们解决，这是村民对我们的信任，也是我们做村干部的责任。"

杭兰英常说："村干部就是要熟悉每家每户、每个群众，知道他们在想什么、盼什么。"三十五年来，她坚持用脚步丈量民情，想群众之所想，急群众之所急，诚心诚意服务群众，用自己无私的奉献感动着全村百姓，赢得了群众的信任和喜爱。

在上虞区文化广播电视局干部章国琛的心目中，杭兰英是一名治村的好把式。章国琛说，他对祝温村的了解，对杭兰英的认识，是从祝温村的村歌开始的。这首村歌是这样唱的：我生在祝温村，我长在祝温村，我们都是村里人，相亲相爱的一家人……

刚刚听说祝温村有村歌，章国琛感到很吃惊，现在全国各地，别说一个村庄有村歌，就是乡镇、县级单位，有自己歌曲的恐怕也不多。可祝温村怎么会有村歌？这真是一件新鲜事。章国琛带着好奇心走进了祝温村，走近杭兰英，才深深感受到，祝温村应该有自己的村歌。就像歌里唱的那样，祝温村人相亲相爱，犹如一个大家庭，而杭兰英就是这个大家庭的"掌舵人"。现在的祝温村的集体资产并不多，但不少村民的家底却很殷实。村集体的年收入并不高，但用于公共建设的投入却一直很大。村里没有宏大的标志性建筑，却有着十分齐全的公共设施。没有城镇化进程中的大拆大建，却有着田园风光的雅俗扑面。可以听到鸡鸣犬叫，却听不到人和人的争吵声甚至打骂声，村里呈现出一派祥和气氛。个人贫富也有差别，但所有人都觉得有面子；生活节奏有快慢，但大家都显得不浮躁。

杭兰英刚上任时，曾对村干部说过这样一番话："今天大家选我当村支部书记，说明大家对我的信任。但村有村规，民有民约，我今天有话在先，打铁先要自身硬，我们的村就像一个家，一个家要搞好，首先我们做'家长'的，一定要带好头。我这里理了几条'硬杠杠'，就算我们一班人的'家规'吧。"杭兰英那天理的"硬杠杠"共有十来条，从文字上来看有些粗糙，甚至缺少条理，却是"石板地里甩乌龟——硬碰硬"，条条都是"干货"。比如其中一条：村民家里遇到急事难事大事，村干部必须在第一时间赶到现场。这可不是嘴上说说，而是要付诸实际行动的。这三十五年中，祝温村任何一个村民家里发生什么事，无论什么时候，杭兰英总会及时赶到现场。杭兰英究竟为村民们解决了多少事，她自己都记不清，但祝温村每一个曾经得到杭兰英帮助的村民，都记得很清楚，无论事大事小，这些村民一辈子都忘不了。

现在在祝温村，无论谁遇到什么事，凡是村民自己无力解决的，村民们都会说："这事我得去找杭书记。"村民们把杭兰英看作他们心中的"主心骨"和靠山。

杭兰英有一次曾这样对章国琛说："村民家里出事了，遇到困难了，首先想到的，就是希望有人能帮助他。村干部是最最基层的干部，这个时候我们能及时赶到现场，家里出事的村民，首先就会产生一种依靠感和安全感，人在遇到困难的时候，尤其需要这种安全感和依靠感。"

杭兰英定的"硬杠杠"中还有几条也是令人刮目相看的。比如：凡是涉及村里的项目，所有项目资金都必须直接打进村里的账户，项目建设时再按规范程序领取并做账，所有的村干部及家属亲戚都不得插手及间接插手本村的工程。这条"硬杠杠"一出，像平静的水面投进一块石头，在祝温村引起了强烈的反响。杭兰英家里和亲戚中做工程建设的人不下几十个，本来他们以为杭兰英当书记了，可以接一些"家门口"的工程了，没料杭兰英一上任，就把这个口子给封死了，封得连一点缝隙都没有。其他村干部也或多或少会有一些亲朋好友登门，想承包村里的工程，但跟杭兰英一说，杭兰英只有两个字：没门。久而久之，大家都知道杭兰英的脾性，也就不在她面前提做工程的事了，因为大家知道，提了也白提，只能自找难看。

除了这十多条要求村干部必须一起遵守的"硬杠杠"之外，杭兰英对自己还单独定下了一条规矩：不花村里一分接待费。按理说，在迎来送往的过程中，村里花一些接待费是很正常的，只要合理是允许的。但在祝温村三十五年的接待费一栏里，至今只写着一个字：零。是不是祝温村做得太绝情了？不是。其实，来祝温村的上级领导和各界朋友是很多的，杭兰英的做法是：热情接待，自掏腰包。无论是上级来祝温村检查指导工作的一般干部、省委领导，还是来村里洽谈业务的小老板乃至已为村里捐款几十万的大企业家，一到饭点，杭兰英要么热情地把他们带到镇上的小饭馆将就吃点，要么就把他们领到自己家里吃一顿家常菜。

有村民曾这样问杭兰英："杭书记，你在祝温村当了三十五年的书记，全部工资加起来才四十万元，可你捐给村里的钱已近七十万元，你把你爱人办厂的钱都捐出来了，村里来人你招待，理所当然应该报销。"

杭兰英听了笑着说："捐款归捐款，报销是报销，桥归桥，路归路，既然村里定下了'硬杠杠'，我首先就要带好这个头。"

杭兰英定的这一类"硬杠杠"，既是法律与制度的延伸与补充，也是村民自治的契约构成和风尚养成。正是这些"硬杠杠"，才进一步规范了祝温村的村干部，凝聚了全村百姓的向心力。

第七章　真情永远

心里永远有百姓

"杭兰英同志的可贵之处，就在于她长年坚持，水滴石穿，在平凡的工作中创造出不平凡的业绩；就在于她率先垂范，勇担重任，为贯彻党的群众路线、改变农村落后面貌身体力行，无私奉献；就在于她心里永远装着老百姓。"这是2014年8月11日，崧厦镇干部丁涟怡在镇党委学先进、赶先进"党的群众路线教育实践活动"先进事迹报告会中对杭兰英的评价。

2014年6月28日，《浙江新闻联播》中，播出《百姓喜爱的好书记杭兰英（上）》。6月29日，《浙江新闻联播》播出《百姓喜爱的好书记杭兰英（下）》。8月25日，中央人民广播电台《新闻和报纸摘要》播出了浙江记者站记者李佳采写的新闻《最美村支书杭兰英》。8月26日，中央电视台《新闻联播》中播出浙江记者站站长何盈、记者徐梦采写的新闻《杭兰英：做好小事换来乡村大变化》。

担任党支部书记以来，杭兰英勇于开拓，大胆实践，把原本破旧落后的祝温村改变成远近闻名的新农村建设示范村。如今的祝温村，田成方，渠成行，道路平，河水清，花木葳蕤，鸡犬相闻，恍如一片世外桃源。近年来，祝温村先后荣获全国民主法治村、全国妇联基层组织建设示范村、浙江文明村、农村基层组织"先锋工程"、建设"五好"村党组织、党风廉政建设示范村等荣誉称号。杭兰英也先后被评为浙江省优秀党务工作者、浙江省劳动模范。崧厦镇也在基层干部中，掀起了向杭兰英学习的热潮。

杭兰英具有长期坚持、滚动发展的战略目光。自从杭兰英担任了村支书后，她坚持从人民群众关心的实事干起，一件一件地做，从而赢得了群众的信任和支持。以村容村貌改造为例，她总是事先列好规划，一年里要做哪几件事，然后克服一切困难去努力实现，不追求一时一事的轰轰烈烈，而是脚踏实地、不松懈、不放弃。路，一条一条地修。树，一片一片地栽。河道，一段一段地清理、砌石，量力而行、持之以恒。凡是到过祝温村的人都有一个感觉：他们好像年年都在搞建设，时时都有工程在进行中。三村合并后，杭兰英利用原祝马村的优势，以示范带动的办法，又把后桑、温泾这两个相对落后的村子带动起来，经过几年的努力，已经看不出三个村有什么差异，都是一样的美丽，一样的整洁。三十五年坚持不懈的努力，需要村级班子，特别是村主要领导有长远发展的眼光，不能急于求成，不能图快冒进。如果只凭一时的热情，就容易虎头蛇尾，草草收场。

在崧厦镇，三十五年前，各项工作走在祝温村前头的村子不在少数，但经过三十五年的努力，祝温村"后来者居上"，终于跑到了崧厦镇所有村领头的位置。祝温村并没有好的企业，如何筹措起这么多的资金呢？杭兰英的策略就是滚动发展。这种滚动发展主要在两个层面进行。一是积极主动，争取上级支持。杭兰英的工作非常主动，上级有什么任务要求，她很快就能领会，并从村里的实际出发，凡事先走一步。如农村土地流转、新农村示范村建设、文化特色村建设、村道改造、河道清淤、民居美化等，按照有关政策，都可以列入政府性项目，获得各级财政支持。以农田改造为例，以前村里的土地都是一家一户小块种植，产量不高，也无法获得国家的政策优惠。在杭兰英和村干部的努力下，村里投入大量资金把农田水利基础设施搞好，并在自愿的基础上进行土地流转，将耕地集中到大户手中，主要种植水稻等粮食作物，获得了国家的粮食生产补贴，村里还组织成立了粮食生产合作社，积极推广新技术，粮食产量提高了，经济效益好了，村民自然高兴拥护。在村庄建设项目的申报中，祝温村总是第一批获得有关资金支持，因为他们的基础工作扎扎实实，验收都是一次性通过。项目一个一个地做，村容村貌一天一天发生变化，由此形成良性滚动。二是在筹集资金方面，杭兰英自己带头捐款，然后是其他村干部捐款。杭兰英还动脑筋积极跟祝温村里的能人及在外创业的老板们联系、沟通，希望他们为家乡的建设捐款出力，一步一个脚印做事，捐多少做多少，一件一件为民办实事。最后，杭兰英鼓励村民们，希望他们在新农村建设中，也不要做"旁观者"，而是要做参与者。刚开始，那些老板只是碍于情面，象征性地捐点钱，并不指望这些钱能发挥多大实际作用。可当他们每年春节回家过年时，看到村里用了这么少的钱办了那么多的事，看到村里的面貌一年一年在改变，看到困难群众得到了资助，这些老板都深受感动，也为自己捐那么点钱感到愧疚，以后再捐款，他们都"出手大方"了。就这样，他们互相比着捐款，唯恐捐少了被乡亲们笑话，说自己是"铁公鸡"。那些没有能力出钱的村民，主动要求出工出力，把村里的事当成自家的事来办。这样，又一个滚动发展的良性循环形成了，祝温村的面貌也在这种滚动中发生了翻天覆地的变化。村庄变美了，人的素质提升了，老百姓的生活也更加幸福了。

在提高村民素质，提升文明程度方面，杭兰英也坚持从长远考虑，从眼前做起，朝着一个目标前进。一开始的时候，村里困难群众比较多，她就将扶贫帮困放在首要位置，自己带头示范，发动村民开展互帮互助，在互助过程中提升村民的精神品质。当村民生活渐渐富起来时，杭兰英又引导村民讲文明、树新风。先从清洁河道、清除垃圾做起，培养村民保护环境、爱护家园的意识，让村民在自我教育中享受到整洁美丽的好处。环境变好了，家园变美了，人们又追求更加和谐幸福的生活。于是，杭兰英就着手提炼村级精神，在村民中倡导和谐、睦邻、孝亲、爱幼的良好风尚，内外兼修，全面落实，使文明和谐的新村风深深扎根在每个村民的心中。

杭兰英这种长期坚持、滚动发展的战略之所以能够取得实效，关键在于她的实干精神，坚持为老百姓办实事，坚持实事求是，因为她的心里永远装着老百姓。

杭兰英的群众观念，体现在她永远把工作和责任放在第一位。即使是因为身体的原因住院离开村子，人在医院也依然放不下村里的工作。她总是以老百姓的利益为重，处处提前考虑，提前部署。祝温村的很多工作之所以走在全镇的前列，是杭兰英首先从群众的需求考虑，而不是当任务应付。凭杭兰英自身的能力，她如果自己去经商办厂，早就是大老板了。她也不是没有这样的机会，她弟弟是一家企业的董事长，早就叫她到他的公司工作，工资远远超过她当村干部的几倍，但是她却心甘情愿选择留在村里，带领村民一起共奔小康。这么多年来，为了祝温村，她奉献了自己一生中最年富力强的岁月，捐出了几十万元的钱，付出了大量的心血和汗水。千碑万碑，不如老百姓的口碑。杭兰英以自身的模范行动，践行了党的群众路线，赢得了群众的认可和赞誉。

杭兰英的群众观念，还体现在做一切事情都要以群众的需求为标准，从祝温村的实际出发。对于新农村建设，上级有要求，群众有需求，但如何搞，各村的情况不同，只有因地制宜，稳步推进，才能得到群众的真心支持。随着村里各种硬件建设的不断推进，软件建设也得紧紧跟上。否则，由硬件建设带来的焕然一新就会成为过眼烟云。花草树木会遭到人为破坏，清理修整好的河道会重新变脏发臭。针对这些实际问题，杭兰英在一手抓硬件建设的同时，一手抓思想文化建设，提炼出了"人和、心齐、风正、气顺"的村级精神，修建文化长廊，建立创业文化陈列室，创办各种文艺宣传队伍，谱写传唱村歌等。从村头到村尾，随处可以见到关于祝温村情况介绍的宣传牌，关于村风村貌介绍的美丽图片，关于宣传村级精神的标语牌等，这些形象的树立和宣传，逐步形成全体村民共同的价值体系，使每一个村民把村当成了大家庭，把自己的小家作为大家庭的组成部分，一荣俱荣，一损俱损。卫生大家来打扫，环境大家来爱护，秩序大家来维护，有困难大家来帮助。又如村民住房的美化工程，这本是上级有要求的，那些经济实力强的村，会将旧房子拆掉，重新规划新建村民住宅，又漂亮又整齐。但祝温村的经济实力不是很强，村民的房子也大多是十来年前建造的，如果拆掉重建，不但劳民伤财，群众工作的难度也大。杭兰英与村委班子成员商量后，请来了美术院校的学生，为祝温村的村民住宅设计制作了非常有特色的墙绘，既美化了村庄，又节省了费用。

在祝温村，无论是村干部还是老百姓，对杭兰英的评价只有一个字——"服"。这是信服，也是佩服，更是心服口服。因为杭兰英是一心为民的好支书，也是一位优秀的基层党务工作者。

凡是要求别人做到的事，就自己先去做，这对于祝温村的干部已是一条不成文的规矩。当了村干部就得干活，这些活儿包括种树、修剪花草、打扫卫生、清洁河道、铺路砌石等等。杭兰英是个女同志，年纪也大了，但她事事领先，亲力亲为，在干部和群众中起到表率作用。

不贪不占，廉洁自律。杭兰英担任村支书三十五年，从来没有为了自己的私欲揩过集体的油，也没有因为个人的事向领导说过情。相反，倒是经常利用个人的情面，帮村里办事。她曾动员亲戚为村里捐款，用家属厂里的车子为集体运货。村里来了客人，她自己掏钱招待，从来不向村里报销。有人帮了祝温村的忙，她自己买了礼物表示答谢。村集体的账目公开透明，随时接受群众的监督。村里还定下规矩，只要是为群众办事，没有上下班时间的限制，村干部必须随叫随到，直到办好为止。

对村干部敢管敢批评。杭兰英行事既有女性的细致周到，也有男同志一样的胸襟和担当。她快人快语，对村干部做不到位的地方，会直截了当地进行批评，对村干部的要求很严格。但与此同时，她又以女性特有的细腻和温婉，关心着每一个村干部的思想情绪和生活状况。看到有的村干部挨了批评情绪不高，她就会主动加以关心。村干部家里有了困难，她就像自家人一样去帮助。所以，祝温村班子很团结，凝聚力也很强。祝温村的村民在他们的"班长"杭兰英的带领下，信心满满地行进在建设社会主义新农村的阳关大道上。

她的双眼常流泪

杭兰英在自己的日记中写道：在荣誉面前，不要沉湎和眷恋。在成功的喜悦里，不能沾沾自喜，而要趁着冷静地去面对许多机遇和挑战，不断与时俱进、奋发图强，用坚实步伐去创造更加辉煌的明天。一个人要有团队精神，没有完美的个人，只有完美的团队。一个单位要有统一的目标，村主要干部在工作上要以最快、最好、最高的要求去努力。一个人对自己要有正确评价，不能满足现状，要创新业绩，不断学习先进，提高自己的人生价值。

杭兰英的日记，表达了自己面对荣誉的淡然和对团队精神的认可。"会当凌绝顶，一览众山小"，作为祝温村的领头人，必须时刻保持清醒的头脑，必须保持不骄不躁的心态，才能带领祝温村百姓继续阔步行走在小康生活的大道上。

上虞区委组织部干部王珂因为参加教育实践活动督导组的工作，经常去崧厦镇，崧厦镇领导、村干部和老百姓说得最多的就是祝温村党总支书记杭兰英。面对三村合并后穷得几乎揭不开锅的祝温村，怎样才能改变祝温村的落后面貌，怎样才能凝聚人心，带领大家脱贫致富奔小康？杭兰英和支部一班人想尽了办法，动足了脑筋。一天夜里，虞北地区下了一场大雨，天刚蒙蒙亮，杭兰英就急忙踩着泥泞，去村里几户危房户家察看房屋漏水情况。路上到处积水成水汪荡，因为走得急，杭兰英好几次差点滑倒。察看完村民住宅后，杭兰英在回村办公室的路上，尽管小心翼翼，却又有几次差点滑倒。突然，杭兰英脑子里闪出一个念头：若要富，先修路。祝温村的烂路，是多年解决不了的老大难，村里的路不仅窄，且高低不平，遇到下雨天，便泥泞不堪，许多老人和孩子都曾经滑倒过，村民们反映也很强烈。如果村里能把最烂的一路段修好，一定会让村民们欣喜若狂，那样，就能凝聚大家的心。于是，杭兰英把自己的想法在支部会上一说，得到其他村干部的一致赞成。

从那以后，修路成了杭兰英的执念，她通过自己带头修路，还带动了一批村里的乡贤捐款集资建设村集体项目，如在自卫还击战中立过功的王国荣、上海市虞华建筑装潢有限公司总经理桑苗祥、浙江舜江建设集团有限公司十六分公司常务副总经理沈百坤等人，他们为学校建设、修路、老年活动室建设、电改、水改、河道改造、关爱基金、"信义林"建设、农事体验园、家宴服务中心、乡贤工程、新型冠状病毒抗疫等等事项捐款，祝温村的热心人一棒一棒地传了下去。随着道路的硬化、拓宽、延伸，曾经贫穷落后的祝温村，开始一步一步向文明、富裕的目标迈进，并逐渐驶上奔小康的大道。

"火车跑得快，全靠车头带。"祝温村的"火车头"就是村党支部，而党支部的"火车头"，则是杭兰英。如今，祝温村的会议室里，一块块精致的荣誉奖牌，整齐划一地挂放在墙上和柜上，一尘不染、熠熠生辉。

面对接踵而来的荣誉，杭兰英并没有陶醉，她说："这些都是村集体班子大家干出来的，是大家的功劳。"把功劳让给大家，是因为杭兰英心里永远装着大家。她不推过，更不揽功。杭兰英不愧是一名新时代的模范党员，她心里想着的，永远是付出，却没有想得到村民的任何回报。

杭兰英的干女儿黄春芳说，在她眼里，妈妈是个小学生。作为一名村支书，一个偌大行政村的"家长"，妈妈总是力求把每一件事做到极致，哪怕是自己不擅长的事，只要对村集体有利、有益，妈妈总是千方百计地创造各种条件，不达到目的决不罢休。

的确如此，杭兰英知道文化建设是当今新农村建设的重要内容之一，也是富裕起来的农民对美好生活及精神世界的一种向往和追求。如何在文化建设中体现出自己村的特色，这是杭兰英经常苦苦思索的课题。杭兰英不可能样样都专，因此，文化建设自然成了杭兰英工作的"软肋"。怎么办？杭兰英知道金近小学的何校长是个特级教师、文化能人，会写会策划，何校长把学校办得很好，省内外都有名气。杭兰英和何校长的爱人情同母女。于是，她利用这层关系，只要晚饭后有空，她就去何校长家串门。说是串门，其实是想借此机会向何校长请教如何进行村里的文化建设。

杭兰英白天很忙，几乎没有歇息的时间，可晚上回到家，她又变成了一个十分勤奋的"学生"。那段时间，每天晚上，杭兰英从不去别的地方串门，只去何校长家里，向何校长、李立军副校长、邵瑞老师请教村里的各项文化大事。大到村里的五年规划、村级精神提炼、村歌的撰写，小到村里的一块宣传标牌的设置、一句标语的拟订等等，经常聊到晚上八九点钟。有一天，天气很冷，杭兰英书记从何校长家出来回到家里，见门锁着，她打电话给丈夫祝秋潮："你去哪里啦？我忘记带钥匙了。"祝秋潮说："我在杭家村你娘家，因为家里有急事，所以我出来了，那你等着我马上过来。"杭兰英在门外足足等了半个多小时。杭兰英走进家门后，还是担心自己记性不好，立即打开笔记本，将在何校长家谈话的内容记录下来。第二天，她召集村干部，一起商量具体的落实办法。光一个村创业文化陈列室的布置，就耗费了杭兰英大量的精力。从收集村里的老照片，向村里的各位创业人才征求文稿，到展室布置的规划设计，到一块展板的最后敲定、上墙，杭兰英可谓呕心沥血。有时，为了得到一张能反映村容村貌的老照片，杭兰英不知要走多少路，要走访多少户村民。杭兰英对所做的事情要求很高，即使是展室里一颗螺钉打歪了，她也会让施工人员设法将螺钉扶正。因为场地小，所以想办法设计了翻页版面，有建设前和建设后的对照图片，让人看了一目了然。这一创举，得到前来参观的领导们的一致好评。因五"十佳"展也是利用了多层移动的方式，要看哪一年的，都可以像移门一样把它们移出来，为此，前来考察的各省地市领导干部们都拍了照片，表示要把经验带回去借鉴。

正是有了这股好学劲和韧劲，杭兰英把农村的文化建设做成了最强大的文化风景。家和亭、创业亭、群贤亭、孝义亭四个亭，信义林、三人林、公德林、清风林四个林，生态花园、创业乐园、文化公园、人和家园四个园，还有那文化长廊、十里画廊、党建长廊、乡贤长廊四个长廊，再加文化礼堂，祝温村成了一本全天翻开的文化大书，一个全天开放的文化大公园。

杭兰英是个责任心极强的人，担任村支书后，她在工作上成了名副其实的"拼命三郎"，她认为这不仅是党和群众对她的充分信任，更是一份沉甸甸的责任。责任重于泰山，只要在任一天，就要倾注一天心血，尽到一份责任。因为这样，杭兰英的身体总是透支，这已经成了家常便饭。2007年，杭兰英出车祸住进医院，伤得非常严重，多处粉碎性骨折，四个月后勉强能下地走路。医生说，还得继续休养，以免落下后遗症。可杭兰英没有"谨遵医嘱"，她手缠绷带，一瘸一拐地回到了"久违"的村委，全身心地投入紧张的工作中。她全然忘记了自己还是一个没有痊愈的病人。由于没有充分的调养，杭兰英终究落下了病根——右手臂上有一道清晰可见的十几厘米长的伤痕，缝了六十六针，平时不动也要麻木酸痛，只要稍微劳累一点，就会更加发麻，麻到骨髓，这让杭兰英痛苦不堪。

现在，杭兰英的眼睛老是不由自主地流泪，由于一直在外工作，常常在烈日暴晒下劳动，白内障渐渐形成，看东西就像隔着一片雾。她的老朋友打听到嵊州有家眼科，看眼病技术很高，就通过那里的熟人为杭兰英挂好了号，然后高兴地把这个消息告诉杭兰英，让她赶紧去嵊州治疗自己的眼睛。谁知杭兰英接到电话后，说村里开辟了一块"信义林"，正在铺设草坪，实在走不开，只能下次去了。那位朋友很生气："难道祝温村离开你就不转了？"杭兰英笑着解释："我不放心，毕竟铺设草坪不是一件小事。"那位朋友气得直吼："你再不来，我从百官开车强行把你拉走！"在这种情况下，杭兰英只好去了嵊州。在嵊州眼科医院，专家说杭兰英的眼睛是长期风吹雨打所致，而且是用眼过度，受过强光的刺激。专家再三叮嘱杭兰英，以后要避开刺眼的阳光，尤其是不能对着风口在野外工作，并要杭兰英一个星期后再去复查。杭兰英嘴里答应着"我会小心的"，可傍晚回到村里，看到草坪还没铺完，又听气象预报说明天有大雨，觉得这是老天赐予的好机会，她和几个村干部，赤脚下去种草，一直忙到很晚。第二天，真的下了一场大雨。杭兰英高兴地打电话给干女儿黄春芳，让黄春芳开车带她去看昨天种下的草坪。到地方后，她发现昨晚由于时间太匆忙，草块和草块之间铺得不够均匀。于是，杭兰英一手打着雨伞，一手将草块逐一平整。

一个星期后，应该去嵊州复查眼睛了，可外地一批客人来参观，杭兰英要陪同，就没有如期去复查，还说隔一周没事。可到了下一周，镇里要组织干部去宁波参加"五水共治"现场会，祝温村是镇里这个工程的首批试点村，杭兰英觉得这次外出学习对下一步村里开展工作很重要。于是，杭兰英再次放弃了去嵊州复查眼病。因为杭兰英没有"谨遵医嘱"，她的眼病变得越来越严重，越来越糟糕，一碰到强光，眼睛就流泪。杭兰英经常暗地里问干女儿黄春芳："春芳，我的眼睛会不会瞎掉啊？"

每每此时，黄春芳都会极力控制住内心的伤感，笑着安慰杭兰英："不会的，妈妈，您哪天还得去嵊州眼科医院治疗。"别人不知道也不可能理解黄春芳当时的心情，她真想抱着杭兰英大哭一场。

杭兰英是个不顾小家只顾大家的人。她不亏待乡亲，不亏待朋友，不亏待工作，不亏待祝温村的一草一木，唯一亏待的是自己。

这几年，杭兰英的血检指标一年不如一年，亲人们经常劝她注意身体，劳逸结合。可杭兰英早已将自己的一颗心交给了党组织，交给了祝温村。对于亲人的相劝，杭兰英只是笑笑，过耳就忘。

杭兰英用自己的汗水和心血，默默地为祝温村的父老乡亲奉献了整整三十五年。祝温村的父老乡亲们知道，杭兰英的眼睛是因为祝温村才经常流泪，她的每一滴眼泪，都见证着祝温村前进路上的艰辛。杭兰英把自己人生最美的年华奉献给了祝温村，她的奉献是美丽的……

圆了村民致富梦

雷锋出差一千里，好事做了一火车。而杭兰英担任祝温村三十五年的村支书，她为百姓做了多少事，这恐怕连她自己都记不清，但祝温村的百姓们会牢记于心。

杭兰英作为祝温村的"当家人"，无时无刻不牵挂着祝温村这个大家庭里每一户人家，无时无刻不在用真心和真情去呵护他们，可她对自己的家人却显

航拍下美丽如画的祝温村

得有点不近人情。丈夫祝秋潮做大寿,她在村里忙工作,迟迟不到寿宴现场,导致夫妻俩差点反目。小儿子四岁那年发了一场高烧,因为工作太忙,杭兰英夫妻俩没能及时把儿子送往医院,导致儿子患了小儿麻痹症,从此一条腿落下了残疾。杭兰英年过九旬的年迈婆婆就住在祝温村,如今还能活动种些蔬菜。杭兰英经常愧疚地说:"因为工作太忙,很少有时间去陪婆婆,有时连跟婆婆说话的时间都没有。"好在婆婆、丈夫和儿子都能理解杭兰英,如果没有家人的理解和支持,杭兰英也不可能一心扑在村里的工作上。

杭兰英一心为民的事迹传出了祝温村,传出了崧厦镇,传出了上虞区,传出了绍兴市,很快又传遍整个浙江省,最后传到了首都北京。

酒香不怕巷子深。2013年,农业部部长韩长赋来祝温村调研土地流转情况,吃惊地发现,这个江南小村,简直跟画上画的一样美。回京后,韩长赋立即向时任国务院副总理汪洋做了汇报。时隔不久,汪洋来祝温村考察,他跟韩长赋的看法一致,并对祝温村改善农村人居环境工作给予了高度评价。当年年底,《人民日报》《光明日报》等四家中央媒体来祝温村采访,并写出内参供省部级干部学习。2014年4月1日,浙江省委书记夏宝龙、组织部部长胡和平在内参第53期上做出批示:"杭兰英事迹很典型、很感人。"

提到夏书记,杭兰英脸上绽放着微笑,微笑中还带着自豪。杭兰英高兴地说:"那时夏宝龙书记来祝温村考察时还在我家吃了一顿便餐呢。"是啊,一个省委书记,能在一个村支部书记家里吃便餐,这是多大的荣耀呀!这荣耀不仅仅属于杭兰英一个人,更属于祝温村全村百姓。因为有杭兰英的辛勤付出,还让京城和省城的领导来到祝温村。

2014年5月5日,浙江省基层服务型党组织建设暨乡镇(街道)干部队伍建设推进会召开,省委书记夏宝龙做重要讲话。上虞区委书记孙云耀就贯彻落实会议精神强调,要全力打造"敢担当、有作为"的乡镇干部队伍,以基层干部"敢担当、有作为"的实际来检验基层党组织开展教育实践活动的成效。上虞区委副书记、区长王慧琳,区委常委、组织部部长朱敏龙在上虞分会场参加会议。党的群众路线教育实践活动省市联合督导组组长丛培江、副组长黄文刚及全体成员参加会议。

在全省大会上,省委书记夏宝龙点名表扬了祝温村党总支书记杭兰英,称赞她"一直把村子当作自己家一样来经营",是基层干部的典范。

夏宝龙书记的表扬是对杭兰英工作的认可,这份表扬虽然来得有点迟,但对杭兰英来说，是一种激励，更是一种鞭策。杭兰英说，她的一切工作，都是为了让全村百姓脱贫致富，从来没想过得到上级领导的夸赞和表扬。杭兰英很低调，不喜欢张扬。面对省委书记夏宝龙的表扬，杭兰英虽然感到有压力，但更有动力，每天依然出现在祝温村的田间地头、路上、村办公室。

2014年5月15日，《上虞日报》刊登了一篇新闻《全区上下掀起学习杭兰英热潮》。文章说：杭兰英的事迹太感人了，她的为民情怀，她的务实作风，她的清廉本色，她的担当精神，都值得我们学习。崧厦镇祝温村党总支书记杭兰英的先进事迹经媒体报道，特别是中共绍兴市委做出《关于开展向杭兰英同志学习活动的决定》后，在虞舜大地引起强烈反响，上虞区上下迅速形成了向杭兰英同志学习的热潮，区委活动办号召全区各级党组织和广大党员干部学习杭兰英同志先进事迹。各乡镇（街道）和部门（单位）通过会议、座谈、小组讨论等形式，组织广大党员干部深入学习杭兰英同志先进事迹，引导党员干部切实增强宗旨意识和群众观念，不断提高做好群众工作的能力和水平。广大党员干部对照杭兰英四方面主要精神，畅谈学习感想，抓好学习借鉴，推动自身工作开展。

上虞区财政局通过党委中心组学习、党支部会议、周一学习等多种形式广泛学习杭兰英先进事迹。财政局农业科科长丁光兴表示，作为机关干部，尽管我们的职业不一样，但为人民服务是一样的，我们要学习杭兰英认真的精神，负责的态度，从一点一滴做起的踏实作风。祝温村从当初的落后村转变成了全省闻名的示范村，凝聚的是杭兰英始终不变的为民情怀，精卫填海般的工作韧劲，不畏艰难、乐于担当的精神气质。时代需要她这样的农村干部。丁光兴说："作为党员干部，我们要以杭兰英为学习榜样，不断增强宗旨意识和群众观念，努力提高自身素质和联系服务群众的水平，要把学习杭兰英精神作为加强党性修养、提高思想觉悟的精神动力，转化为推动科学发展、促进社会和谐的行动自觉，以实实在在的行动赢得群众的信任与好评。"

学习杭兰英先进事迹对广大村干部的触动很大。百官街道叶家埭村党总支书记叶伟荣说："杭兰英是新时期农村基层干部的优秀代表，是广大农村干部学习的楷模，她身上所体现的精神是她几十年农村工作的积淀。她在集体经济并不富裕的情况下，积极发动村民改善村容村貌，给了我新的思路，目前我也在对村中能人进行摸排，准备发动他们共同建设美好家园。"叶伟荣表示，杭兰英在多年工作中积淀下来的入户访谈法等工作方法，为农村干部做好工作提供了很好的借鉴。"我们要认真学习借鉴，争取在村庄建设、村庄管理、村民自治等方面取得明显进展。"

5月14日，浙江省委常委、组织部部长胡和平来祝温村蹲点调研，省委组织部副部长朱伟，绍兴市委常委、组织部部长吴晓东，区委书记孙云耀，区委常委、组织部部长朱敏龙参加调研。调研期间，他们访农户、下田头、察实情、问民生，深入基层走亲连心。绍兴市委书记钱建平说："杭兰英是乡贤治理的典范，是新农村建设的领路人，她以身作则，敢于担当，把村当作家，值得大家学习。"绍兴市委组织部部长吴晓东说："杭兰英同志平凡中见伟大，是优秀共产党员的典范，脚踏实地，务实创新，服务群众有担当，是一位有担当的优秀农村干部。农村工作需要的是热心，把村当作自己的家；农村工作需要的是爱心，把村民当作自己的家人……"浙江省委组织部部长胡和平强调，要学习身边的基层干部先进典型杭兰英，深入践行群众路线。

面对上级领导的夸赞，杭兰英没有飘飘然，她知道，祝温村的经济发展还有可以拓展的空间，自己年龄大了，得尽快培养年轻的干部，这是自然规律，这跟一年有春夏秋冬四个季节一样。

5月的祝温村，花木葱茏，河水清清，道路整洁，房舍俨然，一派田园好风光。胡和平一行饶有兴致地参观了村创业文化陈列室、村文化礼堂和文化长廊等，察看了村容村貌，详细了解了村里的基本情况。

当天上午10时许，胡和平穿过田间的水泥路，来到村民朱彩娣的田头，在一块一亩地左右的油菜地里，胡和平、朱伟、吴晓东、孙云耀、朱敏龙等省市区三级领导干部，手持镰刀，下田和镇村干部一起参加劳动，帮助村民收割油菜。挥汗之间，胡和平还关切地询问朱彩娣一家的生活情况、油菜产量、农业收入和农科服务等情况。

一个多小时的辛勤劳作后，看着一堆堆收割齐整的油菜，胡和平高兴地说："劳动创造财富，劳动也创造幸福。我们的党政机关干部都是为劳动人民服务的，如果连劳动都没有参加过，怎么为他们服务呢？干部要多去参加劳动，多去感受劳动，这样既能增进与群众的感情，又能体验劳动的快乐。"调研中，胡和平走进农家，与村民细细攀谈，了解百姓就业、就医、就学，聆听村民所思、所需、所盼，不时询问镇村干部作风建设和农村生活污水治理情况。当天晚上，胡和平还夜访农家，并召开座谈会，听取镇村干部和村民的意见建议。

走访中，胡和平听到最多的就是群众对杭兰英书记的称赞。胡和平笑着问村民："好在哪里？具体说几件。"村民们你一言我一语，争相述说杭兰英为百姓做的桩桩件件好事实事。有的村民讲到情浓处，不禁潸然泪下。听到村民们发自肺腑的讲述，胡和平不住地点头。

通过一天的蹲点调研，胡和平深切感受到：祝温村村民勤劳朴实，村庄整洁和美，村干部班子示范带头作用发挥得好，村民对村干部真心支持，特别是以杭兰英为书记的党总支带出了好队伍，带出了好风气，是村级组织建设的典型案例，好多做法、经验值得思考和总结。胡和平对身边的人说，我们要结合正在开展的党的群众路线教育实践活动，向身边的先进典型学习，把杭兰英的事迹介绍给更多的人，做到教育实践活动与基层组织建设两手抓、两促进。

上虞区委书记孙云耀在调研中说："我们要深刻认识抓好农村基层组织建设带头人的重要性。从杭兰英的身上，我感受到了她全心全意的为民情怀，默默无闻的奉献意识，兢兢业业的敬业精神，务实有效的治理方式。我们要通过走村入户，深入联系群众，达到受教育、增感情、解难题的目的，认真扎实把党的群众路线教育实践活动开展好。"

"再回首，背影已远走……留下你的祝福，寒夜温暖我……曾经在幽幽暗暗反反复复中追问，才知道平平淡淡从从容容是最真……"杭兰英经常会回忆往事，回忆自己担任支部书记这三十多年来走过的路，一路上，有欢声笑语，更有风霜雨雪。好在，有祝温村支部一班人跟她一路同行，有全村百姓为她擂鼓助阵，也有家人默默地支持。这三十多年，杭兰英付出了太多太多，给她留下回忆的事情也太多太多。

在杭兰英记忆的屏幕上，自己请承包户"打擂台"的事时时闪现。那时，来自嵊州三界镇的孙仁土，在祝温村承包了三百多亩土地种粮食。老孙不但勤劳，而且肯动脑筋，种出来的水稻达到每亩一千公斤左右的高产。老孙的精心种植，杭兰英看在眼中。而同样来自嵊州的老赵，在村中承包了近四十亩土地。老赵没有老孙的那股韧劲，稻田中杂草丛生。这令杭兰英感到惋惜。

怎样才能让老赵改变种植观念呢？杭兰英与村委会主任王茂桃想出了个好点子。水稻成熟的时节，杭兰英组织党员、村民代表及村中的承包大户去老孙的田头取经。当老孙介绍完他的种植经验后，杭兰英话锋一转："老赵，那我们去你的田头也转转？"一听杭兰英这样说，羞红了脸的老赵赶紧说："杭书记，我今年的稻田种得不够好，明年一定种好。"

"想想看，一样的投入，拔个杂草也不需要花很多的劳力，却有着不一样的收成，你应该向老孙学习才对。"听了杭兰英的这番话，老赵暗暗下了决心，要与老孙"打擂台"，比比谁种得好。憋足了劲的老赵，改进了种植方法，亩产增加了不少，虽然与老孙的高产比起来还有一定的差距，但"擂台赛"的效果还是十分明显。

有人笑着问杭兰英为啥能想到这一招，杭兰英一笑："从小说中学到的，请将不如激将，这叫激将法。"

如今的祝温村，不仅是崧厦镇的一个先进村，而且也是绍兴市、浙江省的新农村建设典型。这个先进典型的意义很实在，很有借鉴和推广的意义。第一，祝温村做得到的事，其他村也不难办到。祝温村并不是一个经济强村，它本身既没有企业，也没有优越的自然资源，经济上并不富裕，但正是这样一个普通的虞北小村，如今却成为一个花园般的村庄，它的建设过程很艰苦，也很漫长，在村级班子的带动下，全村的老百姓心往一处想，劲往一处使，硬是把一个破旧落后的村子建设好了。即使现在的祝温村，村民的房子也并不豪华，但舒服干净；村委会办公场所占地面积不大，但功能齐全，环境幽雅；他们村的土地也不多，但田方渠直、水清树绿，这才是真正的农村与农田。他们村做得到的事，别的村其实也是做得到的，关键在于能否坚持几十年不改初衷，埋头苦干。第二，杭兰英其实很普通、很平凡。她并没有做过什么惊天动地的大事，就如她自己所说的：天天干活呗！但是，她像一盏灯，照亮了祝温村前进的道路；她像一团火，温暖了祝温村群众的心；她如一根挺直的标杆，使祝温村干部们有了身边的榜样。她作风踏实平和，干得多说得少，让人觉得她并不是高不可攀的，她所做的事情，别人也能办到。但是在这平凡中却又有着不平凡，那就是几十年如一日坚持不懈，为改变祝温村的落后面貌全身心地投入。第三，在实践中不断探索提高。一般人的观念也是如此，认为只有经济富裕了才能提升人的精神文化素质，只有先发展经济，才能保护环境。祝温村的做法却是边干边提升，发展即是保护。杭兰英带动全体村民来关心村庄建设，关心弱势群体，使大家像爱护自己的家那样爱护自己的村庄，让每个村民对自己的家园都有一种"敝帚自珍"的情感。老实说，即使是现在，比祝温村各方面硬件更好、实力更强的村有的是，但祝温村那种和谐温馨、自尊自强的村风民俗却极为稀缺，这种群体精神品质的形成需要有一个很长的过程。杭兰英在这方面的引领作用至关重要。毫无疑问，杭兰英是祝温村新农村建设中的领军人物，是老百姓心目中的好干部、主心骨。

岁月像一把刀，在杭兰英的脸上刻下了生活的印痕，杭兰英的身体时好时差。面对即将退休这一事实，杭兰英不无感慨地说："我现在最大的心愿，就是希望祝温村越来越漂亮，祝温村百姓的生活越来越好。"

"今夜微风轻送，把我的心吹动。多少尘封的往日情，重回到我心中……"

杭兰英就是党吹进祝温村的春风，祝温村的百姓们沐浴着这春风，摘下了"贫穷帽"，走上了"致富路"。杭兰英对祝温村百姓最真的情、最深的爱、最多的付出，圆了祝温村百姓的致富梦，这也是杭兰英今生做的一个最真实的梦。

五心献给祝温村

在杭兰英办公室的抽屉里，整整齐齐地躺着一摞厚厚的日记本。

日记，是一个人坦露情感和心声的最佳平台，喜怒哀乐、悲欢离合，都可以在这里得到释放，这里是心灵的回归处，是人生路途上的休息驿站和储藏室。日记的内容，一般情况下，不足为外人道也。但杭兰英的日记内容，却是公开的。

杭兰英的日记里，不仅记载着自己三十五年走过的人生坎坷路，还记载着祝温村一步步向前迈进留下的脚印，是祝温村前进路上的指路标和导航仪，是祝温村支部唯一一份公开的"私人日记"。

"来也匆匆去也匆匆，就这样风雨兼程。明天我也要登程，伴你风雨行。山高水长路不平，携手同攀登。还是常言说得好，风光在险峰。待到雨过天晴时，捷报化彩虹……"三十五年来，杭兰英和祝温村村干部、百姓们，一路携手同行，走过了严寒酷暑，走过了春夏秋冬，在"前途未卜"的治村道路上，众人一路风雨兼程。

如今的祝温村，尽展江南水乡的妩媚和恬静。这里避过了城市的喧嚣繁华，躲开了集镇的车水马龙；这里晓风晚月、水清树绿；这里十里画廊、百里稻香；这里的人们习惯于"采菊东篱下"的怡然自得。

祝温，是代代祝温人穷其一生倾心营造的桃花源。这里的人们虽没有"富贵非吾愿，帝乡不可期"的出世与超然，但有着复归于自然的宁静与雅致。一弯弯清澈的河道，一棵棵婀娜的垂柳，一朵朵盛开的鲜花，一畦畦碧绿的菜地，一畈畈农田，一道道风景，无不在昭示着人与自然的亲密无间、情愫相通。

祝温，是每个祝温人身体力行、悉心耕耘的田园诗。这里的人们也许不懂"明月松间照，清泉石上流"的写意升华，但有着创造诗化生活的向往和追求。那亮丽的田园墙，那温馨的人和长廊，那气派的家和亭，那多彩多姿的文化路，那精美的创业文化陈列室，无不在宣告着人和生活。人和文化是那样的相知、相亲，不弃不离。

"有一个美丽的传说，精美的石头会唱歌。它能给勇敢者以智慧，也能给善良者以欢乐。只要你懂得它的珍贵，山高那个路远也能获得……"杭兰英带着祝温村的百姓，让精美的石头在村里唱起了动听的歌。这美妙动听的歌声，飞出了祝温村，飘向崧厦镇、上虞区、绍兴市、浙江省，最后跨越万水千山，飘到了遥远的首都北京。

杭兰英不是画家，可她用勤劳和智慧，把祝温村画成了一幅最美最精致的图画，使祝温村走进万象更新的春天。她在崧厦镇展开了一幅江南小村的新画卷，捧出了祝温村万紫千红的春天。

祝温村，在杭兰英任书记的村党组织带领下，从贫穷到富裕，从落后到进步，从脏乱差到美如画，实现了华丽转身，成了远近闻名的新农村建设示范村，先后获得省、市、区级集体荣誉三百多项，其中省级以上一百多项，成为崧厦镇乃至上虞区、绍兴市一颗耀眼的明珠，吸引着众多的人前来参观。

那年祝温村，满村的紫薇花开得正盛，整洁的村庄被田野上的浓绿包围，整个村显得宁静怡人。

这天上午，村里来了一批特殊的客人。走在前面的是浙江省委书记夏宝龙，他在省委常委、秘书长赵一德等陪同下，特意赶来看望"百姓喜爱的好支书"杭兰英。绍兴市委副书记、市长俞志宏，上虞区委书记孙云耀，区委副书记、区长王慧琳，区委常委、组织部部长朱敏龙等陪同看望。

一进村口，夏宝龙就被眼前的美景吸引住了，看到站在村口迎接的杭兰英和其他村干部，夏宝龙笑着跟杭兰英打招呼："兰英同志，我们向你学习来了。"

看到夏宝龙一行人，杭兰英激动不已，她怎么也没想到，省委书记能惦记着祝温村，能在百忙之中冒着酷暑来到祝温村。这是祝温村的骄傲，是让祝温村百姓永远铭记的一件事。当年六十五岁的杭兰英操着浓重的上虞口音向夏宝龙问好。夏宝龙知道眼前这位女支书对祝温村来说，好比三国时期的诸葛亮，又如北宋时期的穆桂英。杭兰英非常朴实，却有着不服输的劲头，她几十年如一日的真情付出和实干苦干，改变了整个村庄的面貌。自担任党支部书记以来，她用"燕子垒窝"的长功夫、"老牛耕地"的实功夫和"头羊率群"的真功夫，扑心扑肝为村里，真心实意解民忧，拢起人心办大事，把祝温村建设成整洁、文明、和谐的美丽村庄，带领这个集体经济收入曾经为零的薄弱村走到了全省新农村建设的最前沿。

夏宝龙在杭兰英陪同下，来到村两委办公楼，刚进门，就被挂在墙上的村歌吸引，他与大家一起吟唱起来："我生在祝温村，我长在祝温村……"

村文化指导员、村歌歌词作者何夏寿告诉夏宝龙："在杭书记带领下，祝温村发生了翻天覆地的变化，我写这个歌是有感而发。"

夏宝龙走进村荣誉室、创业文化陈列室、农家书屋、便民服务中心、乡贤走廊、道德讲堂等地，这里每一处都见证了杭兰英筚路蓝缕、胼手胝足带领村民创业兴村的奋斗历程，展示了祝温村如今生产发展、生活富裕、乡风文明、村容整洁、管理民主的新农村风貌。夏宝龙看后十分高兴，连连夸奖。

听说省委书记来了，热心的村民很快围拢过来。夏宝龙亲切地跟村民们打招呼，并跟大家一起围坐在人和文化长廊的石凳上，与他们拉起家常。

祝温村农家书屋

夏宝龙问："都说兰英同志深受大家喜爱，你们说说看，她到底好在哪里？"这话一问，本来还显得有点拘谨的村民们一下子打开了话匣子。

与杭兰英搭档多年的村委会主任王茂桃说："兰英书记为村里的建设费尽了心思，她还向村里捐款四十多万元，远远超过担任村干部的报酬。"

老党员胡水高接过话茬："她把村子当自己家，无论哪个村民有困难，她都会全力帮助。"

"我觉得她有'五颗心'：公心、爱心、热心、恒心、诚心。""我认为她就是一个教育家，她为村子所做的一切，就是对大家最好的教育。"……村民们你一言我一语，越说越热闹。

夏宝龙听完村民们发言后说："兰英同志在平凡的岗位上做出了不平凡的业绩，她把祝温村像自己家一样来打理，把村民们像家人一样来看待，为了村庄的发展和村民的幸福，她倾注了无数的心血，也因此受到了大家的喜爱和尊重。全省各级党员干部都应该向她学习，希望各地能涌现出越来越多像杭兰英同志这样的好支书，带领农民群众建设更加美丽的家园，创造更加美好的生活。"

听到夏宝龙和村民们表扬自己，杭兰英显得挺难为情，她说："作为村支书，我只是做了应该做的事，组织给我的荣誉太高了。我个人的努力是有限的，祝温村能发展到今天，靠的是村两委班子和全体村民的共同努力，要给荣誉，我觉得应该给全村村民才对。"一席话说得大家哈哈大笑。

离开村两委办公楼后，夏宝龙还赶到杭兰英家，看望她的家人，向他们表示慰问和感谢。夏宝龙知道，杭兰英在工作中，始终坚持践行群众路线，把村当成自己的家，把村民当成自己的家人，把群众安危冷暖装在心里，以"为民务实清廉"的标准要求自己，用守护家人的方式帮助群众，是打通联系服务群众"最后一公里"的民情通全科型干部楷模，在联系群众、沟通群众、服务群众、发动群众和引领群众上探索出了一套行之有效的民情通工作法。

在杭兰英家里，夏宝龙对杭兰英的丈夫祝秋潮说："感谢你对兰英工作的大力支持，没有你的支持，兰英哪能做出这么优异的成绩。她成功的背后，也有你的艰辛付出。"

夏宝龙在跟村民聊天时，从村民口中得知，杭兰英的丈夫祝秋潮对自己妻子的工作给予了很大的支持。祝秋潮曾是当地响响当当的名人，当过副校长，退休后还经营着一家小企业。但为了支持杭兰英的工作，他自愿当起了"贤内助"，买菜烧饭搞卫生，样样家务包在身上。祝秋潮说："我两个儿子已成家立业，都在宁波经商创业。家里的事我多做一点，兰英就能多为村里做些事，为家乡父老多服务。兰英几乎天天守在村里，早上五六点钟出去，晚上六七点钟才回家，把时间和精力都用在了村里。"

夏宝龙的看望，给杭兰英的工作热情又注入了一份力量。那晚，杭兰英躺在床上，久久不能入睡。虽说自己为祝温村付出了汗水和心血，可作为一名共产党员，这是自己应该做的事。在其位，理应谋其政。自己的付出，比起党组织和上级领导给予她的关心和荣誉，显得微不足道。

早在一年前，农业部部长韩长赋来到村里调研，给予她很高的评价。她的先进事迹还得到了中央政治局常委刘云山，中央政治局委员、中宣部部长刘奇葆，浙江省委书记夏宝龙，绍兴市委书记钱建民等各级领导的批示肯定，中共中央宣传部专门下发《关于做好浙江省绍兴市上虞区祝温村党总支书记杭兰英同志先进事迹宣传报道的通知》，随后，《人民日报》《光明日报》《经济日报》及新华社、中央人民广播电台、中央电视台等中央十四家媒体和省级媒体分别两次来虞开展集中采访，报道她的事迹，让杭兰英和祝温村名扬天下、家喻户晓，这对于一个村支书来说，是一种莫大的荣誉和鼓励。而在8月26日，杭兰英又被浙江省委授予"百姓喜爱的好支书"荣誉称号。如今，省委书记夏宝龙又亲自来祝温村看望她，这怎么不让杭兰英感慨、激动？

好事接踵而来，时间不长，杭兰英又收到一个好消息："最美浙江人——2014年度浙江骄傲人物"评选活动在杭州揭晓，杭兰英当选"浙江骄傲"年度人物。据了解，本次"浙江骄傲"年度人物共有七十七位候选人，创历年之最。杭兰英爱村如爱家、视群众为亲人的高尚情怀，成为新农村建设者的典范，在评选活动中还获得"英兰芬芳"的高度评价。

"悠悠岁月，欲说当年好困惑。亦真亦幻难取舍，悲欢离合都曾经有过。这样执着究竟为什么？漫漫人生路上下求索，心中渴望真诚的生活。……留下真情从头说。相伴人间万家灯火。故事不多，宛如平常一段歌，过去未来共斟酌。"

对杭兰英来说，过去这些年，确实是悲欢离合都曾有过。为了祝温村，她出了车祸差点没了命。伤还没好，就缠着绷带在病房里办公。问杭兰英这样执着究竟为什么？杭兰英说："为了祝温村的百姓能过上幸福的生活。"

至2020年，杭兰英已担任三十五年村支书，一个人的一生能有几个三十五年？杭兰英说，这三十五年，是她人生最美的记忆，因为她相伴祝温村百姓的万家灯火，虽然故事不多，其中的真情却留在祝温村每一个人的心窝……

问渠那得清如许

"一路上有你，苦一点也愿意。……一路上有你，痛一点也愿意。……一颗心在风雨里飘来飘去，都是为你……"

这首《一路上有你》，唱出了杭兰英三十五年担任村支书的酸甜苦辣。三十五年，一路走来，杭兰英为祝温村付出了多少艰辛，流下了多少汗水。那一条条平坦的村路知道，那河道里干净清澈的河水知道，那绿油油的庄稼知道……

杭兰英说："这三十五年来，有祝温村的村干部和村民们跟我一路同行，他们给我莫大的鼓舞和支持，使我在前进路上不感到孤独，有他们同行，再苦再累，我心甘情愿……"

当年中央十四家媒体到祝温村采访的时候，有记者曾经问杭兰英："是什么让你坚持当这么多年的村支书？有没有想放弃过？为工作付出了这么多，家人会抱怨吗？"

杭兰英平静而又坚定地说："因为村民们的生活太穷了，我想凭着自己的努力，改变祝温村的落后面貌，让老百姓早点脱贫致富。我当村干部，不是想高高在上，更不是想从村里多捞钱。在祝温村当村干部，家里如果没有挣钱的第二个人，到最后自家的温饱都会成为难题。只要村干部有责任心，肯不谋私利、全心全意为村里做事、实实在在为百姓服务，老百姓都会支持你、帮助你。为百姓做事的人，百姓到什么时候都信任你。毕竟人心都是肉长的，百姓都知道感恩。只要有群众的支持，再大的困难我们村干部都能克服。老百姓会支持我，家人更会支持我。"

"路漫漫其修远兮，吾将上下而求索。"杭兰英说，自己刚当村支书时，村里连一条硬化道路都没有，交通很不方便。想修一条水泥路，可村里没有钱。要想富先修路，花再大的代价，都要先修路。杭兰英认为只有自己带头捐款，才能引导村民共同来参与公益事业建设。

杭兰英看到村民们以搞建筑业为主，而土地承包到户带来了许多荒田，加上农业设施落后，农业收入较低。为了改变这个现状，杭兰英决定"对症下药", 首先改造农田基础设施, 调整产业结构, 进行土地流转, 改变土地经营模式, 并逐年进行土地整理, 想方设法用足用好上级政府对"三农"扶持政策, 以达到块块荒田披绿装, 全村农田都产粮。粮食获得大丰收后, 其次着手进行农村基础设施建设, 让村庄"旧貌换新颜"。杭兰英和祝温村的村民们, 下了一盘好棋, 每年都迎来农作物的丰产丰收, 并让祝温村真正成了江南一个美丽的村庄。

当中央各大媒体的记者们走进祝温村时, 呈现在他们面前的是一个亮丽的村庄, 宛如世外桃源。

一位记者写道: 位于东山之下、娥江之畔的虞舜大地, 是一片古老而又芬芳的土地。古老, 因为这里历史悠久, 乃舜会百官、谢安东山再起之地。芬芳, 则因为得之于天然的恩赐, 这里农业发达, 四季瓜果飘香。而祝温村, 则是镶嵌在上虞这片土地上的一颗明珠。

祝温村确实如记者笔下描写的那样美丽、恬静。杭兰英担任村支书后, 充分发挥自身农村区位、文化、资源优势, 全面促进美丽乡村建设, 让一个"宜居宜业宜游"的魅力乡村展现在我们面前。

小乡村透着"小清新"。杭兰英凭着曾经当过赤脚医生的"先天优势", 潜心为一度贫穷落后的祝温村把脉诊断, 而后按照创建省级美丽乡村先进县、市 (区) 为抓手, 按照"村容整洁环境美"为要求, 结合宅基地置换改革、农民建房用地保障工程、中心村培育及各类示范创建活动, 大力实施村庄改造整治, 努力优化农村人居环境。

经过多年的不懈努力, 祝温村环境建设力度逐年加强, 基础设施日渐完善, 生态环境明显改善, 顺利通过了省"千村示范、万村整治"工程建设验收。"户集、村收、乡镇运、区处理"的农村生活垃圾集中处理机制日益完善, 生活垃圾收集率达百分之百。

即便在秋末冬初, 步入祝温村, 依然是满眼的绿枝红花。漫步在村内, 从进村大道到村民服务中心, 再到村民家门口的水泥路两旁, 花树掩映, 生机盎然, 与水波涟漪的清水河道相映成景。凡是到过祝温村的人, 相信无不对这里花园般的村庄环境留下深刻印象。

在杭兰英的带领下, 祝温村从2014年开始, 仅五年来累计投入一千二百八十万元, 大力开展旧村改造工程, 重点实施了"六改、两治、一化", 即房改、路改、水改、电改、厕改、坟改, 河道整治、卫生整治, 村庄绿化。以前"晴天沙尘滚滚，雨天一路泥泞，房前屋后茅厕粪坑垃圾遍地"的滨海荒村不见了，取而代之的是一个人与自然和谐统一的生态家园，透出了让人惊喜的"小清新"。村内房子虽然有的是别墅，有的是普通楼房，但都整齐排列、井然有序。所有村内道路都是沥青或水泥硬化，两边花坛中植着花草，其中不少的木制花盆中鲜花盛开。所到之处，几乎很难见到垃圾，小公园一个接着一个。

"来过的人没有一个不称赞我们村好的，小汽车可以通到我们村的每一户人家门口，公共厕所比宾馆里的还好，没有异味，没有尿渍。"说起自己的村，祝温村村民自豪之情溢于言表。

环境美更要经济美。"问渠那得清如许，为有源头活水来。"在美丽乡村建设上，如何推动农村经济发展、激活乡村内生动力，正是各级政府要寻找的"源头活水"。"村庄光环境美还不够，更重要的是经济美，这样美丽乡村建设才有可持续性和生命力。"杭兰英这样说过。

祝温村坚持"美村"和"富民"有机结合，大力发展农村生态经济，使农村经济成为美丽乡村建设的重要支撑，实现创业增收生活美。

村里桃子别样红。得天独厚的自然条件，让祝温村瓜果飘香。历史悠久的水果种植让祝温村透着浓香的"乡村之美"的同时，也带来了可观的经济效益。村里大力培育发展水果种植、经营合作社和果业龙头企业，通过"合作社、企业＋基地＋农户"等形式，辐射带动农民致富。

时任上虞区委副书记陈坚说："杭兰英和村干部们按照省委省政府、市委市政府的部署，围绕'浓情上虞、甜美乡村'的主题定位，着力抓好'生态环境提升、生态经济发展、生态人居建设、生态文化繁荣'四大工程，继续全力推进美丽乡村建设，确保政策到位、责任到人、层层落实，真正将祝温村打造成为'农民生活的幸福家园、市民向往的休闲乐园'。"

多年来，杭兰英一直"不忘初心、牢记使命"，时刻把心思放在为百姓服务上，放在改变祝温村的"落后"面貌上。

杭兰英从1986年任村支书至今，虽经过村庄撤并，但她凭着为民办事、务实清廉的作风，赢得了村民的信赖和尊重。每次选举，她都以高票当选。她深知这既是荣誉更是责任，唯有兢兢业业工作，才能不辜负组织和大家的信任。随着任职时间的增长，杭兰英觉得单靠自己和班子成员的努力，只能干好眼前一个阶段的工作，要让祝温村继续走在前列，必须抓紧培养年轻人。一代接着一代干，祝温村的新农村道路才能越走越宽广。杭兰英潜意识地开始培养身边每一个有能力的年轻人。

当时有一个年轻后生，人不错，文化程度也高，杭兰英和村委会主任都看好他。可惜他后来不想留在村里，到外面工作去了。杭兰英说，目前村支部在培养的几位年轻人，都是好苗子，很有潜质。

"虽然大家信任我，但我还是希望尽快由年轻人来接班，这不仅是祝温村今后发展的需要，也是我现在最大的心愿。"杭兰英的一番肺腑之言，令人感叹。

在其位谋其政，不在其位，杭兰英也一定会谋其政，谋自己对新任村支书"扶上马送一程"的"新政"。

"夕阳河边走，举目望苍穹，袅袅炊烟，飘来了思乡愁。多少回朝夕晨暮，思念着你……忘不掉是你身影，穿过岁月春与秋……"这首《望乡》，唱出了漂泊在外的游子对家乡、对亲人的思念，但祝温村每一位在外的游子，他们眼里和心里，不会再有那淡淡的思乡忧愁，因为祝温村今非昔比，地绿水清……

第八章　兰香祝温

为谁辛苦为谁甜

不经一番彻骨寒，哪来梅花扑鼻香。杭兰英这株傲雪的梅花，在经历了多年人生路上"寒彻骨"的"风霜雨雪"洗礼后，终于迎来人生的"春天"。

2014年9月27日，《人民日报》刊登了两条消息，一条题为《中组部授予龚全珍、杭兰英和追授刘伦堂"全国优秀共产党员"称号》，一条题为《中央教育实践活动领导小组、中组部、中宣部印发通知　向全国优秀共产党员龚全珍杭兰英刘伦堂学习》。通知要求，全国各条战线的党员、干部都要向龚全珍、杭兰英、刘伦堂同志学习。学习他们信念坚定、对党忠诚的政治品格，始终挺起崇高的精

祝温村大地上收割机在奔驰

神脊梁，坚定不移沿着中国特色社会主义道路奋勇前进；学习他们践行宗旨、热爱人民的公仆情怀，矢志不渝为人民利益而奋斗；学习他们埋头苦干、求真务实的工作作风，始终实心谋事、实干创业、实在做人；学习他们敢于担当、攻坚克难的奋斗精神，始终保持奋发进取、开拓创新的昂扬锐气；学习他们清正廉洁、一心为公的道德情操，严以修身、严以用权、严以律己，永葆共产党人清廉本色。广大党员、干部要以先锋模范为镜，向先进典型看齐，深学、细照、笃行，讲党性、重品行、做表率，努力创造无愧于时代、历史、人民的业绩。

通知要求，各级党组织要把学习宣传龚全珍、杭兰英、刘伦堂同志先进事迹作为开展第二批教育实践活动的重要内容，组织广大党员、干部认真学习他们的崇高精神，强化马克思主义群众观点，贯彻党的群众路线，改进工作作风，下大力气解决人民群众反映强烈的形式主义、官僚主义、享乐主义和奢靡之风问题，密切党同人民群众的血肉联系。各地区各部门各单位要高度重视、精心组织开展向龚全珍、杭兰英、刘伦堂同志学习活动，通过中心组学习、组织生活会、座谈交流、专题讨论等多种方式开展学习教育，推动思想认识进一步提高、作风进一步转变、党群干群关系进一步密切、为民务实清廉形象进一步树立、基层基础进一步夯实，引导广大党员、干部更加紧密地团结在以习近平同志为核心的党中央周围，积极投身中国特色社会主义伟大事业，为实现中华民族伟大复兴的中国梦而努力奋斗。

与此同时，新华社同步播发了这条消息。当天晚上，中央电视台《新闻联播》中也播放了这条新闻。

不飞则已，一飞冲天；不鸣则已，一鸣惊人。作为祝温村的党总支书记，杭兰英一夜之间成了家喻户晓的人物，受到了中央领导的肯定，为全国广大基层干部树立了标杆。面对这么高的荣誉，杭兰英心潮起伏。她看重的是这些年来祝温村获得的集体荣誉，因为这是整个祝温村党总支、村委的工作根本。当初也好，今天也好，祝温村两委的工作出发点依然一样，那就是为提高祝温村的小康品位而工作。杭兰英说，自己已年逾六十，岁数这么大了，有没有荣誉都是一样的，而村里的荣誉才是至高无上的。

面对接踵而来的荣誉，杭兰英心静如水。此时，她却产生了想退休的念头。经过三十多年来的艰辛努力，祝温村走在崧厦镇新农村建设的前沿，可杭兰英觉得村里的工作应该让年轻人去做，另外还有一个原因，因为她的眼睛错过了治疗的机会经常流泪，多多少少会影响自己的工作，加上自己文化程度不高，不善于言谈，这让杭兰英越来越感觉力不从心，所以想退休，想把村支书的位置让给年轻有为的青年。可每次换届时，全村党员和群众都竭力挽留她，不让她退休。面对全村党员干部和村民们的热情，杭兰英也身不由己了。

"我如果爱你，绝不像攀援的凌霄花，借你的高枝炫耀自己。……我必须是你近旁的一株木棉，作为树的形象和你站在一起。根，紧握在地下；叶，相触在云里。……我们分担寒潮、风雷、霹雳；我们共享雾霭、流岚、虹霓。……爱不仅爱你伟岸的身躯，也爱你坚持的位置，足下的土地。"

杭兰英深深地爱着脚下这片土地和祝温村的百姓，因为爱，她才扑心扑肝地去工作，她并没有想出名，更不想发财，只想让全村百姓早日走上致富路。

三十多年过去了，如今杭兰英成功了。她心中也没有遗憾了，现在的心愿就是要物色好自己合适的"接班人"。杭兰英希望祝温村的未来发展、人居环境会更好，村民收入会更高，老人生活舒适有保障，每个孩子能在家门口享受优质教育资源。一句话，家家安居乐业。

在杭兰英身上，祝温村村民感受到核心价值的凝聚力、传统美德的吸引力以及高尚人格的感染力。正是充满爱的人格魅力，让杭兰英在班子内有向心力，在干部群众中有感召力。是的，人格是精神，精神可以变物质，甚至可以发挥出超物质的力量。人格是信念，信念如山在野，高山仰止，如坝挡水，波澜不惊。杭兰英，正是凭着精神和信念，带领全村干部群众从低谷跃出，从胜利走向胜利，从辉煌走向辉煌。村民说，"杭兰英"这三个字，几乎成了祝温村的代名词。这无疑是对杭兰英人格魅力的最为生动的注解。

"爱，从来都是双向的。只有你热爱百姓，百姓才会爱戴你；只有你把群众当亲人，群众才会把你当亲人。"说到干部与群众的关系时，杭兰英这样诠释，"群众利益始终要摆在我们工作的首位，情为民所系、权为民所用、利为民所谋，我始终把它作为座右铭。我常对自己说，既然党员群众信任我，选我当书记，我只有凭着一颗公心、一腔真情，竭尽全力做好服务工作，才对得起全村干部群众对我的希望和重托。"

如今，年过花甲的杭兰英依然带着她班子的全体成员，带着一副火热心肠，殚精竭虑地守护着属于他们的那片热土，全心全意地服务着祝温村的全体村民。显然，祝温村是有福的，生活在祝温村的村民更是有福的，有杭兰英这样的带头人，有杭兰英领导的这样一支披坚执锐、战无不克的团队，祝温村及其全体村民注定要生活在新农村的福祉中。

"意莫高于爱民，行莫厚于乐民"，杭兰英信仰之坚定，情感之丰富，心灵之强大，思维之高远，干劲之充足，一个根本原因，就是因为她深入实际、心系群众，从百姓那里获得了无尽的启示、无穷的力量。

毛泽东主席曾经说过：当领导主要就是两件事，第一是用干部，第二是出主意。对于杭兰英来说，"用干部"当是没的说的，她与村主任王茂桃，那是风风雨雨并肩走过三十五年的老搭档了，可谓"心有灵犀一点通"。平日里，只要杭兰英有什么想法，经班子集体研究确定后，王茂桃一定认真配合、执行到位，班子其他成员也是一样。至于说到"出主意"，那其中自是大有学问。"出主意，关键是要动脑筋。也就是说，要运行智慧。在祝温村，办事情就是要以最小最少的代价办最大最多的事情。"杭兰英对于智慧的理解，无疑是最为生动的。如果说，智慧包含着对现在和未来的体察，对生命和生活的透视，要求远见，要求眼光，要求对对象的整体性把握，要求不仅经得住一时一地一事的考验，而且经得住较为长期与全面的检查。智慧要求举一反三、融会贯通，要求有所不为、有所作为，要求学有新意、事有新意、言有新意。遇到任何问题都能直抵核心，都能找到解决的方法和策略的话，那么，杭兰英那种力求"事半功倍"之效的境界，不就闪耀着有效治理村庄而带着泥土芳香的智慧之光吗？这样的智慧因土生土长、屡试不爽而有其久远的生命力。自然，也有更大的推广价值和借鉴意义。

"'只要精神不滑坡，办法总比困难多'，要让老百姓信任我们，跟着我们一起干，我们就必须开动脑筋，想尽办法。'观念一新，万两黄金'，大家想一想，我们村里虽然穷，但个人并不穷，尤其外出搞建筑的人比较多，他们有钱。只要我们走出去，上门去，把宣传工作做到位，我相信一定能够激发起他们回报村里的积极性。"说干就干，在杭兰英的带领下，他们发扬"千山万水、千方百计、千言万语、千辛万苦"的"四千"精神，四处奔波，托亲委友筹集资金，同时又积极向上争取整治项目，与上级有关部门沟通联系，力争取得各方支持。不仅如此，她还广泛发动本村群众加入捐资的行列中。"让村民捐资，我们没有规定数目，钱不在多少，我们关心的是他们的态度。因为只有捐助过的人，才会在乎这些捐助资金的流向，才会格外关心这些项目的建设。久而久之，也才会有集体观念、公益意识。"杭兰英的领导智慧，让人大开眼界。自然，这种智慧有时更是与其自我的敬业和辛勤付出联系在一起的。

"感人心者，莫先乎情；动人心者，莫先乎行。"再昂扬的话语，抵不过一个微小的行动。行动，往往是最实际的"讲话"、最权威的"发言"。群众，常常就是从杭兰英的细微行动中，读懂她内心的"细语"，捏准她心底的"小九九"。平日里，杭兰英多重行。这种行，是从我做起，"看我的""跟我上"，而不是从他人做起，"听我的""给我上"。

"不论平地与山尖，无限风光尽被占。采得百花成蜜后，为谁辛苦为谁甜？"蜜蜂采尽百花成蜜后，却不知道到头来是为谁忙碌，为谁酿造醇香的蜂蜜。而杭兰英却知道自己三十多年的辛苦忙碌为了谁，是为了全村百姓，更是为了党组织的嘱托。这种辛苦付出，再苦再累，杭兰英都以苦为甜，引以为荣……

陪着百姓一起走

"孤独站在这舞台，听到掌声响起来，我的心中有无限感慨。多少青春不在，多少情怀已更改……好像初次的舞台，听到第一声喝彩。我的眼泪忍不住掉下来。经过多少失败，经过多少等待……"

2015年1月17日，浙江电视台、浙江在线"最美浙江人——2014年度浙江骄傲人物评选"活动颁奖典礼在杭州剧院举行。经过四个多月初选、投票、评选，2014"浙江骄傲年度人物"最终揭晓，杭兰英入选。

当杭兰英跟其他九位入选者一起站在领奖台上，腼腆的杭兰英再次成为家乡人眼中的"名人"，能登上"骄傲人物"这档栏目不易，能站到这个舞台上更不易，但杭兰英并不是孤独地站在这舞台。

从1986年担任村支书后，杭兰英每年都能登上领奖台，镇级、区级、市级、省级、国家级，并受到各级领导的表彰和接见。屈指算来，至2015年，杭兰英已经七十八次登上领奖台，每一次杭兰英都有一种不一样的感受。"金灿灿的奖杯，光闪闪的奖牌，铸着多少汗水，刻着多少风采。春夏秋冬，风风雨雨，一盏不灭的明灯，挂在心海。……汗水流出来，赤心掏出来，荣辱系着千万家，都是一个爱……"

是啊，在杭兰英领到的每一张奖状、每一块奖牌上面，都浸透着她大量的汗水和心血，凝聚着她对党组织的忠诚、对祝温村和祝温村百姓无限的爱，这爱比天高，这爱比海深，这爱永远藏在杭兰英的内心深处，汇聚成巨大的力量，助推她在前进路上越走脚步越扎实，越走信心越大。

在杭兰英记忆深处，永远铭记着这样一件事：杭兰英刚担任村总支书记不久的一天，因为要去跟金近小学校长何夏寿商量祝温村文化陈列室布展事宜，晚饭后，她跟在崧厦镇工作的蒋丽娟一起，步行着向何夏寿家中走去。半路上，一辆摩托车呼啸而来，结实地撞在杭兰英身上。杭兰英倒地后，痛苦难当，身上鲜血直流，被紧急送到市医院，经检查手臂骨折，脸色白得像纸，情况十分危险。镇领导闻讯后，立即到医院看望杭兰英。手术后，上虞市、绍兴市、省有关领导也去医院探望。祝温村的干部和村民听说杭兰英出了车祸，心都揪得紧紧的，他们放下手中的活儿，纷纷赶往医院看望。那种心情，比自己的亲人住院还急切。杭兰英住院期间，几乎天天都有人探望，先后大约有三百多人次，人们买的花篮都没地方放，有时候去看望的人还排起了队。一名护士感慨地说："区市领导生病，也没有这么多人来探望。"

杭兰英出院后在家休养期间，来家里的人还是络绎不绝。他们当中有村民、乡贤、亲戚、朋友，更有区市级领导。最让杭兰英感动的是，一位七十八岁的老奶奶左手拎着一篮鸡蛋，右手拎着一只老母鸡，来看望杭兰英。老人很愧疚地说："杭书记，你终于出院了，我天天都想去医院看望你，但是路途不熟，怕自己走丢了，所以不敢去医院看你，但是心里这个牵挂啊，我整天睡不好吃不好，就是想你，希望你早日康复！千万不能有事哪！"老太太的一番话，像一股春风吹过杭兰英的心田，把她感动得热泪盈眶。

"天地之间有杆秤，那秤砣是老百姓。……你就是定盘的星。什么是傻什么是精，什么是理什么是情，留下多少好故事讲给后人听……"是啊！老百姓心中有杆秤，你对百姓好，百姓就爱戴你，这是怎样和谐、怎样温馨的一个大家庭啊！别人还真是体会不到的。

担任村支书以后，杭兰英不断为村里和困难户捐款，把村子当成了自己的家，扑心扑肝地为祝温村的发展服务，为祝温全村百姓服务。有人说她傻，有人说她为了村里的事不顾家，不近人情。杭兰英对此不解释，她对祝温村付出的一切，祝温村的村民们看在眼里，她的故事会在祝温村代代流传下去……

杭兰英的付出，党组织看在眼里，祝温村的百姓看在眼里。那沉甸甸的奖状和奖牌，足以说明杭兰英为祝温村所做的贡献。

杭兰英为人低调，平易近人，总把功劳归于大家。那年，杭兰英被浙江省委评为"百姓喜爱的好书记"。在全省农村支部书记座谈会上，杭兰英做了发言。她很腼腆地说："我想借此机会和大家说几句心里话。一是感谢组织对我的培养和教育，感谢各级领导对我们祝温村的厚爱，感谢祝温村全体村民对我的信任；二是寻找差距，我们祝温村与全省其他先进村相比，仍有不少差距，我自己与其他优秀的基层干部相比，还有很多不足；三是需要更加努力学习，我觉得'没有完美的个人'，只有完美的团队。"

这就是杭兰英，一个只知道默默奉献的村支部书记。在她眼里，自己付出的一切都是应该的，而荣誉和功劳都是大家的。

在《论语》中有"兴于诗，立于礼，成于乐"的说法。现代科学研究证明，文艺素养的提高还可以平衡人的左右大脑，开发想象力和创造思维。人们在对音乐舞蹈审美中能够实现自我完善和全面发展。可不是？音乐舞蹈中美妙的旋律、优雅的舞姿、轻松的节奏、完美的造型、悦耳的音色可以让人身心愉悦、心境良好。人们在音乐舞蹈活动中容易产生情感上的沟通和联系，最终在契合中增进友谊。

《论语》的这种思维得到了杭兰英的认同，在祝温村的文化建设方面，杭兰英不断加大投入。因为她意识到音乐舞蹈有利于培育健康人格，所以，杭兰英加大了村文化基础设施建设。这些年，祝温村的文化设施逐步完善，吸引了更多村民自觉参与。祝温村有一支崧厦镇最为活跃的文艺表演队，共有四十余人，他们中有村干部、幼儿教师，还有在校学生。让人欣喜的是，团队凡演出需要的节目，都能自编自演。

杭兰英很自豪地说："有了一支文艺骨干队伍，村里的文化氛围越来越浓，村民之间也更加团结和谐了。2008年，我村还成功创建绍兴市文化示范村。如今的表演队每年除了参加村里节假日的演出外，还会参加至少五场文艺表演，既去镇上演出，还经常和社区、学校以及企业举办联谊活动。"

说起文化长廊的利用和变化，杭兰英说，这些文字凸现了我们建设这一文化长廊的意义和作用。村民们一有空就会来这里观览按时更换的"文化剪报"，或约三五好友来此下棋。而爱唱歌的村民还会来这里引吭高歌，过一把"演唱会"的瘾。更要感谢村里的几名退休教师，他们贡献自己的余热，义务为长廊更换剪报，并选择村民爱读的内容供大家阅读。如今，"人和文化长廊"已经成为村民们交流及休闲娱乐的好去处。

祝温村的文化长廊建设，引起了一些人对农村文化的思考。在文化上，其实农村与城市一样，不仅要满足村民在物质形态上的功能需求，更要满足村民在精神层面上的功能需求。村庄对于村民而言，不只是可供居住和使用的场所，也是承载着情感记忆的精神家园；不仅是承载各种物质要素的容器，而且是村民文化生活的"剧场"。祝温村文化长廊之所以受到村民们的青睐，是因为它契合了村民们精神上的迫切需求。可不是？在文化长廊上漫步，村民们会收获以往看不到、听不到的东西，从而有可能去观赏满天星斗的灿烂，品味经典里的智慧，倾听他人真诚的心声，体会自我灵魂的呼吸，感知幸福的滋味……而这些都是生活中不该忽视的珍贵之物，这些东西是美、仁、义、礼、智、孝、善，是文化，是灵魂。从这个意义上说，杭兰英是有魄力的，更是有眼光的。

杭兰英说："其实，我们要的就是这样的目的。我的初衷，就是希望这块文化长廊能够达到扶助正义、鞭挞恶行的效果。我们农村里有句土话，叫'要把长满杂草的田地打理好，那就种上稻子吧'。榜样的牵引作用发挥好了，正气上来了，邪气压下去了，我们的村便大有希望。"一番不乏哲理、富于智慧的话语，让人油然而生对这位村支部书记的一种别样的看法，她不仅深谙文化之理，而且能够熟练驾驭杠杆之道。

杭兰英的智慧，也是靠"踱方步""踱"出来的。她说："踱方步，是指人的一种思考和沉静状态，意思是说，要静心学习、用心思考，淡泊名利、善于谋略。"是的，她在忙碌工作之余，常愿意一个人坐下来读读书，理理情绪，找找思路。原来，她比班子其他同志站得高、想得深、看得远，是因为她思想深邃、思路纵横、视野开阔，虽不是什么先知先觉，却每每见微知著、一叶知秋。

"长路漫漫陪你一起走，明月清风共醉这杯酒，不管人生多少烦和忧，地老天荒爱无尽头。长路漫漫陪你一起走，风风雨雨也不回头，不问世间多少苦与愁，相依相伴直到永久……"

杭兰英说："随着自己年龄的越来越大，身体也经常出毛病，尤其是自己的眼睛因为耽误了治疗而经常流泪，不能看强光，也不能见风。但是我对祝温村以及全村百姓的爱和情，永远不会改变。长路漫漫，我会陪着全村百姓一起走下去，无论遇到多大的风雨，永远也不回头。不问世间多少苦与愁，我会跟全村百姓相依相伴到永久……"

再苦再累也心甘

"天街小雨润如酥，草色遥看近却无。最是一年春好处，绝胜烟柳满皇都。"这首诗刻画细腻，造句优美，构思新颖，给人一种早春时节湿润、舒适和清新之美感，既咏早春，又能摄早春之魂，给人以无穷的美感趣味，甚至是绘画所不能及的，表达了作者充满对春天的热爱和赞美之情。

2015年3月1日，这是一个很平常的日子，但对于杭兰英来说，却是一个难以忘记的日子。因为她要到北京人民大会堂参加全国"三八红旗手"颁奖大会，全国仅十人上台领奖。别说万里挑一，全国十多亿人口，一亿人当中才能挑一个，这是多大荣誉呀，杭兰英怎么能不激动？

自从接到去北京参加全国"三八红旗手"颁奖的消息后，杭兰英的心就一直平静不下来。长这么大，杭兰英还是第一次进京，而且这次来北京不是探亲访友，也不是旅游，而是到北京人民大会堂领奖。这种颁奖仪式一定很隆重，这是杭兰英做梦也没想到的。那晚，杭兰英躺在床上，久久不能入睡。她眼前浮现出自己担任祝马村支部书记以来的一幕幕。这一路走来，尽管不像唐僧西天取经路上历经"九九八十一难"，可也是千辛万苦，酸甜苦辣皆有。在一次接受记者采访时杭兰英这样说："既然组织和群众交给了我们这副担子，我们就有责任有义务把它挑起来。有没有挑好担子，有没有响当当的政绩，评说权在群众，在历史。只有让群众满意了，高兴了，答应了，我们才对得起自己的良心，才算一个称职的村干部。只有经得起历史的评说，我们才无愧于党，无愧于时代，无愧于全村百姓。"三十多年的工作中，杭兰英无疑向组织和群众交上了一份出色的答卷。

说到为群众办实事，祝温村群众自记在心里。杭兰英与班子成员一起为村民做的事情太多太多，但这九件实事让村民记忆犹新：一是对全村一千一百二十六亩农田进行标准化建设，新建三面光渠道一万五千五百米，铺设机耕道路一万一千二百米，使农田达到"田成方、渠相通、路相连、树成行、旱涝保收"的要求；二是硬化道路七万五千平方米，绿化两万平方米；三是对祝马沥、郑家沥、蒋家沥、胡家沥、杨家沥、后桑沥、后横江、后桑直河、西渡船江、温泾沥等河道进行了疏浚、砌石，长度六千五百米，墙绘改造七万五千平方米，新建桥梁两座、修建五座；四是在全村区域内的道路和田间种植了桧柏、香樟、柳树等，建有公共休闲绿地一万六千平方米，新改装路灯近二百只，使全村实现了美化、绿化、亮化；五是建设占地六亩，包括群众服务中心、文化礼堂、党建馆、大舞台在内的文化设施；六是开展农村生活污水处理工程建设，新建旅游公厕七座、垃圾箱三十只；七是为农户安装了小舜江自来水，同时对有线电视、通信线路及配电器实施三线网改、安装；八是建造小公园八处，安装体育健身器材七十八件；九是拆建幼儿园一所。在兴办实事工程中，杭兰英总是亲临第一线，从早上到晚上，她既当指挥员又当战斗员。当村庄已实现了河道砌石整齐化、道路拓宽畅通化、村庄路灯明亮化、绿化种植美观化、生态公厕无害化、农田改造标准化、村庄整洁又净化后，杭兰英觉得，这仅仅是新农村建设的外在，新农村建设的关键是要注重内外结合，亦即更要重视抓好村风民风，全面提升广大村民的道德素质。"发展不为人，好比树断根。"新农村建设，归根到底，最终就是要提升人的素质，提高人的境界。否则，只是追求外表好看，但中看不中用，如"绣花枕头稻草芯"，这样的新农村建设示范村的牌子我们还是不要的好。为此，杭兰英把精神文明建设、提高村民素质作为一项重要工作来抓，并结合本村实际，借鉴外地经验，不断探索新方法。

杭兰英说："我们的主要经验是，舍得投入，建好阵地；注重培训，搞好宣传；建立基金，送好温暖。"祝温村对精神文明建设的硬件投入力度很大，杭兰英自己带头，积极筹措资金，至今用于文化教育宣传阵地建设的资金达一千多万元，建成了村文化礼堂、标准篮球场、温心广场，新建五百平方米综合性多功能球场，还建立了残疾人社区康复活动室；文化活动中心配备了音响、VCD、投影仪等设备。村民学校内乒乓球室、羽毛球室、棋类室应有尽有。图书室拥有图书近一万两千册。投入六十万元，建设六处露天体育健身场所，配置健身体育设施七十八件，从而让村民告别了"白天锄头、晚上枕头"的单调生活方式，为村民求知、求乐、求富、求新、健身提供了丰富多彩的活动场所。与此同时，他们还注重发挥暑期社区学校这个阵地的作用，村党总支主动与区委宣传部、区关工委、区教体局、街道办事处、派出所、学校联系，组织村民尤其是青少年和在校学生举办"文明礼仪""法律法规""行为道德""交通安全""食品安全"等培训班。

结合"民主法治村"建设，村党总支把开展法制宣传教育贯穿创建工作的始终，并通过制订"民主法治村"创建方案，将"民主法治村"创建与"文明村""环境优美村"创建结合起来；与社会治安综合治理工作、"七五普法"教育衔接起来，从而使创建工作的内涵与外延得到挖掘和拓展。针对村人口居住相对分散、流动日益频繁，农民文化素质相对较低等实际，村里在人群居住比较集中的地方和主要出入口设立宣传窗八处，着重就基层民主、社会治安、民事经济、基本国策、农业生产等五大类的法律知识进行宣传和普及教育。运用社区学校阵地，开展广播、墙绘、墙报、墙头开花等多种形式，帮助和引导村民增长法律知识，提高道德素质，在全村村民中形成了移风易俗、敬老爱幼、知礼崇德、和睦相助、健康文明的社会风尚和生活方式。通过一系列宣传教育活动，极大地提高了干部群众的民主法治意识，为创建省民主法治村奠定了坚实的思想基础。村里处处讲民主，事事讲公开，每年两次开展村干部述职评议，村里的重大事务或工程项目一律提交村民代表大会表决通过，并及时在村级政务公开栏上实行党务、财务、村务三公开，村干部廉洁从政为民，村民啧啧称赞。

祝温村还结合"全国文明村"复评和创建全国民主法治村活动，建立村维稳工作信息员和由老党员、老干部、老教师等人员组成的关心下一代工作帮教小组，对个别有不良行为倾向的后进村民进行定期帮教，并在生活中、工作上给予帮扶，以实际行动去感化他们，让他们融入社会。通过不断摸排和帮教，连续十年全村没有发生社会治安案件，没有出现信（上）访人员。

村主任王茂桃说："原在祝马村时，杭兰英书记与我们班子成员经常会去村民家走访，所以哪一家住哪个房子，有几个人，家庭收入如何，哪家有人生病住院了，哪户村民家里最近闹矛盾了，哪个村民想到外面去挣点钱，哪个村民想在村里搞个体经济，等等，我们不但心中有数，而且件件过问，桩桩费心。这么多年来，我们还形成了这样的不成文的规定，只要哪家有人生病住院了，杭兰英书记都会带着我们登门慰问。"

祝温村上了年纪的人谈到杭兰英的小儿子，都很伤感。当年，杭兰英和丈夫祝秋潮工作都忙，没有时间照顾小儿子，生病了没能及时治疗，导致小儿子患上了小儿麻痹症，脚跛了，三十六岁了才结婚。杭兰英每每想起这件事，眼前就会浮现出小儿子走路一瘸一拐的身影，她的心像被针扎了一样难受。在事业和家庭的天平上，失重得实在太厉害。她暗暗地对儿子说："儿呀，请原谅妈妈，妈妈还有好多事要去做。以后，等到有时间了，妈妈一定加倍偿还。"难怪群众称赞说："没有杭兰英书记的敬业，没有村班子的共同努力，这些实事是不可能办成的。"

其实，杭兰英担任村支书后，亏欠家人的事情不止一件两件。杭兰英也常说："自古忠孝不能两全，为了村里的工作，我只能这么做。亏欠家人的，我以后会慢慢补偿，我的家人会理解我的。"

看到村里面貌焕然一新，且早已成为闻名遐迩的新农村建设示范村，一些亲朋好友都劝她："兰英呀，你年龄也不小了，又是个女同志，家里条件也不错，何必再挑这么重的担子，受苦受累呀！"杭兰英只是莞尔一笑："为了村里的事业发展，百姓生活条件的改善，我再苦再累也值得。"

"山一程，水一程，身向榆关那畔行，夜深千帐灯。　风一更，雪一更，聒碎乡心梦不成，故园无此声。"

身在北京的杭兰英，躺在酒店的床上，听着窗外来来往往汽车的鸣笛声，心早已飞回千里之外的祝温村。她知道，祝温村的夜晚虽然没有来来往往的汽车，也没有北京城的繁华，但夜幕下的祝温村跟北京城的夜景一样美丽。

"故乡的山，故乡的水，故乡有我幼年的足印。几度山花开，几度潮水平，以往的幻境依然在梦中。他乡山也绿，他乡水也清，难锁我童年一寸心。故乡的土，故乡的人，故乡有我一颗少年的心。……"

杭兰英打开手机，在百度上搜出了这首《故乡情》，在舒缓优美的歌曲声中，渐渐进入梦乡。睡梦中，她又和村干部们行走在了祝温村的田间地头。

英姿愿向小村行

2015年4月27日，杭兰英再次去北京，这次是参加全国劳动模范颁奖大会。这次奖牌的含金量比3月初赴京领到全国"三八红旗手"还要高。全国劳动模范，是中共中央、国务院授予的。

4月29日下午，杭兰英从北京返回杭州，30日上午参加浙江省委、省政府召开的劳模颁奖大会，省委书记夏宝龙亲自为杭兰英颁奖，下午参加杭州市劳模座谈会。

座谈会上，杭兰英激动地说："非常高兴能参加今天的座谈会，在我心中，劳动模范是非常高的荣誉，只有那些长期为社会付出艰辛劳动而且取得很大成绩的人，才能获得这个光荣称号，而今天我竟然成了其中的一员，感到非常荣幸。"

杭兰英的发言赢得一阵阵掌声。参会人员早已通过中央各大媒体以及浙江省媒体，了解了杭兰英和祝温村。"村道是村庄的门面，我们对村道进行了全面绿化，选用香樟、杜鹃、广玉兰、栾树等高大乔木，中间配以紫薇、栀子等花卉，这样，使得长长的绿化带一年四季花开烂漫，给沉寂单调的水泥路面增添了亮丽的动感。另外，全村区域内的道路和田间，以及村内休闲地带上，凡能绿化的我们都进行了绿化。我们村的人均绿化面积已经达到二十平方米！"

随着杭兰英的讲述，人们仿佛置身于祝温村。祝温村居民的房前屋后，家家选种了桂花、茶花、樱花、文旦、柑橘、石榴、桃树、枇杷、椰子等类树种。河道旁选种了垂柳、桂花、紫薇等，河水清澈，岸景倒映，让人折心动容。站在河岸边，左边是碧草、花丛，右边是河水。

一名记者说："站在祝温村看风景，看得久了，很难分辨出哪是花草哪是河水了。或许，我已经将它们融合在一起，存储于胸，成为心灵的氧吧。看着，看着，我竟感到，无论是花草还是河水，其实，都在瞪着一双清澈的眼，凝视着我们，眼里装满了与生俱来的纯净。面对这样的通透，我想到了杭兰英。是她将自己的内心放飞成一只翱翔的鹰，守护着这片圣洁。"

村主任王茂桃说，浙江省委、省政府的两位领导曾先后到祝温村考察，不约而同地由衷感叹："这样的村庄，才是名副其实的新农村建设示范村！"有人曾经担心，我们的下一代去哪里找寻"暖暖远人村，依依墟里烟。狗吠深巷中，鸡鸣桑树颠"；去哪里观看"黄四娘家花满蹊，千朵万朵压枝低。留连戏蝶时时舞，自在娇莺恰恰啼"；去哪里欣赏"七八个星天外，两三点雨山前"和"枯树老藤昏鸦，小桥流水人家"。或许，这种唐诗宋词里特有的意境，正在农村不少地区慢慢消失，但令人欣喜的是，祝温村把它留住了。要知道，这样的乡间才是真正意义上的新农村建设的魂。否则，斩断了农耕民族的根，丢失了我们的精神家园，村民的心灵无处皈依，这样的新农村建设又有什么意义呢？

祝温村里设置了三十只垃圾箱，每天上午10点前，全村五名保洁员将自己包干的垃圾箱和公厕清理干净，收上垃圾车，行驶约十五分钟路程，运到邻近几村共用的垃圾临时中转站——这个中转站远离人群集聚点，造得很美观，远看像一座小别墅。下午，镇里的垃圾车过来把垃圾运到镇垃圾中转站。从村到镇，垃圾都做到日收日清。后来垃圾进行了分类，杭兰英更是做到仔细有加，户户家门口安装了固定的两只垃圾桶，在做宣传工作的同时，她还经常去农户垃圾桶翻看，看看有没有分类，发现没分好类的，她就进行示范指导，一定要把类分好。杭兰英说："新农村建设，搞卫生比造房子还重要，这是老百姓幸福指数的一个重要方面，对现在的村环境卫生，村民们都感到非常满意。

卫生好了，环境美了，村里很多外出搞建筑的，都积极出资，支持村里搞新农村建设。有的甚至还回家搞房屋装修，以后回家就不再去住宾馆了。"

问起下步打算，杭兰英似乎胸有成竹，她说："要花大力气，切实规划、尽早落实村级物业项目，以增强自我的造血功能。再抓好一些农业科技项目的基础。要继续抓好合并村面上各项工作的平衡，通过机制创新，进一步促进并村并心、够劲够力。文化建设这一块要在提高、完善上下功夫。眼下，主要通过打造一万平方米的文化墙来进一步造浓文化氛围……同时，我也将切实做好接班人的培养和传、帮、带工作。总之，要继续发扬艰苦奋斗、苦干实干、乐于奉献、开拓创新的精神。成绩和荣誉只属于过去，坚定理想，咬定目标，带领全村人民为在更高层次上建设好一个'生态发展、生活宽裕、乡风文明、村容整洁、管理民主'的祝温村，才是我的追求，也才是我的最大荣耀。"我们相信，这不只是杭兰英一般意义上的表态，而是其发乎内心的誓言。

杭兰英是需要仰望的，仰望杭兰英，就是对优秀党员干部的深情凝眸，就是接受理想信念和宝贵品质的精神洗礼。这样的仰望，是心灵与心灵的碰撞，是思想同思想的交流，是脚步向脚步的靠拢。高山仰止，景行行止，多一些这样的仰望，我们必将更好地永葆共产党员的先进性，获得勇往直前的不竭动力。有位记者在一篇采访杭兰英的文章中，写下了这样一个富有诗意的题目，曰："兰香甘为百姓吐，英姿愿向小村行。"爱，是杭兰英事业的基调和主题，是她全部工作的出发点和落脚点。祝温村全体村民可以做证，祝温村的山山水水可以做证，祝温村获得的众多荣誉和杭兰英个人获得的全国优秀共产党员、全国劳模、全国"三八红旗手"更可以做证。

2015年对杭兰英来说，是值得庆贺的一年。3月初，杭兰英到北京人民大会堂参加了全国"三八红旗手"颁奖大会。4月底，再次赴京参加全国劳动模范颁奖大会。9月初又接到"反法西斯战争胜利七十周年"阅兵仪式观礼的通知。

"剑外忽传收蓟北，初闻涕泪满衣裳。却看妻子愁何在，漫卷诗书喜欲狂。白日放歌须纵酒，青春作伴好还乡。即从巴峡穿巫峡，便下襄阳向洛阳。"杭兰英接到"反法西斯战争胜利七十周年"阅兵仪式观礼的通知时，不敢相信这是真的，激动得不知说什么好，简直要"漫卷诗书喜欲狂"了。祝温村的村民们听说杭兰英要到北京观礼"反法西斯战争胜利七十周年"阅兵仪式，无不喜形于色，奔走相告。不少人聚集到杭兰英家门口，向杭兰英道喜。村民们都知道，杭兰英能观礼"反法西斯战争胜利七十周年"阅兵仪式，不仅仅是杭兰英个人的荣誉，更是祝温村的荣誉。杭兰英的丈夫祝秋潮显得比杭兰英还高兴，问杭兰英到北京观礼时穿什么衣服，这么隆重的场合，一定要穿得漂漂亮亮的。杭兰英家里比办喜事还热闹，几名村干部说："这次参加阅兵仪式，杭书记不但能见到党和国家领导人，还能见到外国领导人。这种机会难得呀！"

2015年9月1日下午，打扮得焕然一新的杭兰英乘车赶往杭州。望着车窗外的美景，她心潮起伏，百感交集。

9月2日上午8点半，杭兰英从杭州乘车赶往北京。再次来到北京，杭兰英久久不能抑制住自己那颗激动的心。她在脑海里勾画明天大阅兵的场面，想想自己能观礼大阅兵，仿佛是在梦中。

9月3日早上4点40分，杭兰英就起了床。早饭后，集体乘车去天安门广场。此刻的天安门广场，人潮如织，成了欢乐的海洋。杭兰英找到了自己的座位——金水桥边西看台7排18座，静静地等待着"纪念抗日战争胜利七十周年暨世界反法西斯战争胜利七十周年"纪念大会的开始。

上午10点，习近平主席在发表完讲话之后，乘坐悬挂国徽车牌的汽车，驶过金水桥开始检阅部队。杭兰英的眼睛不时流泪，她不时用手绢擦眼泪，而后目不转睛地盯着车上的习主席。以前只在电视里看到习主席，这次近距离看到习主席，杭兰英怎么也控制不住内心的激动。

在观看阅兵的整个过程中，杭兰英想了很多很多。自从担任祝马村党支部书记，一路走来，自己确实吃了不少苦，好在祝温村如今已经脱了贫，村民们走上了小康路，自己的汗水没有白流。党组织给自己的荣誉太多太多。

这次赴京观礼"纪念抗日战争胜利七十周年暨世界反法西斯战争胜利七十周年"阅兵仪式，对杭兰英是一种莫大的鼓励，更是一种鞭策。她下定决心："只要党组织需要，我愿意永远走在祝温村改革开放的最前头，哪怕献出宝贵的生命，也在所不惜……"

红花绿叶互映衬

捧在手里的是奖牌，凝在心中的是血汗。三十多年过去了，杭兰英依然记得当初的誓言。不忘初心，牢记使命；怀抱理想，使命在肩。

在杭兰英的带领下，祝温村大力开展旧村改造工程，重点实施了"六改、两治、一化"，即房改、路改、水改、电改、厕改、坟改，河道整治、卫生整治、村庄绿化。以前"晴天沙尘滚滚，雨天一路泥泞，房前屋后茅厕粪坑垃圾遍地"的滨海荒村不见了，取而代之的是一个人与自然和谐统一的生态家园。即便是秋末冬初，步入崧厦镇祝温村，依然是满眼的绿枝红花。漫步在村内，从进村大道到村民服务中心，再到村民家门口的水泥路两旁，花树掩映，生机盎然，与水波荡漾的清水河道相映成景。凡是到过祝温村的人，相信无不对这里花园般的村庄环境留下深刻印象。

　　祝温村的发展，离不开各级政府的支持和关心。杭兰英不会忘记，当年，国务院副总理汪洋、农业部部长韩长赋来村考察时，给予祝温村和杭兰英很高的评价。浙江省委书记夏宝龙也曾专门来祝温村看望杭兰英。杭州市、上虞区、崧厦镇的领导在资金上给予杭兰英大力支持。"东风助我扬帆去，笑傲江湖又一人。"杭兰英知道，在她带领祝温村父老乡亲脱贫致富的道路上，并不是她一个人在单打独斗，而是有各级领导和政府的支持和关心。他们像阳光雨露，滋润着杭兰英这颗为村为民的火热之心。正是因为背后有这股强大的力量，面对困难时，杭兰英才矢志不渝、甘洒汗水，再苦再累，也无怨无悔。

美好的家园祝温村

祝温村的发展，离不开村里有一只好的领头雁。"塞下秋来风景异，衡阳雁去无留意。"担任着祝温村党总支书记的杭兰英，就像诗人范仲淹词中描写的大雁一样，面对美丽的风景，只顾赶路，丝毫没有一点留恋的情意。杭兰英知道，祝温村的美景不在眼前，未来的祝温村天更蓝、水更清、地更肥、村庄更美。她这只领头雁，没有任何理由不去在改革的大潮中搏击，为全村百姓提供一个美丽、富饶的居住环境。

祝温村的发展，离不开有一个好的村级班子。杭兰英上任之初，每次遇到难事，村班子成员都跟着她一起上阵，苦口婆心地去做群众的思想工作，嘴皮子几乎磨破，腿几乎跑细。他们对百姓动之以情晓之以理，最终化解了脱贫攻坚路上的一个个矛盾，加快了脱贫攻坚的脚步。

祝温村的发展，离不开村里这一批好的乡贤。一个篱笆要三个桩，一个好汉要三个帮。而杭兰英却深深地感受到，在祝温村前进的道路上，她得到的不仅仅是三五个人的帮助，而是一批深明大义、情系百姓的乡贤。每当自己遇到难题，这些乡贤便挺身而出，有钱的捐钱，有物的捐物，为杭兰英出谋划策，争当杭兰英这个祝温村"三军统帅"的"先锋官"。

祝温村的发展，离不开村里这一群好的党员。一个支部一个堡垒，一个党员一面旗帜。党员干部走在前，再难的工作都不难。在杭兰英的眼里，祝温村的每一位党员都是顶天立地的人物，他们在关键时刻，真正发挥着旗帜的作用，这一面面旗帜，像一盏盏明灯，照亮了祝温村百姓的心，为祝温村的发展指明了方向。

祝温村的发展，离不开全村村民的大力支持和配合。陈毅元帅曾经说过："淮海战役的胜利，是根据地的人民用小车推出来的。"而杭兰英说："祝温村好比一辆在崎岖道路上前行的小车，我只是一个掌车人，是全村百姓一起用力推动着这辆车前进。"全村百姓，用他们的汗水和心血，在祝温村的发展史上，书写了厚重的一笔。

第九章　世外桃源

众里寻他千百度

2015年12月18日,《上虞日报》刊登了记者徐芳的一则短新闻:省道德模范、全国道德模范提名奖、中国好人榜、浙江好人榜……上虞的"最美人物"张杰、杭兰英、阮炳炎、曹秋芳、董国光等等,这些人物在道德典型光荣榜上熠熠闪光,总数达到二十七个,居全省县市区道德典型数量之最。

祝温村的村民们看到这条消息后,不禁喜形于色:"杭书记被评为最美人物,这是理所当然的。"村民们不知道,浙江省委、省政府正在筹划一场大型报告会,即浙江"最美人物"宣讲团。

半年后的2016年6月20日下午,天高云淡,祝温村弥漫着一片金色的光芒中,村支书杭兰英满怀喜悦的心情,乘车赶到了杭州市,去参加浙江省委宣传部举办的"浙江最美人物宣讲团"巡回党课报告,她将在庆祝建党九十五周年之际,和全省其他十四名最美浙江人一起,分三组进行巡回演讲。

省委宣传部部长葛慧君说:"巡回党课报告会,主要宣传报告共产党员精神品质、立足岗位、奉献社会,树立共产党员在人民群众中党的光辉形象,这次参加的十五名浙江最美人物,来自全省各个地区、各个岗位,你们是全省党员的骄傲,全省人民最值得尊敬的人。现在的青春是用来奋斗的,将来的青春是用来回忆的。"

杭兰英不善言辞,为人低调,别看她在崧厦镇领导眼里是"脱贫致富的急先锋",可真让她上台讲自己的先进事迹,她却"不知从何说起"。为此,杭兰英带上了大学生村官丁琦,由丁琦代替她上台演讲。丁琦的演讲题目为《为百姓办好每件事》,这篇演讲稿定稿前,杭兰英反复修改了几次,她不想讲太多自己的事。杭兰英觉得，自己所做的事就是应该做的，不值得去宣讲。尽管杭兰英这么认为，可她为祝温村和祝温村百姓付出的一切，所洒下的汗水，所取得的成绩，都是大家有目共睹的。

崧厦镇党委、镇政府在基层干部中，开展了"向杭兰英同志学习"活动，镇党委还把这项活动作为学先进、赶先进"党的群众路线教育实践活动"的一项重要内容。杭兰英同志的可贵之处，就在于她长年坚持，水滴石穿，在平凡的工作中创造出不平凡的业绩；就在于她率先垂范，勇担重任，为贯彻党的群众路线、为改变农村落后面貌身体力行，无私奉献；就在于她的心里永远装着老百姓。

6月28日下午2点30分，杭兰英在浙江省委组织部王建勋副处长的带领下，在萧山机场登上了去北京的飞机，她要参加庆祝中国共产党成立九十五周年大会暨"全国先进基层党组织"表彰大会。这次，浙江省共有二十人参加。因航班延误，一行人晚上9点才赶到宾馆。尽管耽误了行程，可杭兰英那颗心一直处在激动中。

6月29日下午6点，杭兰英去北京人民大会堂参加庆祝中国共产党成立九十五周年音乐会，中共中央政治局七位常委全部到场，音乐会一直到9点半才结束。整个音乐会过程中，杭兰英一直沉浸在幸福中，她为自己能参加这种大会而激动。

6月30日上午8点，杭兰英参观了国家博物馆《复兴之路》展览。《复兴之路》通过回顾1840年鸦片战争以来，陷入半殖民地半封建社会深渊的中国各阶层人民在苦难中奋起抗争，为实现民族复兴进行的种种探索，特别是中国共产党领导全国各族人民争取民族独立解放、国家富强、人民幸福的光辉历程，充分展示历史和人民怎样选择了马克思主义、选择了中国共产党、选择了社会主义道路、选择了改革开放，充分展示了历史和人民为什么必须始终坚持高举中国特色社会主义伟大旗帜不动摇、坚持中国特色社会主义道路不动摇、坚持中国特色社会主义理论不动摇。

那时那刻，杭兰英仿佛行走在新中国"复兴"的征途上，耳旁响起毛主席的那首七律《长征》："红军不怕远征难，万水千山只等闲。五岭逶迤腾细浪，乌蒙磅礴走泥丸。金沙水拍云崖暖，大渡桥横铁索寒。更喜岷山千里雪，三军过后尽开颜。"杭兰英感慨万分：今天的幸福生活，是多少革命先烈抛头颅洒热血换来的啊！一幅幅珍贵的图片，让杭兰英震撼不已。杭兰英知道，今天的中华民族已经屹立于世界东方，伟大复兴的光辉前景已经展现在我们面前，只要全国各族人民紧密团结在以习近平同志为核心的党中央周围，坚定不移地推进从严治党，中华儿女的梦想和追求一定能够实现。

当杭兰英站在天安门城楼上，眺望着天安门广场上熙熙攘攘的人群，她眼前浮现出2015年9月3日，参加庆祝抗日战争胜利七十周年暨世界反法西斯胜利七十周年大阅兵的一幕幕。如今，再次置身于天安门广场上，杭兰英的心情无法用语言来形容。她耳边仿佛响起毛主席那震撼全世界的声音："中华人民共和国中央人民政府今天成立了！"这个声音永远在亿万中国人民耳边回荡。那一刻，站在天安门城楼上的杭兰英流泪了。那是幸福的泪、激动的泪、喜悦的泪。

走下天安门城楼，杭兰英一行人又瞻仰了毛主席遗容。展厅边看到一本毛主席的诗集，她随意翻看着，看到毛主席的一首诗："钟山风雨起苍黄，百万雄师过大江。虎踞龙盘今胜昔，天翻地覆慨而慷。宜将胜勇追穷寇，不可沽名学霸王。天若有情天亦老，人间正道是沧桑。"杭兰英被毛主席的诗词打动了，心情久久不能平静。

7月1日清晨，杭兰英早早地起了床，她推开窗户向远处眺望。太阳还没有出来，北京城却已经车水马龙，空气中弥漫着一种香味，沁人心脾。8点整，杭兰英抑制不住内心的欣喜，和其他人一起乘车赶往人民大会堂。庆祝大会从10点10分开始，到11点40分结束。其间，颁发了"全国先进党组织"和全国"两优一先"荣誉证书，祝温村党总支被评为"全国先进基层党组织"。当杭兰英站在领奖台上，她的心却飞到了千里之外的家乡祝温村。杭兰英知道，村干部和村民们此刻一定坐在电视机前，跟杭兰英一起分享这来之不易的喜悦。杭兰英感觉捧在手中的奖牌沉甸甸的，这上面凝聚着全体党员的汗水和心血。"金灿灿的奖杯，光闪闪的奖牌……多少次拼搏，多少次失败，我们执着地追求，从不更改。汗水流出来，赤心掏出来，荣辱系着千万家，都是一个爱。……春夏秋冬，风风雨雨，一盏不灭的明灯，亮在心海……"

当天下午，杭兰英出席中央组织部召开的全国"两优一先"代表学习近平总书记在庆祝中国共产党成立九十五周年大会上的重要讲话座谈会。杭兰英在发言中说："作为一名来自基层一线的村支书，这次能作为基层代表来首都参加庆祝中国共产党成立九十五周年大会及相关活动，我感到无比光荣。借此机会，我想和大家说几句心里话。第一句话：习总书记上午的重要讲话精神，我一定认真学习好、吸收好、传达好，并带回到村里，结合'两学一做'学习教育，组织全村党员认认真真地学，带领群众踏踏实实地做。以习总书记的重要讲话精神为指导，进一步增强村党组织的凝聚力、号召力、战斗力，把支部的战斗堡垒作用发挥得更好。第二句话：这次我们祝温村党总支被评为'全国先进基层党组织'，这么高的荣誉，我感到既有压力，更是动力。来首都后，我听到、看到、感受到的，是我们祝温村跟其他先进党组织之间存在的差距，我将认真学习其他先进党组织的经验。第三句话：去年5月份，习总书记在我们浙江调研时，要求我们要'干在实处，永无止境，走在前列，要谋新篇'。最近，省委提出干字当头，为人民群众创造美好生活的要求。在今后的工作后，我一定会带领村班子成员，紧紧依靠全村党员群众，踏踏实实把工作做好，把祝温村建设得更加美好，让村民生活得更加幸福！"

7月3日的《上虞日报》报道了这一振奋人心的消息：7月1日，上虞区崧厦镇祝温村党总支书记杭兰英在北京人民大会堂接受党中央的表彰。当日，庆祝中国共产党成立九十五周年大会在北京隆重举行，绍兴市上虞区崧厦镇祝温村党总支评为全国先进基层党组织。

"众里寻他千百度。蓦然回首，那人却在，灯火阑珊处。"杭兰英和祝温村一班人，乘着改革开放的春风，在脱贫致富的道路上，苦苦寻求着美好生活。三十多年过去了，杭兰英惊喜地发现：她人群中寻找千百回的"目标"，已经成了绍兴市一颗耀眼的"明星"，成了虞北的一处"世外桃源"，这里的人们过着幸福美好的生活，这片土地上到处充满着欢声笑语……

吹尽狂沙始到金

"咬定青山不放松，立根原在破岩中。千磨万击还坚劲，任尔东西南北风。"杭兰英经历了千辛万苦，终于把贫穷落后的祝温村，带成了一个百姓安居乐业的富裕村，最终"千淘万漉虽辛苦，吹尽狂沙始到金"。

祝温村成了绍兴市新农村建设的一张"金名片"，吸引着不少媒体前来采访。2016年8月3日，绍兴文理学院师生慕名来到祝温村采访。在杭兰英的讲述中，记者的思绪被拉回到以前。

杭兰英1972年从绍兴卫校毕业后，回村当了一名赤脚医生。即便晚上村

中央媒体记者采访杭兰英书记

民有病，杭兰英也是随叫随到。在自己当赤脚医生的生涯中，杭兰英跟村民之间有了深厚的感情，一直到担任村支部书记，杭兰英才放弃了赤脚医生的工作，全身心投入村庄的建设中。当上村支部书记后，杭兰英对党建工作十分重视，她知道，只有把班子和党员带领好，才能真正起到带头作用。祝温村每周一召开班子例会，每月5日为党员学习固定日，组织党员集中学习，通过上党课，有效增强党员学习意识，激发党员学习热情，促进党员交流沟通，带领党员共同争做"讲政治、有信念、讲规矩、守纪律、讲道德、有品行、讲奉献、有作为"的四讲四合格共产党员。祝温村还建立了党员示范岗，分别以"党风廉政建设、党员先锋引领、党员带头示范"等为主题教育。每个党员的照片上墙，把党员先锋形象树起来，激励所有党员自觉担负起"干在实处、永无止境、走在前列、要谋新篇"的新使命，为祝温村的美好明天而努力奋斗。

　　谈到正在进行的"两学一做"活动，杭兰英说："我们祝温村党支部以三会一课为基本形式，扎实开展党员先进性教育。我要求党员的先进性不能只停留在'说'上，更要体现在'做'上，而我村更注重'做'，喊破嗓子不如做出样子。今年7月1日，我们祝温村党总支被评为'全国基层先进党组织'，这跟我们村多年来的建设和努力工作是分不开的。"

杭兰英所抓的党建工作，绝不仅仅停留在表面上，她和其他村干部真正做到了真学真干。一滴汗水强过十句空头口号。这也许是杭兰英治理村庄的最好经验。

泰戈尔说："埋在地下的树根使树枝产生了果实。"而杭兰英朴实得就像埋在地下的树根，只知道默默地奉献着，用自己的汗水，滋润着祝温村这棵大树，从来不讲回报。

每次有媒体来祝温村采访，杭兰英总是想躲在后面，说自己做的一切都是分内的事情，不值得采访。

2016年9月24日上午，浙江日报来上虞开展党性教育活动，他们慕名走进了祝温村。杭兰英又把丁琦和胡树君推到了前台，让他俩发言。其实，杭兰英也不是怯场，她已经多次跟国家领导人近距离接触过，根本不怯场，她这么做的目的，说白了就是想锻炼年轻的干部，只有多让他们走上"前台"，才能尽快让年轻的干部脱颖而出，早日担负起祝温村的大任。

胡树君介绍中，充满对杭兰英的赞佩之情，说杭兰英的事迹得到了中央和省市领导的批示肯定，中组部、浙江省委分别授予杭兰英"全国优秀共产党员""百姓喜爱的好书记"荣誉称号，还获得全国劳动模范、全国"三八红旗手"，国务院副总理汪洋和省委书记夏宝龙等领导亲自来祝温村考察并看望了杭兰英。

谈到村庄自治时，胡树君说："村现代化治理的关键是'共治'，众人拾柴火焰高，我们村始终坚持班子带头、党员示范、群众参与的村民自治模式，引导全村村民不断增强共同体意识，积极参与公共事务建设。在凝聚乡贤方面，开展'回家乡、看家乡、助家乡'乡贤聚会活动，截止到2015年，全村募集资金八百多万元，一万元以上捐款四十多人，而杭兰英个人捐款四十八万元。"

"今天是你的生日，我的中国。清晨，我放飞一群白鸽，为你衔来一枚橄榄叶。鸽子在崇山峻岭飞过。我们祝福你的生日，我的中国，愿你永远没有忧患永远宁静……"

杭兰英担任祝温村党总支书记后，每年的10月1日，祝温村支部前面的广场上，都会响起那首熟悉的歌曲《今天是你的生日》。2016年的10月1日，上午8点，祝温村全体党员早已聚集在村支部前面，他们要举行隆重的升国旗仪式，以此庆祝伟大祖国六十七岁华诞。

祝温村的党员们清楚地记得，杭兰英跟共和国同龄，她每年都带着全村党员集体给伟大祖国过生日，却从不给自己过生日。要不是丈夫祝秋潮和孩子们逼急了，杭兰英才不过生日呢，她说那样太麻烦了。

2016年12月26日上午，浙江电视台来祝温村采访党建工作。面对记者的采访，杭兰英言语不多："今年年初，我们村根据本村实际，制定了党建工作责任清单，把今年所做工作公示在公开栏中，接受群众监督。按照上级要求，扎实开展'两学一做'学习教育和党员示范带建设、党员先锋示范岗建设，号召全体党员开展争先创优活动、班子人员入户为民服务，老百姓大大小小的事都由村班子人员负责代办，并充分引导村民积极参与村庄环境建设、垃圾分类等各项工作。我们村庄美丽乡村建设，在党总支统一领导下，家家户户共同动手，来建设我们自己的家园。"

寥寥数语，却饱含着杭兰英和村班子人员的巨大付出。在记者眼里，杭兰英有"大爱之心"，凡是村民遇到急事难事，杭兰英都会立即前往。杭兰英有"大舍之心"，三十多年中为村里和乡亲捐款数十万元。杭兰英有"大全之心"，经她手的工程数十个，可她却从不让亲友承包和插手。最为核心的是杭兰英有一颗爱党之心，党性强。因为有了信仰，所以才有高度，有高度才有不一样的境界。

"三农"稳，天下安。自古治村如治国。杭兰英，一位柔弱的女子，用了三十多年的时间，把一个将近两千人口的穷村治理成乡风淳朴、邻里和睦、景色宜人、生活富裕的美丽乡村。她创造了当代中国乡村治理的样本。

杭兰英的事迹，是一股红色的力量。这股红色的力量，成为崧厦全面发展的助推器。

2014年10月25日的《上虞日报》刊登了这样一条新闻："'百姓喜爱的好支书'杭兰英就出在崧厦，我们充分利用这个优势，坚持典型带动，引导党员干部深入学习'民情通'工作法。"崧厦镇相关负责人表示，该镇积极加强村（社区）主职干部团队建设，提升基层堡垒战斗力。

这只是崧厦镇推进基层党建工作的其中一招。2014年以来，崧厦镇党委创设载体、落实责任、夯实基础，扎实推进基层党建各项工作，为崧厦经济和社会各项事业的发展提供了坚实的组织保障。

镇党委逢会必讲杭兰英，希望全镇党员以杭兰英为榜样，向杭兰英学习。镇领导知道，杭兰英能带领一个贫穷落后的村子致富，靠的是全村党员的力量，靠的是一户户上门用脚步踏出的真实民情，从而赢得百姓的信任，凝聚了全村百姓的心。

滚滚东流的曹娥江水，正在述说着一个改革开放征途中女英雄的故事，她用三十多年的时间，把一个贫穷落后的村子，变成一个地肥水美的富裕村。三国时代的英雄们，最后都"是非成败转头空""古今多少事，都付笑谈中"，可杭兰英最终成功了，她的成功，不是她自己有了多大的官职，而是她改变了一个村的前途，改变了近两千村民的命运。

东汉少女曹娥入江救父名扬天下，而杭兰英舍小家顾大家，让祝温村百姓走上了幸福路。曹娥救父是小爱，杭兰英舍己是大爱。这种爱将会载入祝温村的村史，永远成为祝温村代代传颂的佳话……

不破楼兰终不还

"青海长云暗雪山，孤城遥望玉门关。黄沙百战穿金甲，不破楼兰终不还。"

杭兰英在刚刚担任祝马村支部书记时，面对"一穷二白"的祝马村，也有"不破楼兰终不还"的雄心壮志，正因为有这种"豪情壮志"，面对前进道路上的一个个困难时，杭兰英抱定"长风破浪会有时，直挂云帆济沧海"的信念，才最终带领祝温村走上了致富路，把祝温村打造成虞北农村的一颗耀眼"明星"。

歌曲《洒下一片深情》唱道："心海上飘过几多春雨，记忆中掠过几多秋风，旅途上伴随几多夏日，日历上送走几多寒冬。……生命中咽下孤独的酸辛，和甜蜜总是短暂相逢。善于把痛苦化作忘却，给世界一个潇洒的笑容。难免有拂不去的困惑，也难免有离别的惆怅。面对这人生，还是一颗滚烫的心灵。山河不会忘记你，大地不会忘记你，因为你曾在这里洒下一片深情。每天迎接新的太阳，梦中闪烁许多星星；总是和月亮默默结伴，日子像流云一样匆匆。生命中咽下孤独的酸辛，和甜蜜总是短暂相逢。……山河不会忘记你，大地不会忘记你，因为你曾在这里洒下一片深情……"

这首歌仿佛是为杭兰英而写，是啊，三十多年来，杭兰英在祝温村这片土地上，一路走来，经历了许多的风雨，咽下了许多孤独的酸辛，可杭兰英始终把痛苦和酸辛化作忘却，给祝温村和全村百姓一个潇洒的微笑。曹娥江不会忘记杭兰英，祝温村不会忘记杭兰英，祝温村这片热土不会忘记杭兰英，党组织更不会忘记杭兰英，因为她曾在这里洒下一片深情。以后，她还将继续在这里洒下深情……

2017年4月14日，中央电视台《焦点访谈》推出专题报道《十九大代表这样选》，其中介绍了杭兰英书记先进事迹。2017年下半年，党的十九大将在北京召开。2016年11月，中共中央印发了《关于党的十九大代表选举工作的通知》，中组部随后召开会议，对党的十九大代表选举工作做出部署。中央确定，十九大代表名额共两千三百名，由省区市、中央直属机关、中央国家机关、中央金融系统、中央企业系统（在京）、解放军和武警部队等四十个选举单位选举产生。中央要求，十九大代表的选举要突出政治标准和先进性，体现广泛代表性，改善代表结构，发扬党内民主，规范产生程序，确保十九大代表素质优良、结构合理、分布广泛、党员拥护。目前，各选举单位的相关工作正在平稳有序进行。

为确保代表人选质量，各选举单位以高度的政治责任感和严谨细致的工作作风，扎实做好党的十九大代表选举工作，严把人选政治关、廉洁关，准确认定人选身份，严格组织考察，逐级遴选择优。

一大早，浙江省绍兴市委组织部和有关部门的工作人员就来到党的十九大代表推荐人选杭兰英的家中，实地了解她家有关情况。像这样实地上门了解情况，仅仅是绍兴市严把党代表人选质量关的环节之一。绍兴市规定，所有推荐人选必须经纪检、组织、法院、城管以及税务等二十三个市级部门的联审，而涉及每个部门的审查，还要通过经办人、分管领导和主管领导的三关联审。

为防止"带病当选"，绍兴市还专门出台规定，明确不得推荐为十九大代表人选的"十六种情形"和规范代表产生的"八步流程"，真正从源头上把好代表质量关。

当祝温村的村民们在《焦点访谈》节目中看到杭兰英被推荐为党的十九大代表候选人时，人们由衷地笑了："杭书记当选党的十九大代表当之无愧，够格！"

当杭兰英在电视中看到这条消息时，她的心情久久不能平静。那晚，杭兰英失眠了。她那双因为忙于村庄建设而耽误治疗的眼睛里，流下了激动的泪水，这是自豪的泪水，更是幸福的泪水。但最后让她失望的是她居然没有被选上。尽管如此，杭兰英毫不气馁，坚持做好属于自己的每一份工作，一步一个脚印地前进。

2017年4月28日，杭兰英参加了上虞区劳模座谈会，跟其他劳模一起探讨"八八战略"工作。"八八战略"开辟了中国特色社会主义在浙江生动实践的新境界，成为引领浙江发展的总纲领。"八八战略"把从严治党、巩固和发展风清气正的良好政治生态放在重要位置，引领浙江不断推进党的建设。"八八战略"高度重视加强软环境建设，提出建设平安浙江、法治浙江，总结提炼"红船精神"和与时俱进的"浙江精神"，切实增强文化软实力。浙江被认为是全国最具安全感的省份之一。"八八战略"提出推进生态省和绿色浙江建设，部署"千村示范、万村整治"工程，开启环境污染整治行动，引领浙江走进生态文明新时代。

杭兰英发言时结合祝温村的实际情况说："今年初，省委决定开展'八八战略'工作，作为农村基层，我们积极响应省委号召，深入开展美丽乡村建设、剿灭劣Ⅴ类水工作。作为劳模，应该在这项工作中积极带头，为一线干部群众做好榜样，树好形象。从2月份开始，我们对全村河道进行深入细致排查，绘制了工作图，制定了剿灭劣Ⅴ类水责任清单，向全村村民发放《剿灭劣Ⅴ类水倡议书》，利用各种会议、电子显示屏横幅、宣传窗等形式，进行广泛宣传。同时，村里加强落实河长制，做好巡河和河道的日常保洁工作。我们还调整完善'巾帼治水'志愿队，结合每月5日的党员固定主题日学习，组织党员分组落实河道义务保洁。对于水质较差的河道，我们采取种植水草生态修复水体，并进行清淤清障，加强日常监管等措施，使全村十一条河道的水环境始终保持'绿水状态'。当然，剿灭劣Ⅴ类水不仅是一场攻坚战，更是一场持久战，不仅要在尽可能短的时间内抓出成效，更要常抓不懈，确保'岸常绿、水长清'。在这项工作中，我将发挥自身作用，继续严格落实'河长制'，组建'三员护河'队伍，实行全天候、全时段、高频率、无死角管护，抓牢督查关。在治水过程中出实效，对整改情况进行严格督查。同时继续强化全民责任意识，加大宣传教育力度，加强群众监督、媒体监督，建立全民参与的社会行动体系，营造全民治水的浓厚氛围。"

杭兰英的发言赢得了与会人员的一致称赞，受到了上级领导的肯定。这给杭兰英抓好"剿灭劣Ⅴ类水"工作注入了极大的精神力量，她仿佛看到了祝温村那清清的河水，正在滋润着岸边的树木、田里的庄稼，滋润着那一户户村民。最终汇入曹娥江，流入钱塘江……

2017年12月19日，《上虞日报》刊登一篇通讯《用爱和责任汇聚起道德力量——我区推进公民道德建设、践行"最美精神"纪实》。

在虞舜大地上，从古至今，孝德文化绵延不绝，道德文明代代相传，涌现出全国劳动模范、省道德模范杭兰英，全国道德模范提名奖张杰、阮炳炎、曹秋芳，省道德模范董国光等一大批"最美人物"，他们用爱和责任汇聚起道德力量，让虞城处处闪现着社会文明新风尚。

敬业奉献，村干部向杭兰英看齐。走进全国先进基层党组织祝温村，绿树成荫，墙绘遍布，村内干净整洁，犹如一个乡村旅游景区。

"为保持村庄的美丽整洁，这花了杭书记多少心血啊！"祝温村驻村指导员金爱丽告诉记者。每天早上6点多，杭兰英书记总是第一个到村，她把村当家一样看待，一早到村，她总是要步行着去村内各个建设工程现场看看进展，看到有乱丢的垃圾，她总要弯腰捡拾。自从杭书记成了标杆式的人物，参观考察人员络绎不绝，仅2017年祝温村就接待了一点五万人次，她的工作压力更大了。

好多次到祝温村，记者总看到这样一个场景：杭兰英书记与村干部一起握着扫帚在村内清扫。"作为一个村党总支书记，就是要带动村干部和广大村民，共同把我们的村庄建设好，只有我们村干部脚踏实地一步一个脚印去做，得到老百姓的认可，村里的工作才一定能做好。"荣誉面前，杭兰英绝不躺在功劳簿上睡大觉，依然是朴素地做人做事。

不仅自己带头干，还经常为公益事业倒贴资金。所以有人叫她"倒贴书记"，身边的村民都为杭兰英的敬业奉献精神所感动。

筑巢引凤，用在祝温村是最形象不过。这些年，美丽和谐的祝温村已成了远近闻名的示范村，村里社会能人纷纷回村反哺，农村生活体验园、农民艺术馆、村企业相继建起来，村庄美起来了，村民富起来了。杭兰英书记见证了村庄的变迁，把一个脏乱、落后的村庄建设成美丽、整洁、文明的全国文明村。如今，祝温村不仅是创业乐园、生态花园、文化公园、人和家园，还形成了家庭比孝顺、邻里比和睦、家家比和谐的新风气。杭兰英这一身边的典型成了上虞村干部争相学习的榜样。

"杭书记的工作做得真当细致。""这样讲奉献的书记太少了。"……前来祝温村参观访问的基层干部发出这样的啧啧赞叹。如今，争当杭兰英式好书记已成为上虞村干部们的一种共识，也涌现出许多吃苦耐劳、乐于奉献、敢于担当的优秀村干部，他们为上虞美丽乡村建设添上了浓墨重彩的一笔。争做杭兰英式的村支书，向杭兰英书记学习，在上虞蔚然成风。

"只要人人都献出一点爱，世界将变成美好的人间。"这句《爱的奉献》中的歌词在上虞众多公益组织和爱心人士的实践中，不再是一句简单唱词，而是幻化成爱的凝聚、爱的传递，让虞城文明更璀璨夺目，让社会越来越美好和谐。

是啊，只要人人都献出一点爱，世界将变成美好的人间。祝温村的百姓之所以能这么无怨无悔地奉献，都是因为受到杭兰英的影响。一位村民动情地说："我们这点付出算什么，比起杭书记来呀，根本不值得一提。杭书记为了祝温村，差点送了命，她的眼睛至今还没治疗好，落下了后遗症，眼泪不停地往下流。"

"沧海横流，方显英雄本色。"杭兰英是祝温村脱贫致富道路上走出来的一个英雄，她在这场没有硝烟的战场上，打赢了这场仗。

杭兰英的事迹，是祝温村发展史上一座永远的丰碑，这块丰碑永远屹立在曹娥江岸边，成为人们学习的榜样……

和谐相处无是非

"国有法，家有规，家严门风正，法严网恢恢。天地茫茫法为大，世道人心理不亏。人人讲法治，和谐大社会，走遍天下理为上，和谐相处无是非……"

杭兰英在祝温村三十多年的管理过程中，始终把法制建设放在重要位置。三十年前的祝温村，村民们法制观念淡薄，村民之间因为一点小事就动拳脚的事屡见不鲜，小吵天天有，大打三六九。这给杭兰英带来了巨大的压力。从那时起，杭兰英开始走上了依法治村之路。这条路，杭兰英走得太难太难。她为此曾苦闷过、彷徨过，也曾关上门哭过。

可谁能想到，当年治安混乱的祝温村，如今却成了一个闻名全国的美丽乡村，还有了自己的村歌《祝愿温馨》：

"我生在祝温村，我长在祝温村，我们都是村里人，相亲相爱一家人……"。

"祝愿温馨"，既是对祝温村村名的解读，又是对祝温村的祝福。

人们置身小村，处处闻花香，时时见绿荫，一派乡村好风光的景象。

这在三十年前，想都不敢想。全镇倒数的落后村，村民一年收入能有多少？因为穷，村民们才经常吵架、打架，整个村才脏、乱、差。

杭兰英担任村党支书后，开始给村民们治"病"了，就像当年她当赤脚医生那样。当赤脚医生，杭兰英给村民们治疗的是身体之病，现在治疗的是心理上的病。心理上的病比身体上的病更可怕，更难治疗。就像当年鲁迅先生在日本弃医从文那样，以为民众的愚昧无知，精神上的麻木，是比身体上的疾病更为可怕的劣根。鲁迅先生觉得医术只能拯救人的身体，却治疗不好人的思想。

当初祝温村的村民们为什么会小吵天天有，大打三六九，根本原因在于思想。村民们被穷逼得几乎没有了思想，没有了灵魂。如果一个人穷得吃不饱、穿不暖，他还在乎什么？肯定看什么都不顺眼，不顺眼就想发泄，打架。

杭兰英按照"组织强服务、干部做表率、党员争先锋"的要求，坚持以民为本，广泛发动群众，积极探索实践乡村治理的好方法和好举措，着力推进美丽乡村建设，一步一个脚印，一步一个台阶，路越走越宽，村庄建设得越来越美丽。

祝温村作为全国民主法治示范村、在诸多荣誉面前，始终坚守初心，在乡村善治的道路上从未懈怠，坚持自治、法治、德治相结合的乡村治理体系，推进乡村治理体系和治理能力现代化。

立足自治，激发群众动能。"众人拾柴火焰高"，乡村治理现代化的关键在于共治。祝温村始终坚持班子带头、党员示范、群众参与的"村民治村"模式，引导全体村民不断增强共同体意识，积极参与公共事务建设。深入推进"民情通"工作，做到联系服务群众全覆盖，及时解决群众的困难。杭兰英坚持带头一户一户上门走访，一件一件帮助解决困难，三十多年来个人累计捐款六十八万元，先后资助村民二百二十一人次。在她的感召下，村干部们也带头出资捐款，带头义务劳动，积极投身共同的家园建设。发挥外出建筑企业家、能人多的优势，成立乡贤参事会，组织开展"回家乡、看家乡、助家乡"等乡贤聚会活动，引导乡贤反哺家乡，为祝温村发展出智出钱出力。截至2020年，全村累计募集社会资金一千余万元，捐资一万元以上村民达四十余人。突出村庄治理村民主体地位，通过开展"门前三包"、成立治安巡防队、定期维护公共设施等活动，引导村民主动参与村庄建设，实现村民自我管理、自我监督。率先成立村级"关爱基金"，目前本金已达五十八万元。

加强法治强化全民守法。乡村治理现代化，离不开制度规范和保障。祝温村始终坚持把村级组织规范化建设作为重点，建立健全并严格执行民主决策、民主管理、民主监督等各项制度，积极探索体现公序良俗的村规民约，推动乡村治理的制度化、可持续。建立"阳光议事法"，完善"五议两公开"，村级重大事项均提交村党员大会和村民代表大会讨论决定，充分发挥村民在涉及村民利益重大事项中的主导作用。制订祝温村村规民约、民主理财、村务财务公开等制度，建立环境卫生、建房审批等规章，使各项村务活动有规可依、有章可循。充实调整村务监督委员会，对村财务活动和财务事项进行全过程监管。村两委会每年两次向村民代表大会汇报工作，接受民主评议，评议结果与干部待遇报酬等挂钩。

提高群众幸福感，实现精神富有，是乡村治理现代化的应有之义。祝温村通过精神富有的生动实践，成功养成了健康和谐的乡风民风，凝聚起了强大的精神正能量。提炼"人和、心齐、风正、气顺"的祝温精神，反映祝温村民精神面貌和乡村风貌。由小学老师和村民自己作词谱曲，制作村歌《祝愿温馨》，对祝温精神和村名进行解读。加强公共文化场所建设，累计新建改建一千余平方米。建设了文化礼堂，包括村创业文化史陈列室、乡风文明展示室、人和文化长廊、乡贤美德走廊等，打造村级特色文化园，实施"墙头开花"墙绘工程，把传统美德、文明新风绘制上墙。实行每季一小评、年终一大评，连续十年开展和谐家庭、好婆婆、好媳妇、孝子女、好少年等五个"十佳"评选活动，命名各类农村本土先进典型五百余名。

目标指引方向，使命引领未来。推进"三治融合"，提升司法行政的群众满意度，需要付出更加艰苦的努力。祝温村以咬定青山不放松的定力、时不我待的紧迫感、舍我其谁的勇气，进一步为基层民主法治建设助力"三治融合"提质扩面、比翼齐飞，合力谱写出和谐村居的美好篇章。

杭兰英不愧当过医生，她知道健康的身体会生病，残疾的身体更容易得病。在给健康人治疗"心病"的同时，杭兰英没有忘记残疾人。比起健康的人，残疾人心理上的"病"更严重，几乎所有的残疾人都自卑，他们时时刻刻躲避着人们的目光。杭兰英的目光始终关注着全村的残疾人，给予他们无限的关怀和温暖，还经常让他们走出去，或者邀请外地的残疾人来祝温村做客。

2018年8月28日上午，由上虞区残联、上虞区肢残人协会主办，上虞区点亮一盏灯民间爱心团队、绍兴三帮民间爱心团队、滨海阳光（快乐公益）爱心社、上虞四区救援队、崧厦镇祝温村村民委员会联办的"学习美丽乡村典范，激扬大爱互动交流"暨上虞区肢残人协会成立二十周年庆典活动，在祝温村的文化礼堂隆重举行。上虞区肢残人代表，盲人协会、聋人协会、精残亲友会、智残亲友会负责人和爱心助残志愿者，共计七十余人参加了活动。

其间，杭兰英带领"学习交流团"人员，沿着祝温村文化长廊、荣誉室一路参观，一路讲解祝温村从"一穷二白"到新农村、美丽乡村的"华丽蜕变"。学习交流团的人在参观中发现，祝温村有着许多像全国劳动模范杭兰英这样的优秀人物和事迹，这给他们留下了深刻印象。

"悠悠岁月，欲说当年好困惑，亦真亦幻难取舍。悲欢离合都曾经有过，这样执着究竟为什么？漫漫人生路上下求索，心中渴望真诚的生活。"祝温村艰难曲折的发展史，深深打动了每一位参观者，他们在细细品味美丽乡村风土人情的同时，在内心深处充满了对生活、对未来的希望。

在祝温村文化礼堂，上虞肢残人协会带头人陈伟强在活动现场答谢时表示：感恩上级党和政府对残疾人事业的支持，感谢社会各界对残疾人朋友的关爱，肢残人协会在今后的工作中将率先树立标杆，做好表率，认真贯彻好省残疾人第七次代表大会会议精神，学习祝温村基层党建文明建设发展成果，团结引导残疾人发扬自尊、自立、自信、自强精神，一如既往地做好协会工作。

看到这种激动人心的场面，杭兰英心潮起伏，她知道，如今祝温村村民心理上的疾病早已"治愈"，而全村残疾人心理上的疾病，也得到了有效"治疗"。

"总想对你表白，我的心情是多么豪迈。总想对你倾诉，我对生活是多么热爱。我们唱着《祝愿温馨》，幸福生活从远处走来。我们讲着当年的故事，穷苦的日子一去不再来……"

每当杭兰英听到村歌《祝愿温馨》，她的心呀，就像钱塘江的潮水，总是汹涌又澎湃……

波涛在后岸在前

位于上虞的这个全国有名的村庄，来了以后才发现：

这是一个远近闻名的村庄，村庄建设得诗情画意，墙画为这个村子增添了一抹诱人的色彩。走进祝温村，你会感到满满的温暖与贴心。沿途竖起了一块块"指路牌"，从这些路牌上，人们感受到了浓厚的历史气息，以及在习近平总书记"三农"思想指导下农业必须强，农村必须美，农民必须富的景象。

祝温村的村民，早就对背着相机的陌生面孔习以为常，他们不会用诧异的目光注视着你，更不会停下来打听你的来意，但有可能会热情地把你叫住，再拉上旁边的老哥儿，指指你面前的相机，说："来来来，给我们拍张照，到时候一起发出去。"

相机"咔嚓"一声，笑靥如花。而来拍照的外来人更多。他们都是慕名而来，也有的是途经此处，被眼前的美景吸引住了，便顺便拐了一个弯，走进了祝温村，就像宋代词人李清照写的那首词《如梦令·常记溪亭日暮》："常记溪亭日暮，沉醉不知归路。兴尽晚回舟，误入藕花深处。争渡，争渡，惊起一滩鸥鹭"。

不过，只要你走进了祝温村，永远不会担心迷路，路边的路牌就是一个个向导。即便真的迷了路，好客的村民也会热情地把你送回原路，抑或会把你这位"来自远方的客人留下来"，没准还会像陶渊明所写《桃花源记》里的村民，杀鸡作食招待误入"桃花源"的渔民一样来招待你。

在祝温村里一圈走下来，你会发现这个村子虽然不是很大，但要看的东西还真多。

走在祝温村村路上，到处都有风景。随处可见的墙绘，并不是草草勾勒几笔，而是认真绘画的那种，与周围的屋舍融为一体，各类植物被修剪得大气得体。屋舍俨然，道路整洁，村居小景遍布各个角落。

这个普通的行政村，因为它优美的环境，引得无数人慕名而来参观考察、学习经验。时任中央政治局委员、国务院副总理汪洋，浙江省委书记夏宝龙等领导也来这里调研。二十一个发展中国家的女官员也曾慕名前来参观，一个劲地喊："真美丽！"

如果要问祝温村为什么能发生翻天覆地的变化，就不得不提一个人，那就是祝温村的村党总支书记杭兰英，她带领着祝温村村民改造农田，硬化道路，整治河道，大力发展集体经济，以"礼信"塑造新民风。

转眼三十多年过去，通过全村上下的齐心协力，祝温村已经成了生活宽裕、乡风文明、村容整洁的样板村，而村民的日子真是越过越美好。

如今，上虞的许多村庄都在悄然进行着各种改变，改变了村容村貌，改变了村民的生活，也在不知不觉中改变了时间的轨迹。身在其中，每一个人都感同身受。而这一切，都或多或少受到祝温村的影响。难怪当初农业部部长韩

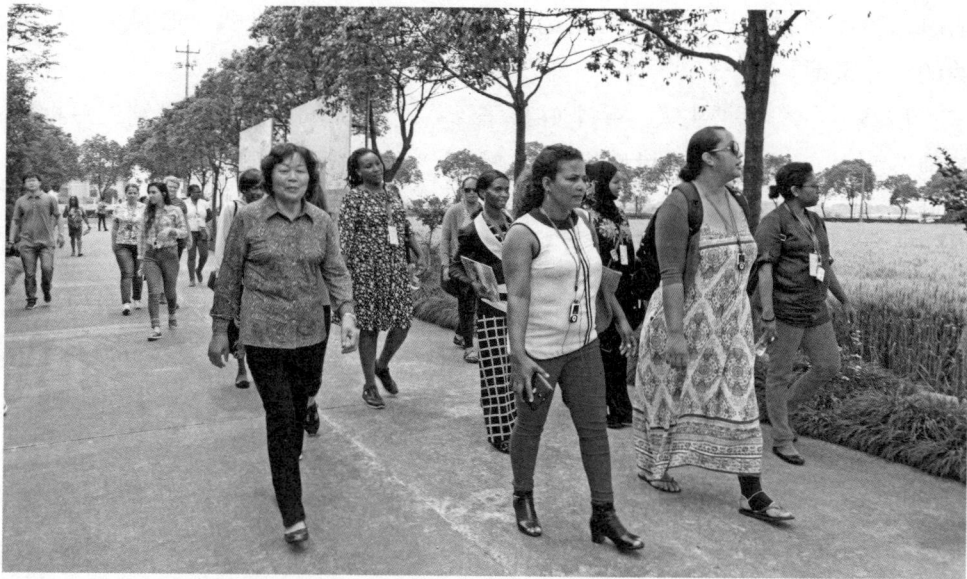

杭兰英陪同二十一个发展中国家的女官员参观祝温村

长赋到祝温村调研时，对该村在党支部的带领下发扬村民互助合作的精神留下了深刻的印象，认为其经验"可复制、可推广"。

杭兰英书记并未满足于现状，还是要改变，要发展，要创新，要努力，要奋进。她要创建文化广场、党建陈列馆、农村文化艺术馆等。2019年，她的愿望全部实现了，她非常高兴和欣慰，但其中又付出了杭兰英书记的多少心血。她的丈夫祝秋潮说："广场上的石头也花费了许多的精力和时间，还在我这里拿走了孩子们孝敬我的五万元钱，一开始说捐助三万元，一用两用不够了，说有新项目出来了，所以还要增加两万元。说实话，这么多的钱拿出去，我也舍不得，但兰英要做的事，我是一定要支持的。"

对于祝温村来说，杭兰英就是三国时代的诸葛亮、汉朝的张良、唐朝的魏徵、清朝的张居正、明朝的刘伯温。

杭兰英在抓好法制治村的同时，还特别注重妇女工作。祝温村总人口一千八百二十五人，其中女性九百四十一人；村级班子成员九人，其中女性五人；党员九十三人，其中女性党员二十六人；村民代表五十名，其中女性村民代表二十四人。按照"党建带妇建"的原则，祝温村妇代会在以杭兰英为书记的村党总支的正确领导下，在上虞区妇代会的关心指导下，将基层妇女组织建设融入服务型村党组织建设大格局中，将村妇代会的服务平台、服务功能融入美丽乡村建设中，全力营造环境美、学识美、事业美、心灵美、生活美的良好氛围。

围绕"一个好带头人、一个好班子、一支好队伍、一套好机制、一批好阵地"的"五好"目标，村妇代会以"妇女之家"建设为重点，充分利用村内公共文化活动阵地，如农村文化礼堂、农家书屋、文化陈列室、文体活动室、文化长廊等，抓好服务阵地建设；以各类功能性的新型妇女小组建设为抓手，根据功能、兴趣、特长等组建巾帼创业、志愿服务、家和维权等新型妇女小组队伍十一支，扩充基层组织成员二百二十人，抓好妇女队伍建设；以五"十佳"评选为特色，每年开展和谐家庭、好婆婆、好媳妇、孝儿女、好少年等五个"十佳"评选活动，历年来命名各类先进典型五百名，抓好家庭文明建设；以"美丽家园"示范创建活动为载体，组织开展环境卫生整治、巾帼志愿植树绿化、"助推五水共治共建美丽家园"巾帼行动等活动，抓好"美丽家园"建设，做到服务中心、服务妇女。

殷殷期盼，草木滋荣。祝温村妇联基层组织建设工作得到了各级领导的深切关怀，从全国妇联到省、市、区各级妇联领导，多次亲临祝温村视察、调研、指导妇联工作，推动了祝温村各项工作尤其是妇代会建设的长足进步。

2014年10月，全国妇联副主席崔郁来祝温村视察基层妇联组织建设，参观了女子学员俱乐部、巾帼创业就业队、育龄妇女QQ群、喜洋洋幼儿园妇女小组、广场舞队、腰鼓队、巾帼体育队、家和维权队、爱心话聊队、巾帼志愿队、尊老爱幼服务队，对祝温村妇代会工作给予了充分肯定。2015年11月，浙江省妇联主席劳红武来祝温村调研基层妇联组织建设工作。省妇联副主席张丽萍、绍兴市妇联主席邢南艳、上虞区妇联主席许君意也先后来祝温村指导妇女工作。镇妇联金爱丽主席更是脚勤、手勤、嘴勤，三天两头跑祝温村做好指导、协调等工作，2019年她还被派到祝温村，成为祝温村的联村指导员。

为不断扩大祝温村妇代会的工作面，更好地为村民尤其是妇女姐妹服务，祝温村利用LED视屏、广播、展板展示、上门走访、发放宣传册等多种形式积极开展宣传工作，把党对农村的最新政策、把各级政府对农民的关心、把维护妇女儿童合法权益的法律法规送到每个家庭，不断提高妇女的社会地位。

作为一名女性，杭兰英深谙"妇女能顶半边天"的道理，所以，自从担任祝温村党总支书记以后，她加大了对村妇女工作的建设力度，千方百计提高妇女的综合素质，增强妇女致富增收的能力，激发广大妇女参与经济建设的热情，积极落实"妇女人才培养工程"。2016年以来，共举办十六期妇女技能培训班，培训总人数达四百多人（次）。培训内容包括计算机、烹饪、家政服务和伞件加工等，贴近祝温村地域特色，得到了广大妇女的积极响应和一致好评。

点滴行动，传递爱心。祝温村妇代会不断创新工作机制，带领全村妇女以自己的实际行动来推动新农村建设。开展的公益活动包括爱心捐赠、环境整治、巾帼护水等。在"五水共治""三改一拆"等中心工作中，妇女姐妹们积极投身河道整治、生活污水治理、环境卫生整治中，奉献自己，扮靓家园，传递了公益的爱心接力棒。而杭兰英作为带头人，几乎每一次活动都参与，用实际行动给全村妇女树立了榜样。

无偿献血，大爱无疆。杭兰英自己带头连续四年参加了无偿献血。在她的带动下，妇女们都能积极参加无偿献血活动，让生活变得更为高尚，让脉搏一起跳动。

关爱老人，与爱同行。尊老敬老是中华民族的优良传统，倡导尊老爱老敬老的良好风气，推动全村都来关爱老年人。从陪老人聊天，慰藉他们内心的孤寂，到逢年过节送上节日的礼物，村妇代会一直都在努力着。

关爱儿童，从心开始。关心关爱少年儿童健康成长是全社会的共同责任，祝温村充分发挥妇代会、共青团、关工委等群团组织作用，积极开展以陪孩子一起成长、共同制作小玩具和开展青少年道德礼仪活动为主要内容的关爱少年儿童的爱心活动，促进孩子的健康成长。

植树护绿，从我做起。作为浙江省绿化示范村、森林村庄，走进祝温村，满眼都是绿意和各色的花朵。从高大的乔木，到低矮的灌木，还有最低处葱郁的花草，这一切，都有村妇代会的成绩。她们用纤柔的十指，一点点装扮着这个美丽的家园。

2010年7月，祝温村被中华全国妇女联合会评为"全国妇联基层组织建设示范村"。

"一支竹篙难渡汪洋海，众人划桨开动大帆船。一棵小树弱不禁风雨，百里森林并肩耐岁寒。一加十，十加百，百加千千万。你加我，我加你，大家心相连。……同舟共济海让路，号子一喊浪靠边，百舸争流千帆竞，波涛在后岸在前。"

祝温村好比一棵小树，在杭兰英和全村村民的呵护下，经历了三十多年的风风雨雨，如今长成了参天大树。

　　杭兰英，这只祝温村的领头雁，因为年龄的关系，即将退职，她说：如果再让我年轻二十岁，我将带领全村百姓，只争朝夕，不负韶华，奋勇前进，和广大干部群众继续奔走在幸福的小康大道上，永不言苦……

第十章 祝愿温馨

儿童的隐形翅膀

"该不该搁下重重的壳，寻找到底哪里有蓝天。随着轻轻的风轻轻地飘，历经的伤都不感觉疼。我要一步一步往上爬，等待阳光静静看着它的脸。小小的天有大大的梦想，重重的壳裹着轻轻的仰望。我要一步一步往上爬，在最高点乘着叶片往前飞。……任风吹干流过的泪和汗，总有一天我有属于我的天……"

杭兰英关心幼儿园里的孩子

儿童是祖国的未来，在杭兰英的努力下，祝温村建立了村级幼儿园。她一有空闲就会走到孩子们身边

杭兰英每次听这首《蜗牛》，心里总有一番感慨。因为在她心中，祝温村的孩子们，也像歌曲里的小蜗牛，没有一个舒适、温馨的"学习家园"。杭兰英下定决心要给孩子们找到这样一个家。

杭兰英知道，百年大计，教育为本。孩子是祖国的未来和希望。1993年杭兰英曾经创办过幼儿园。原幼儿园因为场地小，小朋友活动场所不宽敞，三村合并后，杭兰英发现小朋友越来越多，而离祝温村最近的金近幼儿园，距村路途较远，家长们接送不方便。2009年经村委讨论通过，杭兰英决定把村委会原先的办公用房改建成幼儿园。由村全额投资三十多万元的幼儿园，在投资建造时，杭兰英每天到现场踏看，抓质量、抓管理、抓进度并进行创造性的指导。幼儿园正式开园后，立马解决了祝温村村民和周边村民幼儿入学远的问题。杭兰英还积极与崧厦镇中心幼儿园沟通，使村幼儿园成为崧厦镇中心幼儿园祝温喜洋洋分园，让分园得到镇中心幼儿园在教学师资、玩具设施等方面的辐射和服务。

祝温村的儿童们就像一只只小蜗牛，他们裹着厚厚的壳，朝着人生山峰一步一步往上爬。而杭兰英就是他们的阳光和力量，她给孩子们安上了一双隐形的翅膀，让他们展翅飞向人生的最高峰。

杭兰英心里装着幼儿园的孩子们，经常会去幼儿园了解情况。幼儿园创办后，杭兰英每年"六一"都自掏腰包给孩子们买新衣服、送玩具等。

2000年以来，村校共建，每逢教师节，杭兰英怀着对老师的尊重和热爱，自掏腰包，买一些礼物到金近小学去看望老师们。杭兰英认为要得到学校的帮助，首先自己要力所能及地为学校做实事，于是她想方设法帮助金近小学修路，使家长接送及校车进出道路宽敞。她带着村民说干就干，眼看着道路修建完成，她又为金近小学建造了兰莺园，并帮助学校种草皮、种果树，给学生们提供休闲好玩的活动场所。一枝一叶总关情，杭兰英的举动，感动了金近小学的每位教师。他们都决心用实际行动回报杭兰英的关心，那就是，祝温村的老师们为祝温村的文化建设出谋划策。从2007年开始，祝温村每年暑假的春泥计划半个月以上的培训中，金近小学的老师们现场上课指导已经整整十四个年头了。

校村共建，共话教育。2019年1月26日下午，以"校村共建教育共话"为主题的金近小学2018年度学校工作汇报会在金近纪念馆举行。崧厦镇宣传委员王胜坚以及祝温村、双埠村、雀嘴村、章黎村、金中村、任谢村、福海村、舜源村、前庄村等九个行政村的班子成员到场参加。会议由著名特级教师、金近小学名誉校长何夏寿主持。会上，金近小学党支部书记邵瑞向大会作题为《整装，再远航》的工作报告，汇报了学校一年来所取得的成绩及未来的发展规划，得到了与会人员的肯定与赞许。

镇宣传委员王胜坚就如何进一步推进校村共建，实现文化共赢，达成教育共话，提出了许多建设性意见，鼓励各村加大宣传，多为学校教育发展出谋划策。与会人员还从品牌党建、办学特色、教学质量、校园文化、安全工作和校纪校风六个方面对学校的行风建设进行测评，获得了很高的评价。

"每一次都在徘徊孤单中坚强，每一次就算很受伤也不闪泪光，我知道我一直有双隐形的翅膀，带我飞飞过绝望。不去想他们拥有美丽的太阳，我看见每天的夕阳也会有变化，……我终于看到所有梦想都开花……我终于翱翔用心凝望不害怕，哪里会有风就飞多远吧。隐形的翅膀让梦恒久比天长，留一个愿望让自己想象。"对于杭兰英来说，何夏寿就是她的隐形翅膀。

何夏寿和杭兰英这两个人，对祝温村来说，好比伏龙凤雏。杭兰英早就知道金近小学校长何夏寿是一个多才多艺的能人，祝温村各项工作都需要何夏寿这样的能人来指点和帮助。2000年，杭兰英决定祝温村跟金近小学开展村校共建以来，在祝温村文化建设和学校建设方面，大家共学共进，取长补短。在杭兰英书记的关心支持下，在金近小学老师们的悉心培育下，一只只雏鹰从祝温村和金近小学展翅而飞，飞出了崧厦镇，飞出了上虞区，飞出了绍兴市，飞向了祖国的四面八方。

祝温村的桑火尧

上虞海涂边的祝温村"藏"着一个文化艺术馆。

2019年6月12日，一个风和日丽的上午，绍兴晚报记者杜静静来到了祝温村，决定探访一下文化艺术馆里的"秘密"。

绿树成荫，小河环绕，村容整洁，屋舍俨然，祝温村恬静又美丽。在后桑和祝马两个自然村中间，在整块的田地旁，"镶嵌"了一个占地面积约两千七百多平方米、建筑面积八百多平方米的祝温文化艺术馆，于2019年6月12日建成并完成了最后的布展。

祝温文化艺术馆

村党总支书记杭兰英说："之所以建这个文化艺术馆，是想让村民来接受艺术熏陶。"2016年前后，祝温村里六间用毛竹等材料搭建成的农业设施用房由于时间久远濒临坍塌。作为祝温村党总支书记，杭兰英一直在琢磨，这几间破旧房改建成什么才能发挥最大的作用。

"每年暑假，村里就会针对全村的孩子开设免费暑托班。"杭兰英说，刚开始就想到了这一点，而且考虑到村里一些休息天需由父母送去百官城区和崧厦镇上培训书法或美术的孩子，如果有这样一个培训场所，能请老师们来给孩子们上课，就能让村民们省不少心。基于这样的考虑，杭兰英想请乡贤——中国美术协会理事、中国书画院副院长桑火尧亲自来把这个脉。

桑火尧的父亲当过多年后桑村文书（会计），后来老有所乐，又在祝温村的图书室当起了义务管理员。尽管桑火尧旅居北京，可每年都会利用节假日抽空回家看望年迈的父亲。桑火尧早就听说了杭兰英的事迹，在他心目中，杭兰英是祝温村的"观世音菩萨"，给祝温村的村民带来了福音。桑火尧一直敬仰杭兰英，他为祝温村有这样的村干部而高兴。杭兰英的所作所为深深打动了桑火尧，他心里早就有个想法，那就是有朝一日，也能为家乡的父老乡亲做点事。桑火尧一直关心着祝温村的发展建设，也曾经为村里的建设捐过款，可他觉得，捐钱还远远不够，却又不知道该用何种方式来回报自己可爱的家乡和淳朴善良的父老乡亲。

听说杭兰英想在村里建一个培训场所，并且请他给把把脉，桑火尧兴奋不已，他眼睛一亮，自己回报家乡的机会来了。他激动地跟杭兰英说："杭书记，请放心，我会竭尽全力做好这项工作，尽快为村民和学生搭建好一个学习交流的文化艺术平台。"

记者在采访杭兰英对文化艺术馆的看法时，杭兰英说："做事往往需要有点超前意识。前几年，村里有个学艺术的小青年想在崧厦镇上开琴行，我当时提醒他，开琴行可以，但生源在哪里，你开琴行前，一定要考虑好。没想到几年过去了，这个青年的琴行非常成功，连百官城区都有家长送孩子到他的琴行学习。这个例子提醒我，很多老观念需要改了，如果干什么事都前怕狼后怕虎，到头来什么事儿都干不成。只要有想法，就要付诸行动，空想是不行的。"

杭兰英又说："村里以'艺术'为题，建成文化艺术馆，就是想让村民进行艺术熏陶的同时，促进艺术与当地生产生活相融合，激活乡村资源。"

桑火尧就是桑火尧。文化艺术馆从图纸设计规划开始，桑火尧就给予了极大的支持，他认为祝温村的整体面貌具有英式乡村的韵味，村民的房子结构又较为古式，田园风光极佳，也适合艺术家们前来采风和创作。

当然，杭兰英有自己的"远见"。桑火尧就像"火种"，他手头积累了艺术资源，能吸引艺术家们沉淀到村里，创作出符合乡村特点的好作品来。而村民浸润在艺术中，才能提升个体修养，从而提高生活品质。而且村里也不乏在外面谋生的能工巧匠们，艺术馆也能展示他们的作品。

艺术与乡村文明会擦出火花。祝温文化艺术馆初步建成开始装修时，桑火尧请人来为艺术馆布置。为了布置的事，他百忙之中抽时间到村里来了十多趟。这让杭兰英十分感动，桑火尧每次来祝温村，杭兰英都邀请他去吃饭，可桑火尧没去。他笑着说："杭书记，我应该向你学习。你为祝温村付出了那么多，跟你比起来，根本不值得一提，我这次能为家乡做点贡献，心里高兴。我是从祝温村走出去的，我的根永远在祝温，为老家做事，义不容辞，哪能让你请我吃饭呢。"

祝温村不少干部都说："我们确实很受感动，为这事，桑院长付出了很多的心血。"2018年下半年，桑火尧不仅从杭州运来了数十件境象主义的书画作品，还把自己多年来的数千册藏书也搬进了艺术馆。而仅为整理出这些书籍，桑火尧就花了数月时间。

在还未开馆的文化艺术馆内，一层设有阅览室、艺文工坊、创作室、展厅等。二层除了创作室，还有能供艺术家驻留村里时生活起居的房间、厨房等配套设施。艺术馆工作人员说："按照国际上一些艺术馆的格局，不但能参观，还能体验。"

展厅内，现在多为桑火尧提供的境象主义作品。1998年，作为艺术家的桑火尧提出了这个概念。初见桑火尧的画时，每个人都会对一幅幅画面上仅有的淡淡的、氤氲的色彩方块留下深刻的印象。这些作品也是桑火尧进行中国水墨语言探索的一个小型展示，更是对其境象主义艺术宣言的一个力证。

有人问桑火尧："村民们能看懂吗？"桑火尧回答得很干脆："可能一下子看不懂，但审美观是一点点培养的。艺术渗透乡村，到一定时候能与乡村文明擦出不一样的火花。"

记者杜静静在采访时注意到，文化艺术馆墙边的红叶石榴长得正好。天井中，花木扶疏，林荫处处。村民们十分期待已经布展完毕的艺术馆开馆，期待能早日与艺术家们一同探索乡村和艺术共同发展的可能性。记者杜静静联系桑火尧时，他正打"飞的"赶去参加一个大型画展，他很开心地说："我希望艺术馆先悄悄地开，给村民们一个惊喜！"

桑火尧艺术馆布展投资约两千万元，艺术馆开馆后，桑火尧还把自己在杭州的所有贵重书籍捐赠给了祝温文化艺术馆，如《沙孟海全集》十二册、《陆俨少全集》六册、《中国农民画时代》两册，以及《故宫藏画精选》《林震坚作品集》《黄胄作品集》《安正中画集》《艺术当代》《梁平波走进西藏》等三千多册。

桑火尧想在老家祝温村里搞个艺术馆，也让老父亲桑伯林来管理，可是万万没想到的是，艺术馆还未动工，桑伯林便在家因高血压跌倒，抢救无效走了。面对这突如其来的噩耗，桑火尧悲痛欲绝。祝温村的村民也都感到很痛心，尤其是村党总支书记杭兰英，她担心桑火尧因父亲的去世放弃对文化艺术馆的支持。不过，没多久，杭兰英就打消了自己的顾虑。桑火尧办完父亲的丧事后，就擦干了眼泪，继续关注文化艺术馆。

桑火尧在上海、杭州、北京、山东等国内外搞展览十分繁忙，但他想，虽然父亲不在了，可自己的亲人还在祝温村。脚下的这片土地，是自己成长和生活过的地方，他是喝着这里的水、吃着这里的粮长大的，尤其是村党总支书记杭兰英的为人及对村里的奉献精神，深深感动着桑火尧。桑火尧说："没有杭兰英书记，我是不会来家乡投资的。"

2019年6月12日，祝温村文化艺术馆正式开馆，这是上虞区首个投用的村级艺术馆。中国书画院副院长、乡贤桑火尧的"不忘初心"作品展，作为第一场高规格的展览，吸引了不少村民和书画爱好者慕名纷至沓来。

祝温村是远近闻名的美丽乡村。近年来，这个村深入推进"五星达标、3A争创"工作，特别是在乡村文化建设方面，开展了有效探索和实践。同时，积极挖掘乡贤文化，激活乡贤资源，共建美丽乡村。祝温村文化艺术馆正是借助乡贤的力量，提高了艺术馆的知名度和辨识度，让艺术馆有了乡愁的魂。

"我的书画作品在老家祝温村的文化艺术馆展出，让乡亲们多一个散心与聚会的地方，感受不一样的文化艺术魅力，这也是我的美好心愿。"桑火尧高兴地说。

作为一名从祝温村走出去的艺术工作者，桑火尧一直关心着家乡的发展，也欣喜地看到家乡环境变美变优，乡风更淳更暖。"希望艺术馆能够进一步丰富村民的精神文化生活，提高精神品质，也为村民、学生们学习交流、展示作品搭建一个平台。"桑火尧表示，自己也将积极吸引艺术家们沉淀到村里，创作出符合乡村特点的好作品。

杭兰英说："以后，祝温村将用好这个文化建设阵地，健全运行机制，开展教育培训、学习参观等活动，发挥其艺术涵养功能，为村民提供所需、所见、所乐的文化艺术服务。同时，进一步创新探索，推动乡村文化和乡村旅游资源整合，为乡村振兴提供更多可借鉴、可推广的'祝温经验'。"

"我们的家乡在希望的田野上，炊烟在新建的住房上飘荡，小河在美丽的村庄旁流淌。……十里荷塘十里果香，我们世世代代在这田野上生活，为她富裕为她兴旺。……人们在明媚的阳光下生活，生活在人们的劳动中变样……"

祝温村的人们，尽管每天不是唱着这首《在希望的田野上》生活，可他们的生活，比这首歌曲里描写的还要幸福，还要安康。他们每天都在村歌《祝愿温馨》中徜徉……

乡亲们的"及时雨"

"那是从旭日上采下的红，没有人不爱你的色彩。一张天下最美的脸，没有人不留恋你的容颜。你明亮的眼睛牵引着我，让我守在梦乡眺望未来。当我离开家的时候，你满怀深情吹响号角。五星红旗，你是我的骄傲，五星红旗，我为你自豪，为你欢呼，我为你祝福，你的名字比我生命更重要……"

这首《五星红旗》，杭兰英以前并不熟悉，可现在的杭兰英脑海里，总是浮现出五星红旗，浮现出那激动人心的场面。

2019年国庆节过后，听说杭兰英从北京参加庆祝中华人民共和国成立七十周年观礼结束回来了，笔者带着仰慕、带着骄傲、带着欣喜、带着好奇走进祝温村，想听一下杭兰英在北京天安门观礼时的感受。

10月1日，杭兰英受中组部邀请，成为参加庆祝中华人民共和国成立七十周年阅兵观礼嘉宾。

10月1日的北京，秋高气爽，满城披上了节日的盛装，到处都是鲜花和彩旗，北京天安门广场上更热闹。杭兰英绽放着灿烂的笑容，讲述着起床、吃饭、集结、乘车等每个过程，唯恐漏掉哪个环节，那表情，仿佛还置身于北京天安门广场上。

那天，杭兰英凌晨4点40分起床，5点30分用早餐，6点40分在宾馆集结完毕，7点整进行安检，7点35分乘车到故宫内箭亭停车场P7，下车步行至故宫协和门，到玉带桥南广场、故宫午门西，然后进中山公园车场，出南门至西观礼台，8点35分在查验请柬和嘉宾卡后，杭兰英一行人9点步入指定位置，她的座位是在天安门西五台12排14座。

这次国庆大阅兵由李克强总理主持。看到李总理的那一刻，杭兰英心潮起伏，她那双因忙于祝温村建设而被耽误治疗的眼睛又流泪了。

10时整，报时钟响起，激动人心的时刻到了，现场全体起立，部署在广场四周的七十门礼炮声冲天而起。那礼炮声深沉、雄浑、有力，一声声在叩击着杭兰英的心房，她感到广场的地面都在微微震颤。那时那刻，天安门广场上的礼炮声，不但响在北京城的上空，响在现场每个人的耳边，响在北京市市民的耳边，更响在全国人民耳边，也震撼着全世界。杭兰英眼里流泪了，她知道，那巍然屹立的人民英雄纪念碑也一定听到了，伟大领袖毛主席也一定听到了。这礼炮声，像是从历史的深处传来，告慰那无数为中华民族独立解放而牺牲的先烈，是他们用鲜血换来的盛世繁华，它像是在向全世界响亮地宣告：今天是中华人民共和国七十华诞，伟大的中国人民要用这场盛大欢乐的典礼来为祖国庆祝生日。

鸣礼炮七十响后，国旗护卫队官兵威武雄壮的身影出现了，他们迈着矫健、整齐的步伐，雄赳赳地走来，脚步声铿锵有力。注目鲜艳的五星红旗在阳光下缓缓升起，嘹亮的国歌声响彻全场。杭兰英耳边响起了那首《五星红旗》："五星红旗，你是我的骄傲，五星红旗，我为你自豪，为你欢呼，我为你祝福，你的名字比我生命更重要……"

杭兰英全身热血沸腾，眼里噙满了泪水，她想大声唱出来，嗓子却哽咽了。她掏出手绢，擦了一下眼泪，却发现周围许多人都在流泪，还有人小声抽泣着。人们把红五星贴在脸上，合着现场音乐的节拍一起鼓掌，一起挥舞着手中的小国旗，一起欢呼。天安门广场上成了欢乐的海洋……

习近平总书记讲话后，大阅兵开始。检阅部队，五十九个方队，十万群众，七十辆彩车。杭兰英兴奋、激动、震撼、自豪……带着满满的正能量，杭兰英的心久久不能平静。

这十多个小时里，杭兰英始终处在兴奋之中，忘了饥饿，忘了疲劳，只觉得眼睛不够用，她不时抬起自己的手机拍照，感觉时间过得太快。她记不清自己流过多少次幸福的眼泪。

现在，盛典已经落幕，可阅兵现场那激动人心的声音却依然回荡在耳边，杭兰英闭上眼睛，眼前就会出现当时的一幕幕……

杭兰英作为全国优秀共产党员的代表，去北京观礼，这在浙江省也是寥寥无几的。杭兰英说："能有机会参加这场旷世盛典的观礼，我以前想都不敢想。这种幸运、幸福的感觉，难以言表！这一天，值得我用一生来珍藏。那些美好的画面，将永远在我心中保存。"

在杭兰英的讲述中，笔者仿佛站在时光的河流之上回望，思绪回到了三十多年前……

三十多年前，祝温村是一片滩涂，交通闭塞，发展缓慢。而杭兰英就是一个邻家嫂子，一个普通的农村妇女。她有一个美满的家，有优越的家庭条件，她本可以安心经营自己的小家庭，过上安逸舒服的日子。而杭兰英选择了担任祝马村党支部书记。

乡亲们看在眼里，杭兰英自己也十分明白，这是让她"嫩竹扁担挑重担"。她有过犹豫，也有点胆怯，但没有退却，毅然怀着党的"为民服务、为民造福"的宗旨初心，挑起这副沉甸甸的重担，去担当这个"大家庭"的"领头雁""主心骨"。

初心让杭兰英拥有坚强的力量和人格光芒。从担任祝马村党支部书记，到后来祝马、温泾、后桑三村合并，担任祝温村党支部书记，在困难挫折前面，在艰辛劳累之时，在委屈误解之中，她流过泪，伤过心，叹过气，但从来没有撂过这副重担，没有在工作上有过丝毫的懈怠和泄气，唯有把自己这根"嫩竹扁担"磨炼成一根"铁扁担"，肩负千斤重担，迈开更加坚定的步子，一步一步带领全村乡亲，在振兴祝温村，建设美丽祝温村的道路上奋力前行。

改变从造一条路开始。自古以来，村里进进出出的路都是坑坑洼洼的泥泞小道。村里没有钱，杭兰英从家里拿出三万元钱，硬化了村口第一条路。为村里修路，她比自己家建造新楼房还高兴、紧张。在她的影响下，那些出外搞建筑挣了钱的人，家里条件好一点的人家，也纷纷为村里捐钱。几年下来，竟然有一千多万资金捐助，投入美丽乡村建设。

杭兰英不分白天黑夜为乡亲办事、为村里的工作操心。她不仅贡献了她一身的体力、智力，也付出了所有的爱心。

祝温村一望无际的田野上，展现一派机械化农耕文明的美好风光，千亩水稻高产示范田，曾留下党和国家领导人视察的身影；桑果园、绿化苗木基地是乡村土地上流淌的诗；伞件加工业让妇女们在家门口快乐挣钱；村里很多男人去上海、宁波或更远的建筑工地创业挣钱，有的是老板，有的是能工巧匠，有的是普通打工者，虽然远离家门，但祝温村有兰英书记当家，他们睡梦中也带着笑容。村民们总是惊喜地看到：幼儿园、卫生院、公共服务中心、养老服务中心、文化礼堂、乡贤长廊、人和文化长廊、十里画廊、党建长廊、农家书屋、农民文化艺术馆等等——应运而生。

冬去春来，岁月更新，无论祝温村走得有多远，杭兰英有多忙，她的心里永远挂念着村里家家户户。她的手机成了乡亲们的110、120，她是乡亲们的"及时雨""万事通"。老人生病、突发车祸、生小孩、找工作，大事、小事、急事、难事，只要打她的手机，一拨就灵，她总是心急火燎地赶到，帮乡亲们分忧解难。

如今的祝温村已成为生活富裕、乡风文明、村容整洁的样板村。多年来，祝温村深入贯彻"民情通"工作七法，培育并形成了"人和、心齐、风正、气顺"的村级精神。截至2020年，已累计投入近四千万元，其中社会捐款一千多万元，强化基础设施建设，积极发展农村产业，高标准建设了一千零二亩的粮食生产功能区，实现了道路硬化、河道净化、村庄绿化、路灯亮化、环境美化。

杭兰英用三十多年时间，把一个贫穷的落后村建设成为一个全国文明的小康村、新农村。她用对党的忠诚、对事业的激情和对村民的真情，赢得了干部群众的真心和爱戴。她的平凡显示了伟大，她用全部的身心投入村级建设和发展中，她把村当作家。她的一举一动无不闪烁着动人的光辉。她的先进事迹，传遍了大江南北……

祝温村似有神来之笔，涂抹昔日贫穷落后的容貌，描绘出一幅江南乡村诗画图。祝温村的丰富内涵并不止于我们所看到的这些，她别具田园乡土芬芳清香，吸取现代城市的文明样式气质，点亮乡土文化自信的温暖光亮，让农家屋檐下飘逸出新时代和美幸福的人间烟火。祝温村六百五十户房屋院落，诗意地栖居在这个新"桃花源"般的全国文明村。

望着坐在笔者对面的杭兰英，岁月的沧桑写在她的脸上，她露着浅浅的微笑，却不多说话，更不愿谈及自己，一如这块土地的宁静和朴实。然而，祝温村的每一寸土地上，都留下她坚实的足迹，记录着她的故事；乡亲们的心目中，"定格"着她的情怀和风采。

"留给你一把锁，留给我一个梦。……走不完的路是寂寞，做不完的梦是迷惑，唱不完的歌是等候，写不完的爱是难过。……生活里，还有我……"

岁月像一把刀，在杭兰英脸上刻下了沧桑。杭兰英知道，祝温村的村民们有走不完的路，这路不是寂寞，而是欢歌。这歌不是等候，而是奋勇前进，就像曹娥江的水，日夜不停向前流淌，奔赴杭州湾，汇入浩瀚的大海……

兰香甘为百姓吐

兰香甘为百姓吐，英姿愿向小村行。杭兰英就像一株绽放在祝温村的幽兰，默默地喷吐着芬芳，这香气沁人心脾。杭兰英更像祝温村村头的那块巨石，永远屹立在全村百姓的心目中，给他们带来希望、温馨和幸福……

"长路奉献给远方，玫瑰奉献给爱情，……白云奉献给草场，江河奉献给海洋，……"

杭兰英奉献的是祝温村，是全村百姓，是她心目中的中国共产党。她自从卫校毕业的那一天起，就一直在默默地奉献着。担任村里的赤脚医生时，她用自己所学，为病人奉献着。担任祝马村支部书记后，她开始在自己的人生路上进行着一笔笔金钱的奉献，一直奉献了三十五年，她和丈夫祝秋潮、儿子祝军峰共计捐款总额达到七十多万元，其中杭兰英个人捐款近六十八万元，是祝温村百姓眼里的"倒贴书记"。

1986年，杭兰英担任了祝马村党支部书记，面对村经济一无所有的贫穷面貌，杭兰英"迎难而上"。她暗下决心：一定要改变祝马村脏乱差的落后面貌。上任伊始，为改造村前那条"晴天尘土飞，雨天两脚泥"的道路，杭兰英自己带头捐款三万元，作为修路的资金。

1993年，村里电改，需要一批资金。杭兰英知道，如果资金不能及时到位，势必影响村里的电改进度。杭兰英决定从村里筹措这笔资金。召开村干部会议后，杭兰英带头捐款一千元。她的这一举动，立即在村里得到了响应，村干部和村民们积极支持。1997年有线电视安装和1998年自来水安装，杭兰英分别捐款一千元、三千五百元。

1999年，祝温村铺路，这次需要的资金缺口更大。面对困难，杭兰英陷入了沉思，如果不能尽快筹集到资金，修路计划将推迟，甚至成为泡影。经过一番深思熟虑后，杭兰英捐款一万一千元。她的"出手阔绰"，让村干部和村民们讶然。2001年，祝温村再次铺路，杭兰英再次捐了三万五千元。祝温村的百姓再次惊呆了。

2002年绿化捐款一万元。2003年祝马村困难户慰问两万五千元。2005年夏丐尊围墙、绿化捐款两万元。2007年杨家沥砌石捐款一万元。2008年汶川地震捐款一千二百元。2009年生态河道捐款四万五千元。2010年关公会公益事业捐款五万元。2011年，教育培训中心捐款五万元。2014年信义林捐款四万元。2019年乡贤工程捐款五万元。

这一笔笔捐款，看起来只是一个个简单的数字，却饱含了杭兰英对祝温村及全村百姓的"至深大爱"。一个人偶尔做一件好事并不难，难的是经常做好事。尤其是捐款，捐一次对每个人来说，都不是什么难事，可一直捐了三十五年，且每次捐款的数额都较大，这不能不让村民们感到不可思议。

"谁知盘中餐，粒粒皆辛苦。"钱不是万能的，没钱却是万万不能的。世界上任何一个人都不会跟金钱有仇。杭兰英不憨不傻，她当然对金钱也喜欢。金钱对每个家庭、每个人来说，都如同人身上的血液一样重要。杭兰英的钱也不是大风刮来的，而是辛辛苦苦，汗珠子掉地上摔八瓣换来的。可祝温村的人们想不明白，杭兰英既然不憨不傻，她为什么总是把家里的钱往外掏？

2019年底，新型冠状病毒肺炎疫情暴发。党中央一声令下，全国各族人民立即投身到抗击疫情的这场没有硝烟的战争中。祝温村和全国各地一样，先向村民宣传新冠病毒的危害性及防治管理，并开始封路，对村里进行消毒，给村民测量体温。

杭兰英始终把防疫工作放在第一位，她的眼睛不仅盯着祝温村，还盯住了千里之外的湖北武汉。村里决定向疫情重灾区武汉献爱心，鼓励村民向灾区人民伸出援助之手。这一次，杭兰英个人捐款一万一千元。

像捐款这种事，对杭兰英来说如同家常便饭。杭兰英好像得了"捐款病"，只要村民有困难，村里有难处，杭兰英总是第一个掏腰包，几千几万的现金，杭兰英连眼都不眨一下，好像这钱不是自己的。

"是你给我爱，爱向我走来。爱是甘甜的露，爱是美的情怀。爱是友谊的珍珠，爱是青春的光彩。爱是太阳的祝福，爱是月亮的期待。……爱是夏日的风，爱是冬天一把柴。……爱就来自心灵的海，海把我浮起来……"

"在我心中，曾经有一个梦。要用歌声让你忘了所有的痛。灿烂星空，谁是真的英雄。平凡的人们给我最多感动。再没有恨，也没有了痛，但愿人间处处都有爱的影踪。用我们的歌，换你真心笑容，祝福你的人生从此与众不同……"

杭兰英实现了自己心中的梦，她用自己的付出，让祝温村村民每天都在那首《祝愿温馨》的村歌中生活，让人们忘记了往日的酸楚和痛苦，让祝温村村民的人生从此与众不同……

咫尺天涯皆有缘

"悲伤的眼泪是流星，快乐的眼泪是恒星。满天都是谁的眼泪在飞，哪一颗是我流过的泪……"

杭兰英经常流眼泪，那是因忙于祝温村的建设，耽误了眼病的治疗，导致两眼一见风就流泪，一见光同样也流眼泪。可杭兰英不后悔，因为她自己一个人流泪，换来了祝温村村民不再流泪，这是快乐的眼泪。

一位媒体记者曾经问杭兰英："杭书记，你对自己耽误治疗眼疾的事情后悔吗？"

杭兰英说："说不后悔那是违心，不过，跟村里的事相比而言，我的眼病不值得一提。我打算好了，等我退休后有时间了，现在咱们中国医疗水平这么先进，我相信我的眼病一定能治疗好。退一万步来说，即便治疗不好，也不碍事，眼睛只是见风见光流泪，也不影响吃喝，无所谓啦。"说完，杭兰英笑了起来，又掏出手绢擦眼泪。

那位记者被杭兰英的乐观主义精神深深感动了。同时，她又心疼杭兰英。眼睛见风见光就要流泪，这得给杭兰英的生活带来多大的影响啊。不能见风见光，这意味着杭兰英只能躲在屋里，可这又不太现实，杭兰英喜欢每天到村里走走，只要出办公室，就得见风见光。杭兰英在给祝温村带来美好生活的同时，忍受了多大的痛苦，只有她自己知道。祝温村有这样的村干部，是全村百姓的幸运。

世上最不能等待的是亲情。杭兰英担任祝温村党总支书记后，几乎把全部的精力放在村庄建设和其他工作上，没有太多的时间去过问自己的家人。这让杭兰英在父母亲去世后，感觉最最亏欠自己的父母亲，而这种亏欠永远也无法弥补。杭兰英亏欠最大的，还有自己的小儿子。20世纪70年代末，杭兰英和丈夫一个是赤脚医生，一个是四埠中学的校长兼书记，两人工作都很忙。小儿子出生后，夫妻俩只好托村里一位老太太照看。小儿子四岁那年，一场高烧导致其患了小儿麻痹症，从此一条腿落下了残疾。"当时早出晚归，儿子发高烧都不知道，都是我亏欠了他。"杭兰英说，"我们东借钱西借钱跑了很多地方去看，都看不好。后来，儿子读大学了，工作了，我们也没有好好照顾他，困难都是他自己克服。"

按说杭兰英知道自己亏欠小儿子的情，应该想办法去弥补，但她真没有时间去弥补。小儿子大学毕业到宁波工作时，杭兰英还偶尔去看一次。2006年三村合并后，杭兰英更忙了，她把全部精力都放在了温泾片和后桑片的建设上，根本没有时间更没有精力去照顾儿子，更不用说为儿子的终身大事操心了，导致小儿子到三十六岁才结婚生子。

谈到这件事，杭兰英眼里总是流露出无限的愧疚之情，这情也是她今生永远还不完的"舐犊之情"，好在小儿子能理解自己母亲对祝温村的"大爱"，这种爱，也给小儿子一种"别样的感受"，他从内心深处感受到了世上最深沉的母爱，尽管这种爱让自己的腿残疾了，可他从没有埋怨过母亲，他感觉到自己母亲的伟大和无私。

美丽祝温村

祝温村文化广场上有七块不规则的石头，中间的大石头刻有"温心"二字，周围六块石头分别刻有"仁、孝、爱、初、用、诚"。围绕"心"字，用仁心、孝心、爱心、初心、用心、诚心为准则，共创"温心"大家庭。这些字用红漆涂抹，让醒目的红字吸引住村民和每一位参观者的眼球。

这七块石头是杭兰英自己花钱到虞南山区买来的，一共花了五万元，杭兰英怕丈夫祝秋潮阻拦，便谎称这七块石头只花了三万元。等把石头拉回来，刻好字，安放在村文化广场上后，祝秋潮才从一位村干部口中得知，这些石头价值五万元。祝秋潮知道杭兰英骗了他后，他并没有生气，只是摇摇头苦笑一下。他知道妻子杭兰英在这方面经常"骗"他，经常"先斩后奏"。对于妻子的"不良行为"，祝秋潮只能选择"睁一眼闭一眼"，在心里默许了。祝秋潮在心里问自己："妻子为什么要骗我，还不是担心我知道阻拦吗？以后只要妻子认准的事情，我都大力支持，不给妻子说谎话的机会。"

还有一次，二十一个发展中国家的女官员要来祝温村考察。杭兰英得知后，紧赶慢赶想要完成养猪场改造，所以她天天监工，却一不小心把腰给扭了，早上连起床都难。杭兰英着急万分，她跟几个村干部电话联系后，跟丈夫祝秋潮说，自己想起床去祝温村一下，可爬了半天也没爬起来。

祝秋潮看在眼里，疼在心里。他知道这次二十一个发展中国家的女官员来祝温村考察，不仅仅是祝温村的荣耀，更是整个崧厦镇、上虞区、绍兴市乃至整个浙江省的荣耀、国家的荣耀，眼看客人就要来了，可妻子杭兰英却倒在病床上起不来，这不坏事了吗？情急之下，祝秋潮硬是把杭兰英拖了起来，杭兰英这才勉强起了床。当杭兰英出现在考察现场时，工作人员都愣住了。杭兰英已经跟其他村干部打过电话了，人们也都知道杭兰英扭了腰，却没想到杭兰英的丈夫祝秋潮把杭兰英硬生生拖了起来，一大早送往祝温村。

有人喜欢她，因为她的"兰姿"，在村里处于低谷时，她挑起了支部书记的担子；

有人喜欢她，因为她的"兰境"，"燕子垒窝"般的工作韧劲，让村容村貌有了翻天覆地的变化；

有人喜欢她，因为她的"兰心"，做人做事干干净净，村两委干部无一插手工程建设；

有人喜欢她，因为她的"兰香"，村歌、文明墙绘，让村民不仅鼓了钱包也充实了精神；

有人喜欢她，因为她的"兰情"，把村民的难事当成自己的家事，村里的孩子们管她叫"兰英妈妈"。

"有过多少往事，仿佛就在昨天。有过多少朋友，仿佛还在身边。也曾心意沉沉，相逢是苦是甜？如今举杯祝愿，好人一生平安。谁能与我同醉，相知年年岁岁，咫尺天涯皆有缘，此情温暖人间……"

杭兰英用自己的言行温暖着祝温村每一个村民的心。有人这样称赞杭兰英：邻里和睦景色美，有你的功劳；生活小康乡村美，有你的奉献；你有"大家之心"，凡乡村遇上急事难事，你都会立即前往；你有"大舍之心"，为村里和乡亲，共捐款数十万元；你有"大公之心"，经你手的工程数十个，资金共达数千万元，可你从未叫亲戚承包插手！你有海纳百川的胸怀，你有一颗为党的事业奋斗终身的红心。因为信仰，你达到了高度；因为有了高度，你才有不一样的境界，你创造了当代中国乡村治理的样本。

杭兰英，这位普通的农村党总支书记，用三十五年的时间，让一个杭州湾畔的贫穷落后村，变成了闻名全国的富裕村。三十五年来，她的足迹遍布祝温村每一个角落，她的汗水洒在了这片她热爱的热土上，她用自己的一言一行，默默地践行着一个共产党员的入党誓言，她在带领祝温村百姓脱贫致富的道路上，不忘初心，牢记使命，只争朝夕，不负韶华……

鸟瞰美丽的祝温村

附　录

让学习好支书杭兰英成为一种风尚

　　杭兰英同志是一位敬业奉献的"老黄牛式"支书。她的先进事迹具有深接地气的说服力、平凡之中见精神的感召力、时代标杆的引领力，每个党员干部都可以从中对照标杆、学习借鉴。

　　一花独放不是春，百花齐放春满园，典型的最大价值在于示范引领。我们要学习杭兰英同志甘于奉献、扑心扑肝为村里干事的责任担当，学习杭兰英同志苦干实干、燕子垒窝般创业兴村的精神，学习杭兰英同志心系群众、真心实意解民忧的大爱情怀，学习杭兰英同志公道清廉、干净干事的优良作风，学习杭兰英同志崇尚文明、乐此不疲种文化的高度自觉。《乡村女支书杭兰英》一书中，蕴含着杭兰英许多治村理事、服务群众、发展致富的良招妙法，积蓄着强大的时代精神、前进力量，是一笔宝贵的财富。本书挖掘提炼了杭兰英书记基层工作的经验智慧和现实生活生动感人的好故事。细细读来，每一个故事都带着杭兰英同志对党的事业的热爱和对人民负责的情怀，充分展示了杭兰英同志作为一名基层党员的优秀风采和良好形象，是我们基层党员干部的榜样，是学习的生动教材。

　　在庆祝建党一百周年之际，陈秀春同志撰写出版的长篇报告文学《乡村女支书杭兰英》，具有较大的历史意义。我们就要抓住机遇、放大效应，以习近平新时代中国特色社会主义思想为指导，立足新发展、贯彻新理念、构建新格局，全力打造虞北都市的重要板块、产城融合的示范区、全球伞艺智造中心。在杭兰英身上，体现了崧厦精神、实干风范、向上力量。希望全街道广大党员干部向乡村女支书杭兰英同志学习，人人争做心中有党不忘恩、心中有民不忘本、心中有责不懈怠、心中有戒不妄为的好党员、好干部，切实汇聚起深入实施"八八战略"打造"重要窗口"、开启社会主义现代化区域先行之路的磅礴之力！

王子杉

（作者系浙江省绍兴市上虞区崧厦街道党工委书记）

一曲激动人心的乡村振兴奋斗者的生命之歌

——评陈秀春女士的长篇报告文学新著《乡村女支书杭兰英》

陈秀春女士的长篇报告文学新著《乡村女支书杭兰英》用情、用心、用功展现了浙江省绍兴市上虞区崧厦街道祝温村党总支书记杭兰英三十五年来用"燕子垒窝"的韧功夫、"老牛耕地"的实功夫和"头羊率群"的真功夫，扑心扑肝为村务、真心实意解民忧、拢起人心办大事，把昔日贫穷的祝温村建设成为富裕、整洁、文明、和谐的美丽村庄，先后获得"全国民主法治示范村""全国妇联基层组织建设示范村""全国文明村""全国先进基层党组织"等荣誉，成为展现我国社会主义新农村建设成就重要窗口的动人事迹，成功塑造了一位干在实处、走在前列、勇立潮头、甘心奉献、务实廉洁、一心为民的中国新时代农村党支部书记的光辉感人形象，尽情讴歌了以杭兰英为代表的上虞区广大党员干部和人民群众不忘初心、敢为人先的时代先锋精神和硬着头皮、厚着脸皮、磨破嘴皮、跑破脚皮的奋勇拼搏精神，谱写了一曲朴实生动、激动人心的新时代乡村振兴前行者的生命之歌和一幅弘扬我国社会主义新农村建设瞩目成就的壮丽画卷。

报告文学不仅要会讲故事，还要能立精神。法国著名作家萨特曾说过这样一句话："必须为我们的时代写作，像那些伟大作家这样做过的一样。"为时代写作，就是要走进时代深处，紧扣时代脉搏，洞晓时代主题，唱响时代主旋律，铸造时代精神高地。习近平总书记曾多次教导广大党员干部要把人民群众对美好生活的向往作为自己的为政目标，要心中常思百姓疾苦，脑中常谋富民之策，切实解决好群众的操心事、烦心事、揪心事，同人民群众同呼吸、共命运、心连心，这是广大人民群众内心最深处的期盼，更是时代赋予亿万党员干部的神圣、崇高的历史责任和使命。《淮南子·道应训》曾曰："胜非其难也，持之者其难也。"作为祝温村的党总支书记，杭兰英是一个履行这一神圣、崇高的历史责任和使命的不折不扣的"持之者"，她在任的三十五年中，"民情日记"记了三十五本，个人为村里捐款近七十万元，是一位名副其实的"民情书记""倒贴书记"。她既是村里的保洁员，又是孤儿的慈母、鳏寡的保姆；既是村民的"主心骨"，又是乡亲们的"及时雨"。她为民敢渡浪中船，兰香甘为百姓吐。三十五年中，她扑心扑肝为老百姓办好事，办实事，带领祝温村干部群众以钉子的韧劲和持之以恒的精神，把一个落后的海涂穷村建设成为环境优美、乡风文明、邻里和睦、生活富裕的全国文明乡村，打造成为展现我国社会主义新农村建设成就的重要窗口。杭兰英也因此赢得了民心，得到祝温村老百姓的真诚拥戴，实现了她把组织的"纸上任命"转变为群众的"心上任命"的诺言。祝温村的美丽现实，是杭兰英身入群众，心入群众，肝胆长如洗，夙夜在公，勤勉工作，向党、向祝温村的历史和人民交出的一份亮丽的答卷，更是她和祝温村广大干部群众切实履行时代使命的生动写照。农为邦本，本固邦宁。习近平总书记多次指出，基础不牢，地动山摇，实现中华民族伟大复兴，最艰巨最繁重的任务在农村，最广泛最深厚的基础依然在农村。杭兰英和她的心往一处想、劲往一处使的家人、同事、群众身上闪耀着中国人民创造辉煌历史的时代意志，凝聚着浙江精神的灵魂，闪耀着浙江新农村建设最动人的色彩，是伟大的时代精神的生动体现。陈秀春以书写时代精神为己任，以讲好祝温故事为担当，听从时代的召唤，走入鲜活的人民群众的伟大实践，走进社会主义新农村建设的现场，紧跟美丽乡村建设的步伐，书写群众关切，展现新农村建设的历史变奏，放歌新时代，为新乡村创建的伟大成就喝彩，体现了她勇担时代赋予作家的重要使命的敢为、能为、善作、善成的文学情怀。

古人云："文短易工，文长难好。"杭兰英作为一位在任三十五年的村党总支书记，她的所作所为、所奉所献显然是一片材料的海洋，而且空间和时间跨度也是非常巨大的，说它是一块真正意义上的文学"硬骨头"也没有丝毫夸张。作为祝温村的联村干部，陈秀春女士虽然对祝温村以及杭兰英的事迹有着不同于常人的了解和把握，但从作品中我们显而易见地可以看出，她在材料方面一定是下了很大的功夫，作品中大量的细节明显已经超出了她作为联村干部的接触范围，这些为作品奠定了坚实的写作基础。正是有如此功夫和用心，所以，作品如实呈现出了大量生动鲜活的细节，事核而实，不着脂粉就已清真毕肖，成功展现了一个朴实、务实、扎实，忧民、爱民、为民、惠民，真实、可亲、可敬的杭兰英的形象。

王荆公评文曰：先体制而后文之工拙。这就是说，作文应体制为先，先运筹，再起兵。所以，一部作品的体制和格局如果没有事先设定好，文字上的功夫做得再好，也会功亏一篑，如同一座房子，结构不好，即使粉刷得再漂亮，也支撑不了太久。《乡村女支书杭兰英》注重作品的结构营造，作品布局精心，起承转合井然有秩。第一章"天降大任"可谓"起"势，交代杭兰英的家世以及她是如何一步步赢得民心、走向祝温村当家人的岗位的。第二章至第四章则为"承"，集中展现杭兰英一心为民，切实解决好群众的操心事、烦心事、揪心事，同人民群众心连心的书记工作日常。第五章至第九章为"转"，以他者的眼光打量祝温村的瞩目成就，尽情谱写杭兰英和祝温村人民群众在建设美丽家园中提交的亮丽答卷。第十章为"合"，也是尾声，作者将自己的感受融入对祝温村的赞美、对杭兰英的由衷敬佩之中，深化了作品的主题，也提升了作品的立意。所以，首章标其目，中章呈其像，卒章显其志。正是这种巧妙的结构布局，使作品格局廓大，又布置严密，脉络贯通，体顺而肆，浑然一体，体现出作者在结构美学上的独具匠心。

意深者动人深，意浅者动人浅。言而总之，这部作品立意高远，细节传神，描绘生动，情感真挚，感染力强，格调朴实，句饶藻艳，字带芬芳，可谓情有之，才有之，气有之，质有之，心有之，艺有之，责有之，为时代精神画像、为时代先锋立传、为时代楷模明德，不失为一部描绘时代图谱、雕刻时代风采、建构时代精神、引领时代潮流的精品力作。

（作者系浙江大学中国特色社会主义研究中心研究员、博士生导师，浙江省作家协会报告文学创委会副主任，浙江省文艺评论家协会理论评论专委会副主任。）

后　记

　　2019年8月，上虞区文联要求作家协会申报2021年建党一百周年的主题作品，作品的主人翁就是祝温村党总支书记杭兰英，不料这项艰巨的任务竟落到了我的肩上。

　　有了目标后，我开始着手准备。我曾是祝温村的联村干部，对杭兰英的事迹应该说比较了解。2014年，我曾陪同新华社、人民日报社等十四家国家级媒体的记者，对杭兰英的先进事迹进行了集中采访，进一步了解了杭兰英，采访到了以往没有听到过的关于杭兰英的感人事迹。

　　清朝诗人郑板桥在诗歌《墨竹图题诗》中写道："衙斋卧听萧萧竹，疑是民间疾苦声。些小吾曹州县吏，一枝一叶总关情。"杭兰英，也是这样一位"衙斋卧听萧萧竹，疑是民间疾苦声"的村干部。三十五年来，她用"燕子垒窝"的长功夫、"老牛耕地"的实功夫、"头羊率群"的真功夫，扑心扑肝为村里，真心实意解民忧，拢起人心办大事，把祝温村建设成整洁、文明、和谐的美丽村庄。她带领这个村集体经济曾经为零的薄弱村，走到了新农村建设的最前沿。2020年我又一次进驻祝温村，单独采访了王茂桃、杭兰英、桑荣华、桑苗祥、胡树君、朱彩娣、祝秋潮等人。他们都是好朋友，我们的谈话说的都是杭兰英的点点滴滴。尽管杭兰英的形象，在我的脑海里本来就非常丰满和生动了，但我还是时时被杭兰英的任劳任怨、侠骨柔肠、满满爱心所感动和震撼……

　　尽管我在单独采访杭兰英时，她一再强调村班子怎样发挥集体智慧，实行民主决策，如何发挥榜样作用，做到一心为公，而很少说及自己在班子中的作用，但她如数家珍，用质朴的语言对过往每一件事情来龙去脉的交代和一些重要场景的生动还原，对当下正在做的事情的细细考量，以及对未来新农村发展规划的深情叙说，让我深信杭兰英是一位有责任担当而勤勉务实、开拓创新的村党总支书记。若不是她躬身践行、亲力亲为，若不是她率先垂范、恪尽职守，带领班子成员一起风雨同舟踏实干过，引导广大村民一起同甘共苦，齐心合力地工作过，那是无法想象的。

走出村委会办公室，在走家串户中，在与村民的交谈里，我采访到了更多有关杭兰英的事迹及其细节。面对着这么多有血有肉的材料、这么多可歌可泣的事迹，我想这都是因为爱，杭兰英热爱所在的村，能够在组织最需要的时候挺身而出，勇敢地挑起重担，并不断争取群众的"心上的任命"；因为爱，她爱村民如家人，所以她才能够在群众中有那么大的气场、那么高的威信，还能做到一呼百应；还是因为爱，她才能够在大年三十的晚上，面对村民家中发生家人病故的突发事件，义无反顾地一起帮助处理丧事并带头捐款；更是因为爱，她才能够不辞辛劳、不计报酬，与班子成员一起参加多个村集体建设项目的义务劳动……我想：是爱，让杭兰英身上凝聚起一种富于感召力的人格魅力；是爱，让杭兰英具备了一副时刻替百姓着想的热心肠；是爱，让杭兰英的一束束智慧之光精彩闪耀；是爱，让杭兰英率领班子成员交上了一份经得起历史评说的出色答卷。

我觉得写杭兰英的这本书，意义就在这里，写出一个真实的、可亲可敬的杭兰英比什么都重要，这应该是我向杭兰英同志学习的最好的回答。2020年10月，我去祝温村采访，新任村党总支书记兼村委会主任胡树君坦言肩上的担子很重，自己压力很大，但他坚信，有老书记杭兰英的帮助和支持，有各级领导的关心和爱护，有干部群众的同心同德，祝温村的明天一定会更加美好。从他充满激情的话语中，我感受到他的决心和自信……

2020年11月初稿完成之后，本书的所有内容都经过杭兰英的丈夫祝秋潮和杭兰英书记的亲自审订。他们在繁忙的时间里，利用晚上间隙，认真阅读并修改了书稿的有关内容，肯定了我的创作："谢谢你辛勤笔耕，把兰英一个平凡伟大又鲜活可亲的人物快速地写出来了。"

在书稿审订完后，杭兰英书记把它交给我时，有话想跟我说。我说："杭书记要加内容的话，还是可以的，你尽管说。"杭书记说："其实我今天的成就，最想感谢的是许多帮助、支持我的老领导及乡镇街道的历届领导干部，我由衷感谢每一位帮助、关心我的领导、朋友、同事,感谢我的爱人祝秋潮。"说完她擦了一下眼睛,还很自然地弯下了腰。

心血凝成这部《乡村女支书杭兰英》,我由衷感谢领导、同人、亲朋好友以及帮助过我的人。

由衷感谢上虞区委书记徐军先生在百忙中为本书作序;感谢崧厦街道党工委书记王文松为本书写感言,提升了主题;感谢为本书出版做了大量工作的祝温村原村主任王茂桃、现党总支书记胡树君,他们为其前期资料、照片的提供给予了极大的帮助和支持;感谢上虞区文联为本书作前言,并在创作上给予大力支持和指导;感谢上虞区文联党组书记丁志强,给予创作出版经费上的支持;感谢区作协的蒋军辉主席、罗洪良副主席、金意峰秘书长为本书撰写出谋划策;感谢区文联原副主席、区摄影家协会原主席刘育平,为本书提供了许多精美照片;感谢白马湖文学院院长顾志坤老师,为创作言传身教,精心指导;感谢杭兰英丈夫祝秋潮老师一次又一次地接受采访,仔细审订;感谢中国著名报告文学评论家朱首献教授在百忙中挤出时间写出高质量的评论;感谢崧厦街道宣传委员茅海峰先生等给予了时间上和工作上的支持;感谢我高中时的语文老师余福海为本书编校花了不少心思。

写完《乡村女支书杭兰英》后,其先进事迹无疑给我上了生动一课,是对我的灵魂世界又一次刻骨铭心的触动和洗礼,也因此引发了我对村一级主职干部作用的深深思考。行政村,虽管理层级低、权力小,却是众多矛盾的交汇点,其基础地位和作用不可小觑。"上面千条线,下面一根针",农村干部的繁忙是可想而知的。而以村党支部为核心的各类村级组织和广大农村基层干部,一直在默默地发挥着他们基层干部的作用,尤其是村主职干部,更是推动新农村发展的"领头雁"、维护基层稳定的"生力军"、组织基层建设的"主心骨"、密切干群关系的"连心桥",其作用发挥得怎样,直接影响干群关系,直接影响基层农村的和谐稳定与发展。从这个意义上说,杭兰英便是从农村最基层涌现出来的众多先进典型中的一个代表,也理当成为加强村级领导班子建设尤其是村主职干部自身建设的一个标杆。如果我们能够培养和拥有一大批像杭兰英这样的农村优秀村干部,那么,我们的新农村建设、乡村振兴和全面小康也就有了更为可靠的基础。我们要为乡村好支书杭兰英鼓掌喝彩,让广大农村干部人人争做心中有党不忘恩、心中有民不忘本、心中有责不懈怠、心中有戒不妄为的好党员、好干部，汇聚起深入实施"八八"战略、建设"两富""两美"浙江的洪荒之力。

"俏也不争春，只把春来报。待到山花烂漫时，她在丛中笑。"凝望着这份厚重的书稿，我仿佛看到杭兰英那和蔼、慈祥、欣慰的笑脸，听到她和祝温村百姓爽朗的笑声，这笑声久久地回荡在美丽的祝温村上空……

陈秀春

2021年5月